1930년대 소설의
# 서사기법과 근대성

**국립중앙도서관 출판시도서목록(CIP)**

| |
|---|
| 1930년대 소설의 서사기법과 근대성 / 구수경 지음. -- 서울 : 국학자료원, 2004 |
|     p. ;   cm |
| ISBN  89-541-0175-5 93810 |
| 813.609-KDC4 |
| 895.7309-DDC21                              CIP2004000215 |

# 1930년대 소설의 서사기법과 근대성

구 수 경 저

국학자료원

이십 대에 나에게 있어 '문학'은 낭만적 동경의 대상이었다. 문학적 상상력, 창조에의 열정, 고독한 존재, 탐미주의로 대변되는 문학적 공간은 그야말로 나를 성숙시킬 신비하고 다채로운 인생 체험의 공간이자 매혹의 늪이었다.

문학을 좀더 알고 싶다는 막연한 바람으로 시작한 대학원 생활은 그러나 문학에 대한 낭만적 동경이 환멸로 바뀌는 뼈아픈 확인과 함께 시작되었다. 소박한 독자의 입장에서 시와 소설을 읽고 즐기던 때와는 달리, 까다로운 문학 이론을 공부하고, 그 이론에 맞추어 작품을 해부하고 재단하는 지적인 노동이 나를 기다리고 있었기 때문이다. 그러한 작업은 문학과의 행복한 만남이 아니라 괴로운 만남이었다. 어느덧 문학은 숙명적인 악연처럼 나에게 고통을 주는 존재로 변해 있었다. 그 당시, 설레는 마음으로 문학을 읽고 즐겼던 옛날이 얼마나 그리웠는지 모른다.

그런데 다양한 문학연구방법을 공부하면서 가장 나를 끌어당겼던 것은 아이러닉하게도 구조주의였다. 나를 괴롭혔던 문학작품의 해부와 구조분석이 전제되고 있음에도 불구하고, 문학작품을 문학답게 만드는 미적 특질을 구명하고, 각 작가의 창작원리를 밝혀내는 일이 어느새 아주 매력적인 작업으로 다가왔기 때문이다. 거기에는 예전에는 미처 포착하지 못했던 문학의 본질적 조건과 요소들, 그리고 그들이 어우러져 미적 감동을 창출하는 과정을 추적하는, 새로운 차원에서의 문학연구의 즐거움이 있었다. 특히 다른 문학장르와 구별되는 소설의 본질적인 특성이 이야기꾼인 화자의 존재에 있다는 것, 그리고 소설의 기법적 실험은 바로 화자의 말하기 방식에서 이루어진다는 사실을 발견했을 때, 그것은 나에게 학문적 개안이자 문학연구자로서의 본격적인 출발을 의미했다.

이런 연유로 내게 있어 문학연구의 대상은 예술적 형식을 지향하거나 독창적인 서사기법을 시도하는 작가들의 작품이 주가 되었다. 구체적으로 1930년대의 모더니즘 소설 및 순수문학적 경향의 작품들, 그리고 1950년대의 전후소설에 대한 집중적인 연구로 이어졌다. 그중 이 책은 1930년대 문학에 대한 그간의 연구논문들을 묶은 것이다.

먼저 제1부는 1930년대의 대표적인 모더니즘 작가라 할 수 있는 최명익과 이태준의 소설들을 중심으로 모더니즘 소설적 특성 및 실험적인 서사기법 등을 분석한 글을 실었다. 그리고 농촌계몽소설로서 예술성보다는 교훈성을 중심으로 논의되어온 심훈의 《상록수》를 서사구조와 주제와의 유기적 관계를 중심으로 세밀하게 고찰함으로써 그 문학적 가치를 새롭게 조명하고자 하였다.

제2부는 1930년대 이후 순수문학의 거목으로서 꾸준히 작품활동을 해온 김동리와 황순원의 문학적 특질을 구명하고 있는 네 편의 논문을 실었다. 김동리 소설의 특징으로 일컬어지는 동양적 신비의 세계를 창출하는 방식이 모호성의 미학에 있음을 발견했을 때의 기쁨은 지금도 잊혀지지 않는다. 아울러 철저한 장인정신에 근거하여 엄격한 창작태도를 견지해 온 황순원의 작품을 읽고, 그 창작원리를 밝히는 작업은 작가와의 정신적 교감을 경험하는 각별한 즐거움이 있었다.

제3부는 신소설과의 비교, 분석을 통해 서사기법의 근대성을 탐색하고 있는 첫 번째 논문을 제외하고는, 모두 1930년대 문학의 장르 혼합적 양상을 고찰하고 있는 글들이다. 소설적 특성이 강한 채만식

의 희곡, 희곡적 구조를 보이는 이상(李箱)의 시, 비평을 재창조의 예술로 바라보는 김문집의 비평관 등이 바로 논의의 대상이다. 이들은 문학 창작의 지평을 넓히기 위한 형식의 실험이자 문학적 성과라는 점에서 특별한 의미를 지닌다.

책을 묶어내기로 결심한 것은 몇 년 전부터이나 천성적인 게으름 탓에 이제야 행동으로 옮기게 되었다. 한편으론 묵은 서랍을 정리한 듯 후련하고, 한편으론 설익은 글들을 세상에 내놓자니 걱정과 송구스러움이 앞선다. 더 성숙한 학문의 세계로 나아가기 위한 중간 정리라고 너그럽게 헤아려주기를 바랄 뿐이다.

학문적 가르침과 따뜻한 격려로, 막막하기만 했던 문학 연구의 길을 언제나 환한 가로등처럼 밝혀주셨던 선생님들께 이 자리를 빌어 특별히 감사의 절을 올린다. 그리고 늘 학문적 자극과 끈끈한 동지애를 느끼게 해준 선후배, 동료들에게도 진심으로 고마움을 전한다.

끝으로 천성적으로 약한 체력 때문에 늘 지쳐 있는 막내딸을 위하여 새벽 기도와 전폭적인 사랑으로 항상 힘을 주시는 아버지, 어머니께 어떤 말로도 표현할 수 없는 감사와 사랑의 마음을 대신하여 이 책을 바친다.

2003년 12월 1일
반야산 자락의 연구실에서
구 수 경

■ 책머리에

# 제1부 모더니즘의 구현과 계몽의 차별성

## Ⅰ. 최명익 심리주의 소설의 특성

## Ⅱ. 이태준 소설의 구조와 서사기법

## Ⅲ.《상록수》에 나타난 계몽활동의 이원성

# 제 2 부 김동리와 황순원의 작품세계

## Ⅰ. 김동리 소설의 신비화 기법

## IV. 김문집의 예술의식과 비평의 우월성

제
1
부

모더니즘의
구현과
계몽의
차별성

# I. 최명익 심리주의 소설의 특성

## 1. 의식의 공간화와 대화의 내재화

### 1) 서 론

최명익(1903~?)은 심리주의 기법으로 인간 내면의 분열된 의식과 심리적 갈등을 표현하려 했던 1930년대의 대표적인 모더니즘 작가이다. 평양에서 태어나 평양에서 줄곧 작품활동1)을 했던 그는 중앙문단과는 별다른 교섭이 없이 작품의 창작에만 전념했던 특별한 이력의 소유자이기도 하다.

그럼에도 불구하고 1936년 단편 <비오는 길>을 『조광』에 발표하면서 정식으로 문단에 데뷔한 이후, 최명익의 작품들은 비평계로부터 지속적으로 그 문학적 가치를 인정받았다. 당시 신세대론을 주장했던 김동리는 "문단 신생면(新生面)의 신진작가 중 그 작가적 기량과 태도(작가적)에 있어 우리의 신임이 제일 두터운 이론 최명익 씨"2)를 꼽을 수 있다고 언급하기도 했다. 또 조연현은 최명익의 소설들을 종합적으로 검토하면서 "무엇이고 될 수 있게 하는 인생의 원동력인 의지력을 상실한 씨의 모든 불안과 절망과 무기력과 불행은 씨의 분열된

---

1) 그는 1928년 홍종인, 김재광 등과 함께 발간한 평양의 문학동인지 「백치(白癡)」에 유방(柳坊)이라는 필명으로 <회련시대>, <처의 화장> 등을 발표하면서 첫 문학활동을 시작하고 있다.
2) 김동리, 「新世代의 精神」, 『文章』제2권 제5호, 1940년 5월호, 86쪽.

자의식의 비극"[3]을 초래하고 있다고, 그의 비극적 세계관을 심층적으로 분석한 바 있다.

이후 이재선은 단편집 《장삼이사》(1947)에 실려 있는 최명익 소설의 주인공은 대개 지식인이며, 이들 지식인들은 "하나같이 삶의 의욕을 잃어버리고 있거나 애써서 현실과 타협해서 살려는 의지력을 갖고 있지 않는 자포자기적이고 정신적인 결벽성의 인간"[4]으로 그려지고 있음을 지적하였다.

또 김윤식은 1930년대에 심리주의 소설을 쓴 대표적인 소설가로 이 상, 박태원, 최명익을 거론한 뒤, 이들의 작품이 지닌 특성 및 차이점을 다음과 같이 분석하고 있다.

> 최명익은 박태원과 대칭적인 지점에 서 있는 모더니스트였다. 이 양자를 초월한 곳에 이상의 유클리드 기하학으로 표상되는 모더니즘의 본질적 특성이 가로놓였던 것. 말을 바꾸면 최명익의 심리 묘사는 심층 탐구라기보다는 심리적 불안정 상태, 그러니까 아직 채 결정되지 않은 심리적 단계를 보여주는 범주라 할 것이다. 이상의 심층 탐구가 인간의 삶의 근원적인 것에 닿아 있는 상징적인 것이라면 최명익의 그것은 인간의 심리가 행동의 선택으로 연결되기 직전의 분기점에까지 나와 있는 형국이라 할 수 있다.[5]

즉 박태원의 심리소설이 객관적인 태도로 내면심리를 묘사해 내는 데 주력하고 있다면, 이상은 "관념적·추상적인 심층 탐구"[6]에 관심을 보인다. 반면에 최명익은 인간 내면의 심리적 불안정 상태의 서술에 초점을 맞추고 있다는 점에서 각각 모더니즘 작가로서의 변별성을

---

3) 조연현, 「自意識의 悲劇」, 『白民』, 1949. 1, 137쪽.
4) 이재선, 『한국현대소설사』, 홍성사, 1984, 482쪽.
5) 김윤식, 『한국 현대 현실주의 소설 연구』, 문학과지성사, 1990, 127쪽.
6) 위의 책, 115쪽.

보이고 있음을 정확하게 포착하고 있다.

이처럼 최명익은 창작 당시부터 문단의 주목을 받아왔음에도 불구하고, 재북작가라는 사실 때문에 오랜 동안 몇몇 문학 연구자의 연구 대상이 되었을 뿐 일반 독자들에게는 낯설고 잊혀진 작가였다. 하지만 위의 김윤식의 글에서도 드러나듯이, 1930년대 심리주의 혹은 모더니즘 소설을 창작한 대표적인 작가로서 최명익의 작품 세계 및 창작기법에 대한 연구가 선행되지 않고서는 1930년대의 모더니즘 소설의 특성 및 위상을 올바로 자리매김할 수 없다.

따라서 본고에서는 최명익의 각 작품에서 지속적으로 변주되고 있는 지식인 주인물의 내적 갈등 양상이 어떠한 서사기법을 통해서 미학적 가치를 획득하고 있는지를 고찰해 보고자 한다. 이를 위해 최명익의 단편집 《장삼이사》에 실려 있는 여섯 작품7) 중 지식인의 심리세계를 정면으로 다루고 있는 <비오는 길>(1936), <무성격자>(1937), <역설>(1938), <심문>(1939)을 주요 텍스트로 삼았다.

## 2) 경멸과 연민의 인물 구성

최명익의 심리소설에서 작중인물들은 크게 세 유형으로 나뉘어진다. 첫째, 병일(丙一)(<비오는 길>), 정일(丁一)(<무성격자>), 문일(文一)(<역설>), 명일(明一)(<심문>) 등 '일(一)'자로 끝나는 이름을 가진 주인물들이 있다. 김동리가 이들을 "그때 그때의 작자의 개성과 생명

---

7) 이 중 <봄과 신작로>는 근대화의 물결 속에서 희생양이 되어버린 순진한 두 시골 색시의 비극을 다루고 있다는 점에서, <장삼이사>는 기차에 동승하게된 하층민들의 삶을 일정한 거리를 유지한 채 관찰하는 지식인이 등장하지만, 소설의 대부분이 그들의 말과 행동에 압도당한 채 객관적인 관찰과 묘사로 이루어지고 있다는 점에서 제외했다.
텍스트는 최명익, <장삼이사>, 《북으로 간 작가선집》(8)(을유문화사, 1988)으로 삼았다. 이하 작품의 인용은 작품명과 쪽수만 표시하기로 한다.

의 구경적(究竟的) 과제 혹은 그것의 일면을 표시하는 작가의 분신들"8)이라고 말한 바 있듯이, 사실 각 소설에 등장하는 주인물들은 상이한 인물들이라기보다는 유사성과 동질성을 지닌 인물군으로서의 성격이 강하다. 그들은 모두 지식인이며, 한결같이 삶의 의욕을 상실한 채 "우울하고 절망적이며 무기력하며 의식의 과잉으로 일관"9)된 삶의 태도를 보인다. 또 그들은 그 우울과 무의미와 권태에서 벗어나기 위한 수단으로 기생이나 여급 같은 여성과의 관계에 집착함으로써 스스로를 타락한 생활 속으로 몰고 간다. 하지만 이들은 그러한 자신의 삶을 끊임없이 들여다보고 분석하는 자의식을 보인다는 점에서, 그리고 내면에는 정신적 결벽성과 자존심을 감추고 있다는 점에서, 그들의 절망과 자포자기는 극단적인 양상으로 치닫고 있지는 않다.

둘째, 주인물과는 달리 현실적인 삶의 목표와 야망을 가지고 살아가는 대조되는 인물군들이 존재한다. <비오는 길>의 사진관 주인 이칠성이나 <무성격자>에서 돈을 위하여 살아온 정일의 '아버지', <심문>에서 옛친구이자 실업가가 된 '이 군'처럼 물질적인 부와 세속적 행복을 추구하며 앞만 보고 살아가는 인물들이 그들이다. 또 <역설>의 교장 후보 K선생처럼 사회적인 명예와 지위를 얻기 위해 수단과 방법을 가리지 않는 인물도 여기에 속한다. 이들의 적극적인 삶의 방식은 주인물에게 양가적(兩價的)인 의미로 다가온다. 한편으로 그들은 세속적인 욕심에 사로잡혀 있는 인물들이라는 점에서 한없이 경멸하고 무시하고 싶은 대상이다. 그러나 어찌되었건 주인물 자신에게는 없는 삶의 의욕과 의지력을 지니고 있는 인물들이라는 점에서 한편으론 부러움과 감동의 대상이기도 하다. 각 소설에서 주인물이 이들의

---

8) 김동리, 앞의 글, 86쪽.
9) 이재선, 앞의 책, 482쪽.

삶을 지속적으로 관찰하고 비판적으로 분석하고 있는 것은, 그들이 지닌 삶의 야심과 의욕을 닮고 싶은 주인물의 내적 욕망의 간접적 표현이라고 할 수 있다.

마지막으로 최명익의 소설에 반복적으로 등장하는 유형으로, 주인물과 유사한 정신 풍경을 지닌 인물군들을 들 수 있다. 예컨대 <무성격자>에서 아리사의 마담 문주와 <역설>의 기생 계향, <심문>의 현혁과 여옥이 그들이다. 이들은 주인물들과 마찬가지로 한때는 동경 유학생, 동경에서의 댄서, 열렬한 독립투사 등 자신의 목표를 향하여 적극적인 삶을 살다가, 지금은 기생이나 폐병환자, 아편중독자로 전락한 삶의 패배자들이다. 주인물과 이들의 차이점은 주인물들의 자포자기가 방황과 우울, 권태 등 정신적 무력감을 낳고 있다면, 이들의 자포자기는 가난과 폐병, 아편중독, 죽음 등 삶의 파멸로 치닫고 있다는 점이다. 그런 점에서 이들의 절망은 보다 극단적이며 비극적인 양상을 띤다.

결국 최명익 소설의 주인물들은 두 번째 인물군처럼 삶의 의욕을 회복하지도 못하고, 세 번째 인물군처럼 철저히 절망하거나 자기 파괴적이지도 못한 채, 그 중간을 서성이고 있는 인물적 특성을 보인다고 할 수 있다.

## 3) 내적 갈등에 의한 성격의 플롯

노오만 프리드먼(Norman Friedman)은 플롯이 다루고 있는 주요 문제가 무엇이며, 그것이 어떻게 해결되는가를 고찰할 수 있어야 플롯의 형식을 규정할 수 있다고 말한다. 그러면서 플롯의 유형을 크게 다음과 같이 운명(運命)의 플롯, 사고(思考)의 플롯, 성격(性格)의 플롯으로 나누고 있다.

만약에 이 문제와 그 해결이, 이야기 줄거리의 구조와 독자의 美的-道德的 정서의 구조로 미루어 볼 때, 주인공이 자신의 외부의 어떤 것을 획득하기에 성공하느냐 실패하느냐에 달린 것이라면, 그리고 만약에 이것이 궁극적으로는 그의 의지나 인식에 달린 것이 아니라 외적 상황에 의존하는 문제라면, 그 주요부분은 運命이다. 만약에 주요 문제가 그의 상황이나 목표에는 상관없이 그가 생각하거나 믿는 것이 옳으냐 옳지 못하냐 하는 데 달려 있다면, 그리고 궁극적으로는 그의 통찰이나 발견에 달려 있다면, 주요부문은 思考다. 마지막으로, 주요 문제가 요구된 것이거나 안된 것이거나 간에 주인공이 어떤 결정을 내릴 수 있느냐 없느냐 하는 데 달린 것이라면, 그래서 궁극적으로는 주변 상황이나 인식보다는 자기 자신에게 달린 것이라면 주요부문은 性格이다.[10]

최명익의 심리소설은 위의 세 유형 중 성격의 플롯에 해당된다. 그의 소설에는 어떤 목표를 획득하려는 주인물의 행동이나 의지가 드러나지 않는다. 아울러 주인물의 확고한 신념이나 가치관이 제시되고 있지도 않다. 오직 목표를 획득하려는 행동이나 의지를 결여하고 있는 인물, 신념과 가치관을 상실한 지 이미 오래인 인물들의 분열된 내면의식만이 그 전면에 나타나고 있다. 때문에 주인물들은 자신이 직면한 문제에 대해서도 직접 해결하려 하기보다는, 심리적 거리를 유지한 채 방관적 태도를 보이거나, 사유(思惟)의 대상으로 간주해 버린다. 최명익의 소설에서 타인과의 외적 갈등이 아니라, 주인물의 내적 갈등이 핵심 플롯이 되고 있는 것은 이 때문이다.

<비오는 길>에서 중심 사건은 독서와 정신적 가치만을 추구하며 살아온 주인물 병일이 남들처럼 현실적 행복을 추구하며 살아 보면 어떨까를 고민하게 된 며칠간의 심적인 변화이다. 그 변화는 사진사

---

10) Norman Friedman, "Forms of Plot", 김병욱 편, 최상규 역, 『現代小說의 理論』, 대방출판사, 1984, 175쪽.

이칠성과 어린 기생을 목격하면서 시작된다. 그들은 주인물 병일과 대립관계를 보이는 인물이 아니라 대조된 삶을 살고 있는 일상적 인물일 뿐이다. 사실상 병일의 행동과 의식에 영향을 미치고 있는 것은 '비오는 날'이라는 여름 장마의 날씨가 환기하는 지루함과 울적함의 분위기이다. 즉 병일이 평상심을 잃고 현실적 행복에 눈을 돌리는 것은 모두 장마 기간 동안 일어난 우연하고 일시적인 심리의 변화에 불과하다. 그래서 장마가 끝난 후, 그는 정신적 가치를 지향하고 독서에 매진하는 본래의 삶으로 돌아가고 있다.

<무성격자>에서 문일에게 다가온 현실은 애인 문주의 죽음과 아버지의 죽음이라는 극한적인 위기이다. 이 상황에서 정일이 하고 있는 유일한 행동은 병실에 문주를 혼자 두고, 아버지의 임종을 보기 위해 고향으로 내려가는 것이다. 하지만 고향으로 가는 기차 안에서도, 그리고 아버지의 병세를 지켜보면서도, 정일은 문주나 아버지의 죽음에 대한 두려움이나 슬픔과 같은 정신적 긴장감을 보이지 않는다. 그저 목표도 야망도 없고 의무와 책임감도 상실한, '무성격'한 인간의 메마른 감정과 관찰자적 의식만을 드러낼 뿐이다. 그런 가운데 그렇게 죽기를 거부했던 아버지도 죽고, "자기가 조르기만 하면 같이 죽어줄 사람이라고 하면서"[11] 정일에 의지하던 문주도 병실에서 홀로 죽음을 맞이한다. 결국 그들의 죽음 앞에서 정일이 한 일은 문주를 쓸쓸하게 죽게 한 것과, 아버지의 임종을 복잡한 심경으로 관찰한 것뿐이다. 다만 정일이 그 두 죽음의 장례를 책임져야 할 상황에서 아버지의 장례를 치르기로 결정한 것은, 생의 의지력을 지닌 아버지에 대해 경멸에서 존경과 감격으로 바뀌었음을 암시한다.

---

11) <무성격자>, 34쪽.

<역설>에서 십 년을 하루같이 권태롭게 살아온 교원 김문일에게 생활의 변화가 찾아온 것은 교장 후보로 지목되면서부터이다. 문일은 애초부터 교장이 되고 싶은 야망이나 목표를 지니고 있지 않았기에 후보 지명이라는 것 역시 주체적인 의사가 아니다. 바로 타의에 의해 교장 후보에 올랐다는 사실이 그에게 어떤 긍지와 정신적 만족감에 젖게 만든다. 그러나 똑같이 교장 후보에 오른 S선생[12]이 학교를 위하는 마음에서 문일에게 교장이 될 것을 권유하자, 문일은 비로소 자신이 얼마나 무책임한 인간인가를 깨닫는다. 교장 후보에 올랐을 때, 후보에 오른 것에만 자족할 것이 아니라 교장으로서 학교를 위하여 무엇을 할 것인가를 고민했어야 했던 것이다. 문일은 자신이 마음 속으로 가졌던 '긍지'가 얼마나 유치한 것이었던가를 반성하고, S선생의 권유를 거절함으로써 자신의 자존심과 양심을 지킨다.

<심문>은 명일과 현혁, 여옥 등 세 사람 사이의 삼각관계와 외적 갈등이 드러나고 있다는 점에서 앞의 세 작품과는 변별되는 양상을 보인다. 그러나 면밀히 분석해 보면, 이 작품의 세 인물은 각자 자기 방식대로 자기 몫의 고민과 심리적 갈등을 연출할 뿐, 실질적으로 충돌하고 있지 않는, 성격의 플롯을 보여준다. 즉 아편 중독자인 현혁은 여옥을 자기 곁에 두고 싶은 욕망과 여옥을 위해 떠나보내야 한다는 당위성 사이에서 갈등하다 그녀를 놓아주는 선택을 한다. 그리고 여옥은 현혁에 대한 연민 및 책임감, 갱생에의 꿈 혹은 김명일과의 관계에 대한 기대 사이에서 갈등하다가 둘 다를 포기하는 자살을 선

---

12) 최명익의 소설에서 작가가 유일하게 긍정적인 모습만으로 성격 창조를 하고 있는 인물이 <역설>의 S선생이다. 즉 그는 현실적인 삶과 정신적 가치를 조화롭게 결합시킬 줄 아는 인물이다. 바로 학교를 진심으로 사랑하는 마음에서 교장후보로 자기 대신 문일을 추천하려는 행동이 그것이다.

택한다. 마지막으로 '나'(명일)는 여옥의 갱생을 도와야 한다는 당위성과 여옥과의 미래에 대한 부담감 사이에서 갈등하다가 여옥이 자살함으로써 그 모두에서 벗어나고 있다. 이상에서 볼 수 있듯이 현혁과 여옥이 내적 갈등 속에서 자신의 행동을 선택한 것과는 달리, '나'는 방관자적인 태도로 자신이 처한 상황을 해결하려는 행동을 지연시키고 있다. 바로 이런 '나'의 무책임한 대응이 여옥을 죽음으로 몰고 있다는 데 이 작품의 비극성이 자리한다.

이상의 플롯 분석에서 확인되듯이 최명익의 소설에서 사건은 인물들의 행동을 유발하는 장치로 혹은 유기적인 구성으로 전개되지 않는다. 사건은 단지 주인물이 자신의 생각과 내면의식 속으로 빠져들기 위한 보조적 장치로서 작용한다. 따라서 사건이 진행되는 것이 아니라 그 사건에 의해 촉발된 주인물의 생각과 과거 회상, 의식의 흐름이 공간적으로 모자이크될 뿐이다. 그 결과 각 작품의 마지막에서 독자가 발견하는 것은 사건의 해결이 아니라 지속적인 사유의 과정 끝에 도달한 주인물의 인식과 태도의 변화이다. 그렇다고 그들의 의식의 변화가 삶의 의욕을 되찾고 현실에 적응하며 살아갈 것이라는 분명한 확신을 주는 정도는 아니다. 단지 자신의 삶의 방식이 지닌 문제점을 인정하고, 변화의 가능성을 모색하기 시작했을 뿐이다. 왜냐하면 그들을 둘러싼 환경은 여전히 그대로 존재하고, 또 그들은 이제야 인식에 도달했을 뿐 아직 행동을 보여주고 있지는 않기 때문이다.

## 4) 자유 연상에 의한 의식의 공간화

본 논문의 텍스트 중 <비오는 길>과 <무성격자>, <역설>은 선택적 전지시점으로, <심문>은 1인칭 주인공 시점으로 서술되고 있다. 이 두 유형의 시점은 한 작중인물의 외적 세계와 내적 세계를 중심으로 스토리를 전개시켜 나간다는 점에서 독자에게 전달되는 정보의 질과 양이 동일한 양상을 띤다. 단지 1인칭 주인공 시점에서는 스토리 내의 주인물이 초점화자이자 화자의 역할을 동시에 하고 있는 반면, 선택적 전지 시점의 경우 사물을 보고 관찰하는 초점화자는 주인물이고 그것을 서술하는 화자는 스토리 밖의 인물이라는 점이 다를 뿐이다.

최명익이 선택적 전지시점이나 1인칭 주인공 시점을 선택하고 있는 것은 한 인물의 의식세계 속에서 일어나는 사고의 추이과정, 심리적 불안정 상태, 과거 회상 등이 스토리의 주 내용을 이루고 있는 사실과 무관하지 않다. 즉 "작가는 소설에서 작중인물의 심리상태를 끊임없이 캐어 들어가며, 세계의 사물들을 직접 묘사하지 않고 과거와 현재, 미래에 얽혀 있는 시간의 흐름 속에서 나타나는 인물의 의식구조 속에서 묘사"[13]한다. 따라서 독자에게 전달된 모든 대상과 사물의 의미는 주인물의 주관적 의식에 의해 한 번 걸러진 의미들이다.

이렇게 한 인간의 내면의식의 추이과정을 드러내기 위하여 작가는 시간의 공간화 기법을 시도한다. 즉 선조적인 시간관념에서 벗어나 현재에서 과거로, 과거에서 미래로 수시로 넘나드는 한 인간의 의식의 흐름을 그대로 재현하고 있다. 이때 작가는 시간의 역전이동과 공간의 이동을 교묘하게 결합시킴으로써 의식의 전이를 자연스럽게 유도하는 다음과 같은 기법을 사용하고 있다.

첫째, <무성격자>와 <심문>에서 반복적으로 나타나고 있는 기차 안에서의 심리적 추이과정의 묘사이다. 이들 작품에서 공간의 이동과 현재에서 과거, 미래 예감으로의 의식의 전이는 동시에 진행된다. 먼

---

13) 최혜실, 『한국모더니즘소설연구』, 민지사, 1992, 174쪽.

저 <무성격자>의 경우 서울을 출발하여 고향으로 가는 기차를 타고 있는 정일의 의식은 서울에 두고 온 문주에 대한 회상에서 고향에 계신 아버지에 대한 회상으로 자연스럽게 이어지고 있다. 기차에 몸을 맡긴 채 긴장이 풀린 방심한 상태에서 그의 생각은 공간의 흐름과 유기적으로 연결되면서 진행되고 있는 것이다. 그래서 화자는 정일에게 지속적으로 이어지는 생각의 흐름이 얼마나 우발적이고 자신의 의지에서 벗어난 것인가를 다음과 같이 표현하고 있다.

> 그러나 눈을 감고 있는 머리 속에는 찻바퀴 소리를 따라 흔들리는 몸과 같이 순서 없이 떠오르는 생각조차 흔들리고 뒤섞이는 듯하였다.[14]

> 다시 눈을 감은 정일이는 자기의 피폐하고 침퇴한 뇌에도 폐물이 발효하는 현상이라고밖에 할 수 없는 생각이 마치 여름날 썩은 물에 북질북질 끓어오르는 투명하지 못한 물거품같이 자꾸 떠오르는 것이 괴로웠다.[15]

즉 정일이 자발적으로 생각을 끌어낸 것이 아니라 생각이 스스로 떠올라 그를 지배하고 있는 형국이다. 따라서 기차를 타고 가는 동안 내내 그는 순서 없이 떠오르는 생각과 과거회상의 흐름 속에 몸을 맡긴 채 함께 흘러가고 있다.

정일의 의식의 흐름은 때로 미래에의 예감과 과거의 이미지가 혼재되어 불행하고 괴로운 그의 내면풍경을 모자이크해 보이기도 한다.

> 한나절 후에 보게 될 임종이 가까운 아버지의 신음 소리, 오래 앓은 늙은 이의 몸 냄새, 눈물 고인 어머니의 눈과 마음놓고 울 기회라는 듯이 자기의 설움을 쏟아 놓을 미운 처의 울음 소리, 불결한 요강……그리고 문주의 각

---

14) <무성격자>, 25쪽.
15) 위의 작품, 27쪽.

혈, 그 히스테릭한 웃음과 울음 소리……이렇게 주검의 그림자로 그늘질 병실의 침울한 풍경과 이그러진 인정의 소리가 들리고 있었다.[16]

위에서 청각, 후각, 시각 등 감각적 이미지로 묘사된 내용들은 미래에 겪게 될 사건과 과거에 겪은 사건이 결합된 것이다. 또한 공간적으로도 서울의 사건과 고향의 사건이 뒤엉켜 있다. 이것은 자포자기적이고 방관적인 정일임에도 불구하고 끝까지 외면할 수 없는 자신의 실존적 상황, 즉 고통스럽고 비참한 현실의 편린들이 무작위적으로 그의 의식 위로 떠오르는 모습을 형상화하고 있는 것이다.

<심문>의 주인물 '나'(명일)는 화가이다. 때문에 그의 내면 속에서 이루어지는 생각이나 망상도 화가적 상상력을 통하여 진행되고 있는 특성을 보인다.

시속 50 몇 킬로라는 특급 차창 밖에는 다리 쉼을 할 만한 정거장도 역시 흘러갈 뿐이었다. 산, 들, 강, 작은 동리, 전선주, 꽤 길게 평행한 신작로의 행인과 소와 말. 그렇게 빨리 흘러가는 분수로는 우리가 지나친 공간과 시간 저편 뒤에 가로막힌 어떤 장벽이 있다면, 그것들은 캔버스 위의 한 터치, 또 한 터치의 오일 같이 거기 부딪쳐서 농후한 한 폭 그림이 될 것이나 아닐까? 고 나는 그러한 망상의 그림을 눈앞에 그리며 흘러갔다.[17]

위에서 달리는 기차 안에 있는 '나'는 매순간 스쳐가는 기차 밖의 풍경과, 시·공간 위에서 진행되는 우리의 인생을 한 터치, 한 터치 부딪쳐서 완성된 한 폭의 유화로 상상하고 있다. 즉 주인물의 관념유희가 화가적인 상상력을 통해 전개되고 있는 것이다. 이 부분은 인물적 특성을 고려해서 사유의 방식 및 내용을 설정하는, 작가의 탁월

---

16) 위의 작품, 27쪽.
17) <심문>, 116쪽.

한 창조력을 보여준다.

또 <심문>에서 할빈으로 가는 기차 안에서의 '나'의 내면의식은 오룡배를 기점으로 옛 친구를 만나 "일정한 직업과 주소를 갖게 될지도 모른다는"[18] 희망과 포부에서, 여옥과의 만남에 대한 호기심과 두려움으로 전이되는 양상을 보인다. 그것은 기차가 오룡배 역에 도착하면서 자연스럽게 떠오른, 오룡배에서 여옥과 있었던 과거 사건 때문이다. 지난 봄, 화가인 '나'는 모델인 여옥에 대해 통일된 인상을 얻지 못한 채 분열된 의식에 시달려야 했다. 즉 여옥이의 얼굴에서 죽은 아내 혜숙의 모습을 발견하거나 아니면 "때로는 너무도 주관적으로 도취되었고 때로는 객관적으로 여옥이의 정열을 관찰하게"[19] 됨으로써 그림을 완성할 수 없었던 것이다. 이런 모호한 나의 태도에 똑같은 방식으로 응대하는 심리적 암투를 벌이던 여옥은 어느날 마음의 상처를 안고 훌쩍 떠나갔었다. 바로 그녀가 지금 할빈에 있다는 얘기를 이 군에게서 들었던 것이다.

때문에 오룡배를 지나면서부터 '나'는 할빈을 어떤 음울한 숙명이 기다리고 있는 곳으로 느낀다. 그 예감은 상상적 이미지와 기차 안의 현실이 교묘하게 겹쳐지는 의식의 흐름 속에서 극적인 긴장감과 스릴을 자아내고 있다.

그런 무서운 숙명이 나를 기다리는지도 모를 할빈이라고 생각하면 그 곳으로 이렇게 달아나는 이 열차는 그런 숙명과 같이 음모한 괴물일는지도 모른다고 나는 좀 취한 머리 속에 또 한 가지 이런 스릴을 느꼈다. 그러면서 큰 고래 입 속으로 양양히 헤엄쳐 들어가는 물고기들을 상상하며 그런 물고기의 어느 한 부분인지도 모르는 피시 프라이의 한 조각을 입에 넣고

---

18) 위의 작품, 118쪽.
19) 위의 작품, 121쪽.

씹으며 마주 볼 때, 나보다 한 접시 앞선 중년 여자는 소위 어느 한 부분인 지도 모를 스테이크의 마지막 조각을 입에 넣고 입술에 맺힌 핏물을 찍어 내는 것이었다.[20]

위의 인용에서 주인물 '나'의 의식은 [할빈에서 기다리고 있을 무서운 숙명에 대한 예감 → 그 숙명에 빨려 들 듯이 할빈을 향하여 빠르게 달려가고 있는 기차의 속도감이 주는 긴장감 → 숙명을 거부할 수 없는 자신의 무력함을 큰 고래 입 속으로 들어가는 물고기들에 비유하는 상상적 이미지 → 현재로 돌아와 생선 프라이의 한 조각을 먹고 있는 자신의 모습을 의식 → 마치 숙명의 잔인함을 암시하듯 건너편에서 스테이크를 다 먹은 중년 여인의 입술에 묻은 핏물을 봄] 등 자유연상에 의해 미래 예감, 상상, 현재가 긴박하게 흐르고 있다. 그것은 마치 기차의 속도감과 의식의 흐름의 속도감이 맞물려 있는 듯한 인상마저 주고 있다.

둘째, 최명익의 소설은 지식인의 심리적 불안정 상태, 내적인 갈등을 주로 그리고 있다고 지적한 바 있다. 따라서 그의 소설에는 내적 독백이 유난히 많이 나타난다. 내적 독백은 작중인물의 사고내용이 화자에 의해 중재되지 않은 채 그대로 제시되는 방식을 말한다. 즉 "내적 독백은 숙어, 어법, 단어 선택, 구문 선택 등이 작중인물의 것과 동일하며"[21], 작중인물의 마음 속에서 '말해진 것'이 그대로 독자에게 전달되는 것이다.

    a) '돈을 아껴서 책까지 안 산다면 내 생활은 무엇이 됩니까? 지금 나에

---

20) 위의 작품, 127-128쪽.

21) Seymour Chatman, *Story and Discourse*, Ithaca & London : Cornell Univ. Press, 1983, 250쪽.

게는 도서관에 갈 시간도 없지 않소? 그러면 그렇게 책을 읽어서 무엇하느냐고 묻겠지만 나 역시 무슨 목적이 있어서 보는 것이 아닙니다, 하고는 어떻게 살아야 후회 없는 일생을 살 수 있는가 하는, 즉 사람에게는 사람이란 무엇인가? 하는 의문이 있다는 것을 알고 나도 그것을 알아보려고 한 적도 있었지만 지금은 고학도 할 수 없이 된 병약한 몸과 이 년 내로 주인에게 모욕을 받고 있는 나의 인격의 울분한 반항이—말하자면 모두 자기네 일에 분망한 세상에서 나도 내 생활을 위하여 몰두하는 시간을 가져 보겠다는 것이 나의 독서요.'22)

b) 이렇게 생의 기능을 완전히 잃었다고 할밖에 없는 이 몸이 아직 살려고 하고 아직도 살아 있는 것은 육체적인 생의 본능욕 이상의 의지력이 있는 탓이 아닌가? 자기가 만든 세상에 대한 애착을 버리지 않으려는 끝없는 의지력이 이 파멸된 육체의 생명을 이같이 끌어나가는 것이 아닐까?23)

c) 낮과 밤이 다른 여옥이는 여옥이가 그런 것이 아니라, 맹목적이어야 할 사랑과 순정을 못 가지는 나의 태도에 여옥이도 할 수 없이 그런 것이 아닐까? 여옥이와 나는 열정과 순정이 없다면 피차의 인격과 자존심을 서로 모욕하고 마는 관계가 아닐까?24)

세 편의 작품에서 각각 발췌한 위의 인용들은 주인물들이 중요한 순간에 마음 속으로 독백하고 있는 내용들이다. a)는 <비오는 길>의 병일이 자신의 절망적 현실을 사진사에게 차마 고백하지 못하고 속으로 울부짖고 있는 이 소설의 핵심부분이다. 선택적 전지시점인 이 소설에서 주인물의 내적 독백은 3인칭이 아니라 1인칭으로 진술됨으로써 일시적인 시점의 변화를 보이고 있다. b)는 <무성격자>의 정일이 임종을 앞둔 아버지에게서 강한 생의 의지력을 발견하고 있는 부분이

---

22) <비오는 길>, 105쪽.
23) <무성격자>, 57쪽.
24) <심문>, 125-126쪽.

다. 이로써 정일은 아버지에 대한 감정이 불쾌감에서 감동으로 인식의 전환을 보인다. 또 c)는 <심문>에서 '나'가 여옥과의 사이에 감정적인 합일을 이루지 못한 채 자꾸 어긋나는 원인이 여옥에게서 죽은 아내의 이미지를 찾고 있는 '나'의 산란한 마음 탓임을 인정하며 미안함을 느끼고 있는 부분이다. 그러나 그 마음을 표시하기도 전에 여옥은 슬픔을 안고 떠난다.

이상 각 소설의 내적 독백에서 볼 수 있듯이, 최명익 소설의 주인물들은 자포자기와 의욕상실 속에 살고 있지만, 그렇다고 자신의 삶을 반추하고 분석하는 반성적 자아의 모습까지 상실하고 있지는 않다. 다른 말로 그들은 현재의 삶이 바람직한 것이 아님을 알고 있으며, 따라서 어떤 계기만 주어진다면 새롭게 삶의 목표와 의지를 갖고 살아볼 최소한의 마음을 간직하고 있다. 그 마음을 잃지 않게 하는 것이 바로 끊임없이 자신의 내면을 들여다보고, '어떻게 살 것인가'를 고민하는 사유행위이다. 따라서 각 소설의 마지막 부분에서 그들은 무기력한 현실을 벗어나 새로운 삶에 대한 기대와 각오를 보여주고 있다. 그런 점에서 최명익은 삶의 변화를 모색해 가는, 지식인의 긴 정신적 방황의 내면풍경을 형상화하고 있는 작가라고 하겠다.

## 5) 대화의 내재화 혹은 간접화법에 의한 처리

최명익의 소설에서 사건은 직접적으로 제시되지 않고 주인물의 의식에 비춰진 인상과 해석을 중심으로 독자에게 전달된다. 즉 사건의 간접화 현상이 나타나는 것이다. 따라서 사건을 구성하는 인물들의 행동과 대화내용은 있는 그대로 객관적으로 제시되는 것이 아니라 주인물의 의식이나 기억 속에 각인된 행동과 대화내용을 중심으로 단편적으로 제시된다. 이러한 특성 때문에 최명익의 소설에서 인물들의

대화는 행 구분과 인용부호에 의해 전경화되는 직접화법에 의해 제시
되기보다는 간접화법에 의해 요약되어 전달되는 경우가 대부분이다.
예컨대 <무성격자>의 경우는 인물들의 대화가 모두 서술 문장 속에
내재화되거나 간접화법에 의해 요약, 전달되고 있다.

　최명익의 소설에서 간접화법에 의한 대화의 처리는 첫째, 과거 회
상 속의 사건을 요약하고, 대화내용을 압축하는 기능을 하고 있다.

> 　마침내 입원을 승낙한 문주는 당신이 이번 가면 짐스러운 나를 영 버릴
> 것이 아니냐 하며 언제나 37도 5부 내외의 신열을 지니고 있는 몸을 정일
> 의 품에 던지고 울면서 정일이의 아버지가 돌아가시면 어머니를 모셔야 하
> 고 따라서 처와도 같이 있게 될 정일이의 경우를 일일이 설명하듯이 말하
> 고 나서 정일이의 부담으로 입원하고 있다는 사실만이 정일이와 자기의 인
> 연이 끊기지 않은 오직 한 증거로 믿고 지내려고 입원하는 것이라고 말하
> 였던 것이다.25)

> 　어젯밤에는 하숙비는 얼마나 내느냐고 물은 다음에―흐지부지 허튼 돈을
> 안 쓰는 '긴상'이라 봉처로 한 달에 기껏 육 원을 쓴다 치고라도 한 달에
> 칠팔 원을 저금하였을 터이니 이태 동안에 소불하 이백 원은 앞세웠으리라
> 고 계산하였다. 그 말에 병일이는 웃으며―글쎄, 그랬더라면 좋았을 걸 아
> 직 한푼도 저축한 것이 없다고 하였더니―내가 긴상에서 돈 꾸라고 할 사
> 람이 아니니 거짓말할 필요 없다고 서둘다가―정말 돈을 앞세우지 못하였
> 다면 그 돈을 무엇에다 썼을까고 대단히 궁금해 하는 모양이었다.26)

　위의 첫 인용은 <무성격자>에서 문주가 자신을 입원시킨 뒤 고향
으로 내려가는 정일을 앞에 두고, 심리적 불안과 두려움으로 가득 찬
심경을 일방적으로 토로하고 있는 부분이다. 이 때 문주의 말은 행해

---

25) <무성격자>, 26쪽.
26) <비오는 길>, 104쪽.

진 그대로 제시되지 않고 정일이 난처함과 곤혹스러움을 느끼는 내용만이 요약되어 간접화법으로 전달되고 있다. 즉 대화내용이 주인물 정일의 내적 반응과 관심 여부에 따라 선택적으로 서술되고 있는 것이다.

두 번째 인용은 <비오는 길>에서 병일이 사진관 주인과 나누었던 대화내용이다. 여기서도 병일의 월급에 대한 사진사의 속물적 호기심이 드러나는 부분만이 간접화법으로 서술되고 있다. 즉 어젯밤의 대화 중 병일의 기억에 각인된 내용은 현재의 병일의 생활, 특히 경제적인 문제에 관심을 보이던 사진사의 말뿐이다. 이러한 사진사의 호기심은 병일이 독서에만 몰두하는 자신의 생활방식에 대해 회의를 갖는 계기가 되고 있다.

둘째, 현재 사건에서도 대화는 주인물의 의식에 각인된 혹은 그의 생각과 행동을 끌어내는 내용을 중심으로 요약, 서술되는 특징을 보인다. 또한 직접화법과 간접화법을 혼합시킨 다음과 같은 대화 제시방법은 독특한 문체의 효과를 낳고 있다.

S씨는 학교를 사랑하고 지켜 가려는 성심만은 누구에게 뒤지지 않는다고 자신할 수 있지만 시대에 뒤떨어진 사람이랄 밖에 없고 설혹 그 점만은 무릅쓰고 나선다 하더라도 50이 지났으니 오래지 않아 후계자를 구하여야 할 바에는 이번 기회에 젊은 인재를 내세우는 것이 떳떳한 일이라고 말하고 나서,
"그러한 인재가 나선다면 나는 교원을 사직하거나 또 사직하지 않더라도 남은 시간이 많으니까 아예 회계실로 내려가려오. 20여 년 지내 본 만치 학교 살림 형편을 잘 아니까 별로 틀림없이 새 교장을 보좌할 자신은 있다고 생각하오……이런 말은 혹 수단에 치우쳐서 정당하지 못하다고 할는지 모르지만……"27)

---

27) <역설>, 18쪽.

"중독자에게 흔히 볼 수 있는 몰염치한 생각인지도 모르지만······" 내가
잠시 손을 내밀어 준다면 여옥이는 내 손을 붙잡아 의지하고 지금의 생활
에서 자기를 건져내고 싶다는 것이었다.
　　"제가 중독자의 몰염치로 이런 말씀을 하게 되는 것인지는 모르지만
······" 여옥이는 또 이런 말을 앞세우고, 아직 자기의 몰염치를 자각할 수
있고, 애써 자기를 건져야겠다는 의지가 남아 있는 이 때를 놓치면 영 자기
는 폐인이 되고 말 것이라고 말하는 그의 눈에는 눈물이 고인다.[28]

　　위의 두 작품에서 간접화법은 말하는 사람이 전달하고자 하는 메
시지를 요약, 정리해서 전달하는 기능을 하고 있는 반면, 직접화법은
그 메시지를 말하는 사람의 심경, 심리적 상태 등을 그대로 드러내는
효과를 주고 있다. 즉 <역설>에서 교장 자리를 양보하는 S 선생의
겸손한 마음가짐, <심문>에서 '나'에게 자신이 갱생할 수 있도록 도
움을 청하고 있는 여옥의 편치 않은 심경 등이 직접화법의 문체에서
'~는 모르지만'의 반복과 말없음표의 여운을 통해 독자가 직접 감지
할 수 있도록 처리하고 있다. 또한 이 상황에서 청자의 입장이 된 주
인물들은 일방적으로 상대방의 말을 듣고 있을 뿐 자신의 말을 섞지
않는 모습을 보인다. 때문에 상대방의 말은 침묵하고 있는 주인물의
마음에 때로는 감정의 무늬로, 때로는 생각과 행동의 선택을 유도하
는 메시지로 각인되면서 하나의 정신 풍경을 직조하는 효과를 낳고
있다.

## 6) 결 론

　　지금까지 최명익의 심리소설에서 나타나고 있는 독특한 서사기법
을 고찰해 보았다.

─────────────

28) <심문>, 148쪽.

최명익은 작중인물의 심리적 불안정 상태 혹은 부유(浮遊)하는 의식세계를 객관적으로 드러내기 위하여 다양한 서사기법을 활용하고 있다. 첫째, 유형화된 인물구성이다. 그의 소설에서 주인물은 '일(一)'자로 끝나는 이름을 가졌다는 공통점을 보인다. 아울러 그들은 모두 지식인이며, 한결같이 무의미와 권태, 의욕상실과 자포자기의 삶을 살고 있는 모습으로 그려진다. 그리고 주인물과 대조되는 인물군, 즉 삶의 목표와 야망을 가지고 살아가는 사람들과, 주인물과 유사한 정신 풍경을 지닌 인물군, 즉 한때는 삶의 목표와 야망을 가지고 적극적인 삶을 살았으나 지금은 기생이나, 폐병환자, 아편중독자로 전락한 인물들이 반복적으로 등장한다. 최명익 소설에서 주인물들은 두 번째 인물들처럼 삶의 의욕을 불태우지도 못하고, 세 번째 인물들처럼 철저히 자기 파괴적이지도 못한 채, 그 중간을 서성이는 인물적 특성을 보이고 있다.

둘째, 최명익의 소설은 내적 갈등에 의한 성격의 플롯으로 이루어져 있다. 그의 소설에서 외적 사건은 주인물들이 자신의 생각과 내면의식 속으로 들어가기 위한 장치에 다름 아니다. 따라서 소설의 내용은 행동에 의해 유발된 사건이 아니라, 사건에 의해 촉발된 주인물의 과거 회상과 사고의 추이과정이 주를 이룬다. 그 결과 소설의 마지막 부분에서 독자가 접하게 되는 것도 사건의 해결이 아니라 주인물의 생각과 태도의 변화이다.

셋째, 최명익은 한 인물의 의식세계 속에서 일어나는 사고의 추이 과정, 심리적 불안정 상태, 과거 회상 등을 드러내기 위하여 자유 연상에 의한 의식의 공간화 기법을 사용하고 있다. 즉, 현재에서 과거, 과거에서 미래 예감으로 시간의 역전 이동이 빈번하게 나타나고 있고, 또 이것이 주인물의 공간 이동과 교묘하게 결합됨으로써 의식의 흐름을 자연스럽게 재현하고 있다. 또 작중인물의 사고내용이 화자에 의해 중재되지 않은 채 그대로 제시되는 내적 독백을 사용하여 의식 세계를 객관적으로 제시하고 있다.

넷째, 최명익의 소설에서 작중인물들의 대화는 간접화법에 의해 요약, 전달되거나 서술 문장 속에 내재화되는 양상을 보인다. 이때 간접화법에 의한 대화의 처리는 과거회상 속의 사건을 요약하고, 대화내용을 압축하는 기능을 하고 있다. 또 현재 사건의 대화는 직접화법과 간접화법이 혼합된 독특한 방식으로 서술되고 있다. 이때 간접화법은 말하는 사람이 전달하고자 하는 메시지를 요약, 정리하는 기능을 하는 반면, 직접화법은 말하는 사람의 심리적 상태를 그대로 드러내는 효과를 주고 있다.

결론적으로 최명익은 권태와 우울, 자포자기와 무기력 속에서 삶의 방향을 잃어버린 지식인의 복잡한 정신풍경을 의식의 추이과정의 객관적 서술, 현실적 삶과 당위적 삶 사이의 내적 갈등 등을 통해 구체적으로 형상화하고 있는 작가이다. 아울러 작가는 주인물들이 지니고 있는 정신적 기질, 즉 지식인 특유의 자존심과 정신적 결벽성이 있는 한, 그들은 끝까지 자신의 삶을 포기하거나 방치하지 않을 것임을 암시하고 있다. 결국 작가는 주인물들이 보여주는 현재의 정신적 방황이나 내면의식으로의 침잠을, 참된 나를 발견하고 가치 있는 삶을 모색하기 위한 정신적 탐색의 한 과정으로 그려내고 있다고 하겠다.

# 참고문헌

김동리, 「新世代의 精神」, 『文章』제2권 제5호, 1940년 5월호.

김병욱 편, 최상규 역, 『現代小說의 理論』, 대방출판사, 1984.

김영민, 『한국문학비평논쟁사』, 한길사, 1993.

김윤식, 『한국 현대 현실주의 소설 연구』, 문학과지성사, 1990.

김재용, 「해방 직후 최명익 소설과 『제1호(第一號)』의 문제성」, 『민족
　　　문학사연구』제17호, 민족문학사학회, 2000.

김진석, 「崔明翊 小說 研究」, 『인문과학』제2호, 서원대 인문과학연구
　　　소, 1993.

박철희・김시태, 『文學의 理論과 方法』, 이우출판사, 1984.

오병기, 「1930년대 심리소설과 자의식의 변모양상(2)」, 『대구어문논총』
　　　제12집, 대구어문학회, 1994.

이재선, 『한국현대소설사』, 홍성사, 1984.

장춘화, 「崔明翊 소설 연구」, 『대구어문논총』제9집, 대구어문학회, 1991.

전영태, 「최명익론 : 자의식의 갈등과 그 해결의 양상」, 『선청어문』제
　　　10집, 서울대, 1979.

조연현, 「自意識의 悲劇」, 『白民』, 1949. 1.

차혜영, 「최명익 소설의 양식적 특성과 그 의미」, 『한국학논집』제8집,
　　　한양대 한국학연구소, 1994.

채호석, 「리얼리즘에의 도정 : 최명익론」, 김윤식・정호웅 엮음, 『한국
　　　문학의 리얼리즘과 모더니즘』, 민음사, 1989.

최혜실, 「1930年代 韓國 心理小說研究」, 서울대학교 대학원, 1986.

---------, 『한국모더니즘소설연구』, 민지사, 1992.

홍성암, 「崔明翊 小說 硏究」, 『동대논총』제23집, 동덕여대, 1993.

데이비드 로지 엮음, 윤지관·이동하·김영희 옮김, 『20세기 문학비
평』, 까치, 1984.

윌프레드 L. 게린 外, 최재석 옮김, 『문학비평입문』, 한신문화사, 1994.

죠르즈 풀레 엮음, 김붕구 옮김, 『현대비평의 이론』, 홍성사, 1986.

Chatman, Seymour, *Story and Discourse*, Ithaca & London : Cornell Univ. Press,
1983.

## 2. 지식인의 분열된 의식의 지형학

— 최명익론 —

### 1) 서 론

최명익(1903~?)은 심리주의적인 기법으로 인간 내면의 분열된 의식과 심리적 갈등을 표현하려 했던 1930년대의 대표적인 작가이다. 평양에서 태어나 평양에서 줄곧 작품활동[1]을 했던 그는 중앙문단과는 별다른 교섭이 없이 독자적으로 작품의 창작에만 전념했던 특별한 이력의 소유자이기도 하다.

그럼에도 불구하고 1936년 단편 <비오는 길>을 『조광』에 발표하면서 정식으로 문단에 데뷔한 이후, 최명익의 작품들은 비평계로부터 지속적으로 그 문학적 가치를 인정받았다. 당시 신세대론을 주장했던 김동리는 "문단 신생면(新生面)의 신진작가 중 그 작가적 기량과 태도(작가적)에 있어 우리의 신임이 제일 두터운 이론 최명익 씨"[2]를 꼽을 수 있다고 언급하기도 했다.

이후 김윤식은 1930년대에 심리주의 소설을 쓴 대표적인 소설가로 이 상, 박태원, 최명익을 거론한 뒤, 이들의 작품이 지닌 특성 및 차이점을 다음과 같이 분석하고 있다.

> 최명익은 박태원과 대칭적인 지점에 서 있는 모더니스트였다. 이 양자를 초월한 곳에 이상의 유클리드 기하학으로 표상되는 모더니즘의 본질적 특성이 가로놓였던 것. 말을 바꾸면 최명익의 심리 묘사는 심층 탐구라기보다

---

1) 그는 1928년 홍종인, 김재광 등과 함께 발간한 평양의 문학동인지 『백치(白稚)』에 유방(柳坊)이라는 필명으로 <희련시대>, <처의 화장> 등을 발표하면서 첫 문학활동을 시작하고 있다.

2) 김동리, 「新世代의 精神」, 『文章』제2권 제5호, 1940년 5월호, 86쪽.

는 심리적 불안정 상태, 그러니까 아직 채 결정된지 않은 심리적 단계를 보여주는 범주라 할 것이다. 이상의 심층 탐구가 인간의 삶의 근원적인 것에 닿아 있는 상징적인 것이라면 최명익의 그것은 인간의 심리가 행동의 선택으로 연결되기 직전의 분기점에까지 나와 있는 형국이라 할 수 있다.[3]

즉 박태원의 심리소설이 객관적인 태도로 내면심리를 묘사해 내는 데 주력하고 있다면, 이상은 "관념적·추상적인 심층 탐구"[4]에 주력하고 있으며, 반면에 최명익은 인간 내면의 심리적 불안정 상태의 서술에 중점을 두고 있다는 것이다. 이러한 김윤식의 분석은 그들이 각각 모더니즘 작가로서 독자적인 영역을 개척하였음을 보여주고 있다.

최혜실 역시 박태원과 이상, 최명익을 1930년대 모더니즘 소설[5]을 대표하는 작가로 분류하면서, 최명익 소설의 특징을 다음과 같이 설명하고 있다.

> 최명익 소설의 길은 밀폐된 창을 통한 여로로 집약된다. 생의 전체성, 생의 인식을 거부하려는 완강한 개인의 자의식이 탐색의 길을 떠나 방황하는 형태, 이것은 소설의 내적 형식과 엄밀히 일치하면서도 길의 소재적 차원, 구체적 속성에 세밀하게 천착해 들어감이 그의 작품의 특징이다.[6]

즉 세상의 논리가 틈입될 수 없는 밀폐된 창 속에서 완강한 자의식을 가진 주인공이 자기 탐색의 길을 떠나 방황하는 과정을, 형식과 제재가 완벽하게 융합된 상태에서 그리고 있는 점이 그의 소설의 특

---

3) 김윤식, 『한국 현대 현실주의 소설 연구』, 문학과지성사, 1990, 127쪽.
4) 위의 책, 115쪽.
5) 최혜실은 모더니즘 소설의 요건으로 "내면세계를 그린다는 소재의 측면이 내면세계의 흐름을 파악하는 형식의 측면과 대응되어야 한다"는 점을 강조한다.(최혜실, 『한국모더니즘소설연구』, 민지사, 1992, 178쪽)
6) 최혜실, 「1930년대 한국 심리소설 연구」, 서울대학교 대학원, 1986, 46쪽.

징이라는 것이다.

이처럼 최명익이 이상, 박태원과 함께 1930년대 모더니즘 소설 혹은 심리소설을 개척한 대표적인 작가임에도 불구하고, 재북(在北) 작가라는 사실 때문에 여전히 낯설고 잊혀진 작가가 되고 있는 것은 안타까운 현실이다. 하지만 김윤식과 최혜실의 글에서도 드러나듯이, 최명익의 작품 세계 및 창작기법[7]에 대한 연구가 선행되지 않고서는 1930년대의 모더니즘 소설의 특성 및 위상을 올바로 조명할 수 없다.

따라서 본고에서는 최명익의 각 작품에서 지속적으로 변주되고 있는 지식인 주인물들의 자의식의 갈등은 구체적으로 어떤 양상을 띠고 있으며, 또 그것이 어떠한 문학적 장치를 통해서 미학적 가치를 획득하고 있는지를 고찰해 보고자 한다. 이를 위해 최명익의 단편집 《장삼이사》에 실려 있는 여섯 작품[8] 중 지식인의 심리세계를 정면으로 다루고 있는 <비오는 길>(1936), <무성격자>(1937), <역설>(1938), <심문>(1939)을 주요 텍스트로 삼았다.

## 2) 의욕상실과 정신적 결벽성 사이의 갈등

최명익 소설의 주인공들은 한때는 생활의 목표와 행복을 추구했던 과거를 가지고 있으나, 현재는 모든 것을 잃어버린 채 의욕상실과 무

---

7) 본 연구자는 이미 발표한 「최명익 소설의 서사기법 연구」(『현대소설연구』 제 15호, 한국현대소설학회, 2001, 141~159쪽)에서 그의 서사기법의 특징으로 '1) 경멸과 연민의 인물 구성, 2) 내적 갈등에 의한 성격의 플롯, 3) 자유 연상에 의한 의식의 공간화, 4) 대화의 내재화 혹은 간접화법에 의한 처리' 등을 분석한 바 있다.

8) 이 중 <봄과 신작로>는 근대화의 물결 속에서 희생양이 되어버린 순진한 두 시골 색시의 비극을 다루고 있다는 점에서, <장삼이사>는 기차에 동승하게된 하층민들의 삶을 일정한 거리를 유지한 채 관찰하는 지식인이 등장하지만, 소설의 대부분이 그들의 말과 행동에 압도당한 채 객관적인 관찰과 묘사로 이루어지고 있다는 점에서 제외했다.

기력, 자포자기와 권태 속에서 살고 있다는 공통점을 보인다. 즉 병일(丙一)(<비오는 길>), 정일(丁一)(<무성격자>), 문일(文一)(<역설>), 명일(明一)(<심문>) 등 '일(一)'자로 끝나는 주인물들의 이름처럼 각 인물들은 그 원인은 다르지만, 현재 권태와 의욕상실의 내면풍경을 공유한 지식인들이라는 상동성을 보인다. 또 그들은 무기력한 현실의 삶에 대해, 혹은 사회에서 일탈된 패배자적 삶에 대해 목소리 내어 울분을 토하거나 변화를 갈구하지도 않는다. 그저 의식의 눈을 자신의 내면으로 향한 채, 아무런 감격도 흥분도 없는 생활 속에 살고 있는 자신의 모습을 무표정한 시선으로 들여다 볼 뿐이다.

물론 특정 사건에 대응하는 인간의 모습을 그리는 소설의 특성상 최명익 소설의 주인공들도 어떤 선택을 요구하는 사건들에 직면해 있다. 의식만 있고 행동이 없는 그들에게 행동을 요구하는 상황이 주어졌을 때, 그들은 어쩔 수 없이 진지하고 집요하게 자신의 삶을 반추하기 시작한다. 지나온 삶과 현재의 삶을 비교하고, 무의미와 무기력으로 요약되는 현재의 삶에 대한 위기의식을 느끼는 순간 비로소 그들은 최소한의 변화를 모색한다.

따라서 각 작품에는 이 의욕상실의 인물들이 생활의 변화, 행동의 필요성에 대해 고민하게 만드는 상황들이 설정되어 있다. 그리고 그 것은 의욕상실과 정신적 결벽성 사이의 갈등이라는 공통된 정신 풍경을 드러낸다.

① 생활력에 대한 동경과 그 환멸 : 〈비오는 길〉

<비오는 길>은 제목에서 발견되듯 여름 장마라는 시간적 배경과 하숙집과 공장 사이를 오가는 '길'이라는 공간적 배경이 작품의 분위기 및 심리적 추이과정을 환기시키는 주요한 상징적 장치로서 기능하

고 있는 작품이다. 주인물 병일의 섬세한 외적 관찰과 우울한 내면의
식을 중심으로 스토리가 전개되는 이 작품에서 도시화된 시가지와 공
장지대, 오래된 옛 성과 하숙집은 각각 물질적 가치와 정신적 가치의
객관적 상관물이 되고 있다. 바로 삶의 방식에 대한 병일의 갈등은
바로 이 두 공간 사이를 오가는 모습으로 형상화되고 있다.

병일은 "어떻게 살아야 후회 없는 일생을 살 수 있는가" 또는 "사
람이란 무엇인가"[9]에 대해 고민하며 공부를 계속하고 싶었던 시절이
있었다. 하지만 지금은 병약한 몸 때문에 고학을 포기한 채 공장에
다니고 있다. 신원 보증인을 얻지 못한 채 공장에 취직한 지난 2년
동안, 그는 하루도 변함없이 주인의 불신과 모욕을 감수하며 살고 있
다. 그러한 삶이 반복되면서 병일은 점점 의욕상실과 무의미, 우울 속
에 빠지게 되고, 그가 위안을 얻는 유일한 즐거움은 독서하는 것이다.

우울과 무의미 속에 살아가는 병일에게 생활의 변화를 희구하게
만드는 계기가 찾아온다. 그 변화에의 욕구는 며칠 동안 계속된 지루
한 여름 장마와 함께 시작된다. 아침, 저녁으로 하숙집과 공장을 오가
는 시계추 같은 삶을 살고 있는 병일은 어떤 집의 처마로 들어가 비
를 피하게 된다. 비를 피하는 동안 한 번도 눈 여겨 본 적 없는 그
동네 사람들의 삶에 호기심을 느낀다. 신시가지에서 사진관을 하고
있는 이칠성과, 빈민들이 사는 좁은 골목에서 본 젊은 기생이 그들이
다. 병일은 이재(理財)에 밝은 이칠성에게서는 "청개구리의 뱃가죽 같
은 놈!"[10]이라는 경멸감을, 생활력을 지닌 어린 기생에게서는 "연하면
서도 날카로운 의액이 파란 풀잎"[11]의 이미지를 발견한다. 그러나 이

9) 최명익, <장삼이사>, 《북으로 간 작가선집》 (8), 을유문화사, 1988, 105쪽.
    이하 작품의 인용은 작품명과 위 책의 쪽수만 표시하기로 한다.
10) <비오는 길>, 97쪽.

러한 대조된 인상에도 불구하고, 그들은 삶의 목표와 생활력을 가지고 살아가는 사람들이라는 점에서 병일에게는 동시에 부러움의 대상으로 다가온다.

> 그러나 그같이 음산하게 벌어져 있는 현실은 산문적이면서도 그 산문적 현실 속에는 일관하여 흐르고 있는 어떤 힘찬 리듬이 보이는 듯하였다. 그리고 그 리듬은 엄숙한 비관의 힘으로 병일이의 가슴을 답답하게 누른 듯하였다.
> '내게는 청개구리의 뱃가죽만한 탄력도 없고, 의액이 풀잎 같은 청기도 날카로움도 없지 않은가?'12)

그때부터 병일은 공장에서의 일과 하숙집에서의 독서로 일관되던 자신의 생활리듬을 상실한 채, 장마 기간 내내 사진관 이칠성을 찾아가 시간을 보내는 일탈적인 행동을 보인다. 하지만 그 일탈은 지속되지 못한다. '지정 간판'을 얻기 위해 수단과 방법을 가리지 않는 이칠성의 삶에선 현실적 욕망과 목표 이면에 감추어진 초조함이 느껴졌고, 또 한밤에 그녀를 찾아와 문을 두드리는 '코 아래 팔자 수염'이 난 남자를 보자 어린 기생이 겪을 고단하고 신산한 삶이 감지되었기 때문이다. 거기에 생에의 의욕이 강했던 사진관 주인 이칠성이 장질부사로 죽었다는 신문기사를 접하게 되자 병일은 삶의 부조리함과 의식의 혼란을 동시에 느낀다. 그들의 생활력에 대한 동경이 누추한 환멸로 변해 버린 것이다.

이러한 체험은 현실에서 추구하는 물질적 행복을 "진정한 행복이라고 믿을 수 없"13)었던 병일의 평소의 생각을 강화하는 효과를 낳는

---

11) 위의 작품, 99쪽.
12) 위의 작품, 101쪽.
13) 위의 작품, 107쪽.

다. 결국 병일은 장마 동안 일탈했던 행동과 생각 속에서 돌아와, 자신의 정신적 가치와 자존심을 지키는 유일한 방식인 독서에 더욱 강행군하리라는 각오를 다진다. 그리고 그 때는 이미 장마가 그쳐 있었다.

### ② 자포자기의 삶과 정신적 자존심 사이의 갈등 : 〈무성격자〉

<무성격자>의 정일은 삼사 년 전 학생시대까지만 해도 "이 문화탑에 한 돌을 쌓아보겠다는 야심을 가"[14)지고 있었다. 그러나 교원생활을 시작한 지 일 년 후부터 서재에 매력을 잃은 채, 아리사의 마담 문주와의 퇴폐적인 사랑에서 유일한 위안을 받으며 살고 있다.

그렇게 권태와 우울 속에 살던 정일은 애인 문주의 폐병이 악화되고, 위암에 걸린 아버지가 위독해지면서 두 사람의 임종을 동시에 지켜줘야 하는 난처한 상황에 빠진다. 이들 중 애인 문주는 퇴폐적이고 무기력한 현재의 삶에 속한 인물이라면, 고향에 계신 아버지는 그가 떠나온, 의욕적이고 목표지향적인 세계에 속한 인물이다.

애인과 아버지의 죽음을 앞둔 충격적인 상황에서조차 정일은 어떤 해결을 위한 행동을 결여한 채, 결론 없는 생각 속으로 한없이 빠져드는 정신적 무기력 상태를 보인다. 문주를 병원에 혼자 남겨둔 채, 위독한 아버지를 뵙기 위해 고향으로 내려가는 기차 안에서도 그는 그들에 대해 근심하거나 안타까워하기보다는, 자신의 지나온 삶을 반추하고 회상하는 의식의 방심상태를 노정하고 있다. 그 과정에서 그가 확인하는 것은 목표도 야망도 없이 권태와 우울 속에 살고 있는 현재의 삶의 누추함이다. 그것은 문주와의 퇴폐적인 생활로 요약된다.

불과 삼사 년 적인 학생 시대를 감상적으로 추억하기는 아직 자존심이

---

14) 위의 작품, 33쪽.

선뜻 허락하지 않는 듯도 하지만 이 이삼 년간의 생활을 더욱이 문주와의 관계를 생각하면 자존심도 날아가 버린 맥고모같이 썩을 대로 썩었다고 생각함이 솔직하지 않을까? 문주와의 관계! 문주를 주축으로 한 지금의 생활! 외아들이라는 것이 큰 자세나 같이 나이 삼십에 응석을 피우다시피 하여 어머니가 아버지에게 큰 소리를 들어 가며 타 내주는 어엿치 못한 돈으로 이렇듯 퇴폐적 생활을 하는 지금, 전날의 자존심이 남아 있을 리도 없을 것이다.[15]

위 단락에서 '자존심'이라는 단어는 세 번이나 반복되고 있다. 즉 현재의 삶을 냉정하고 객관적인 시선으로 들여다보는 순간, 정일은 학생 시절의 야심에 찼던 모습과는 달리 지식인으로서의 자존심을 포기한 채 살고 있는 자신을 고통스럽게 확인한다. 나이 삼십에 경제적 능력이 없어 아버지에게 돈을 타내고, 그 돈으로 문주와 불륜의 사랑을 하고 있는 현실은 말 그대로 참담한 삶의 풍경이 아닐 수 없다. 결국 문주를 병원에 놓아둔 채 아버지를 찾아가기로 한 정일의 선택은 장남으로서의 책임감을 다하고 지식인으로서의 자존심을 회복하고 싶은 무의식적 희구의 결과에 다름 아니다.

이러한 의식의 변화는 평생 돈을 위하여 분망한 일생을 살아온 아버지, 죽음을 앞두고 죽고 싶지 않다고 부르짖는 아버지에 대해 정일의 감정이 경멸에서 감격으로 전환되는 것으로 구체화된다.

A) 정신을 차리고 눈을 뜬 때나 감은 때나 신음 소리와 같이 잠꼬대와 같이 죽고 싶지 않다고 부르짖는 아버지의 말을 들을 때마다 정일이는 자연히 찌푸려지는 얼굴을 어쩔 수 없었다. 더욱이 밖에 나갔다가 병실에 들어설 때마다 얼굴에 칵 끼었은 듯한 주검의 냄새를 깨달으며 아버지의 베개 머리에서 그 말을 들을 때에는 말할 수 없이 불쾌하여지고, 사람은 이다

---

15) <무성격자>, 31쪽.

지도 동물적인가? 하고 고함을 지르고 싶은 발작적 충동을 느낄밖에 없었다.[16)

B) 이렇게 생의 기능을 완전히 잃었다고 할밖에 없는 이 몸이 아직 살려고 하고 아직도 살아 있는 것은 육체적인 생의 본능욕 이상의 의지력이 있는 탓이 아닌가? 자기가 만든 세상에 대한 애착을 버리지 않으려는 끝없는 의지력이 이 파멸된 육체의 생명을 이같이 끌어나가는 것이 아닐까? 이렇게 정일이는 아버지의 황홀한 눈과 죽고 싶지 않다고 부르짖는 말에 솟아오르는 자기의 감격과 눈물을 해석하였던 것이다.[17)

인용 A)에서 정일은 죽고 싶지 않다고 부르짖는 아버지에 대해 인간으로서의 불쾌감과 경멸을 나타낸다. 생에 대한 과도한 집착이 동물적 본능으로만 비치었기 때문이다. 하지만 B)에서 볼 수 있듯이 그후에 정일이 아버지에게서 발견하는 것은 육체적인 생의 본능욕을 넘어선 생에 대한 강한 애착과 위대한 의지력이다. 즉 자신이 아버지에 대해 느꼈던 불쾌와 경멸은 애써 살려는 의지력이 없는 자포자기한 삶의 태도에서 기인하는 것이라면, 아버지의 의지력은 "한번도 자기의 생활을 회의하거나 죽음을 생각할 필요가 없"이 앞만 보고 살아온 의욕적인 삶의 태도에서 연유하고 있음을 깨달은 것이다.

그런 인식의 결과, 때를 같이하여 일어난 문주와 아버지의 두 죽음 앞에서 정일은 아버지의 장례식을 지키기로 결정한다. 이는 아버지에 대한 인간적인 도리를 드러내는 것임은 물론 무력한 현재의 삶에서 벗어나 젊은 날의 의욕과 자존심을 회복하겠다는 태도의 변화를 함축하고 있다.

---

16) 위의 작품, 48쪽.
17) 위의 작품, 57쪽.

### ③ 거짓된 긍지와 내적인 결벽성 사이의 갈등 : 〈역설〉

<역설>의 문일은 한때 문단의 대가이자 영문학자로 그 문명(文名)을 떨쳤으나, 교원 생활 십 년 근속을 하는 사이 "문학적으로 자살하고 문단을 떠난 지 오랜"18) 상태로 살고 있다. "십 년을 하루같이 아무런 감격도 흥분도 흥미도 없이 계속된 생활"19) 속에서, 문일의 유일한 위안은 인적이 드문 목책 안의 작은 길을 생각 없이 산보하는 일과 기생 계향을 찾아가는 일이다.

근속 십 년을 맞은 그에게 요즘 찾아온 생활의 변화라면, 후임 교장을 물색하는 과정에서 그가 유력한 교장 후보로 거론되고 있다는 사실이다. 문일은 교장이 되고 싶다는 야심도 목표도 없는 인물이다. 하지만 자신이 교장 후보로 거론되고 있는 사실이 싫지는 않다.

> S씨와 같이 추천하는 사람도 없었고, K씨와 같이 좋은 조건을 내걸고 몸소 활동하지도 않는 문일이의 이러한 소문은 한 풍설이라기보다 그의 인망이라고 떠드는 사람도 있었다. 문일이 자신도 이러한 풍설에 어떤 '긍지'를 느꼈다면 쑥스러운 일이었을까?20)

즉 교장이 되고 싶다는 야심이나 의욕을 지니고 있는 것은 아니지만, 교장 후보로 거론되었다는 것 자체가 자신의 인망을 증명해 주는 것이란 생각에 은근히 어떤 '긍지'를 느끼고 있는 것이다.

그러면서도 그의 권태롭고 무의미한 생활은 여전히 계속된다. 방에서 사 년째 조금도 쉬지 않고 시계추와 같이 몸을 흔들고 있는 계향의 오빠나 그 옆방에서 역시 시계추와 같이 몸을 흔들고 있는 계향의

---

18) <역설>, 6쪽.
19) 위의 작품, 16쪽.
20) 위의 작품, 10쪽.

아버지처럼, 문일 역시 하루에도 수없이 목책 안의 작은 길을 걷는 습관적인 산보와 고질이 된 병처럼 계향을 찾아가는 습관적인 방문만을 반복한다.

그러던 어느 날, 교장 후보로 같이 거론되었던 S씨가 찾아온다. 학교를 진정으로 아끼고 걱정하는 S씨는 문일에게 학교를 위하여 교장이 되어달라고 간곡하게 부탁한다. 그때서야 문일은 학교에 대한 애정이나 책임감은 없이 교장 후보에 올랐다는 사실에서 긍지를 느꼈던 자신이 얼마나 부끄러운 존재인가를 깨닫는다.

> 지금 S씨가 말하는 '인망', 그같이 엄숙하고 한 사업을 위하여 일생을 바칠 사람이란 무서운 뜻을 지닌 '인망'이라는 그 말을 자기는 아무런 책임감도 가질 줄 모르고 오히려 보잘 것 없는 자기의 긍지를 만족시켜 온 것이다. 말하자면 자기의 자존심과 결벽성은 어느덧 세속에 더럽혀져서 가십파들이 씹다 버린 껌과 같은 '인망'이라고 생각하면서도 슬며시 그것을 집어서 씹어 보는 것으로 굶주린 긍지를 만족해 보려고 한 것이다.[21]

즉 문일은 교장으로서의 자격과 책임감이 있는가를 돌아보지 않고, 후보로 추천되었다는 사실에 자기 만족을 느꼈던 자신이 얼마나 무책임하고 정신적 허영에 젖어 있었는가를 비로소 깨닫는다. 따라서 '자기의 자존심과 결벽성'을 회복하는 길은 이 행운을 교장이 될 수 있는 기회로 받아들이는 것이 아니라, 교장으로서 부적격한 자신의 한계를 인정하는 것이라 생각하며 S씨의 요청을 정중히 거절하고 있다.

그 사건을 겪은 뒤, 문일은 동면에 들어간 옴두꺼비를 들여다보며 감격도 흥분도 흥미도 없는 현재의 삶에서 벗어나 새로운 삶을 살 수도 있을 것 같은 기대에 젖는다.

---

21) 위의 작품, 20쪽.

옴두꺼비는 지금 무덤 속에 들어간 채로 오랫동안의 동면을 시작할 작정 인지도 모를 것이다. 동면이란 꿈을 먹고 사는 것이 아닐까? 동면 기간의 양식이 되는 꿈은 그의 생활기인 봄 여름 가을 동안에 축적한 생활 경험의 재음미일 것이다. 그러면 재음미로서 낡은 껍질을 벗고 새로운 몸으로 새 봄을 맞으려는 꿈은 결코 악몽이 아닐 것이라고 문일이는 생각하였다.22)

'생활 경험의 재음미', 곧 지나온 삶을 반추하고 현재의 삶을 반성 하다 보면 언젠가는 새로운 야심과 목표를 추구하는 삶의 의욕과 열 정이 생길 것이라는 낙관적인 결론에 문일은 도달하고 있다.

④ 방관자적 삶의 태도가 낳은 비극 : 〈심문〉

<심문>은 하얼빈을 무대로 했다는 점, 사회주의 운동가의 파탄적 인 삶을 포함한 당대 지식인들의 정신적 좌절의식을 리얼하게 파헤치 고 있다는 점, 그리고 의식의 흐름의 기법·사전제시·장면묘사의 탁 월함·심리묘사의 섬세함 등 다양한 서사기법을 사용하고 있다는 점 에서 최명익의 소설 중 내용과 형식 모두에서 가장 주목할 만한 수작 이다.

<심문>의 주인물 '나'(김명일)는 미술 선생이자 화가, 한 가정의 가장으로서 소시민적 행복을 누리며 살던 지식인이다. 그러나 삼 년 전 아내가 병으로 죽은 후, 직장과 가정 생활을 포기한 채 정신적 방 황과 방랑 생활을 계속하고 있는 중이다.

이렇게 생의 의욕을 상실한 채 방황을 계속하던 '나'(명일)는 하얼 빈에서 착실한 실업가로 성공한 옛 친구 이 군을 찾아가기로 한다. "나도 그를 배워 일정한 직업과 주소를 갖게 될지 모른"23)다는 정상

---

22) 위의 작품, 23쪽.
23) <심문>, 118쪽.

적인 생활에의 기대를 가지고 하얼빈으로 가는 기차에 오른 것이다.

그러나 하얼빈에서 '나'를 기다리고 있는 것은 지난 봄, 자신과 사랑의 심리전을 벌이다 사라진 여옥과, 그녀의 연인 현혁과의 만남이다. 한때는 사회주의 혁명 투사였으나 지금은 정신적 좌절과 자포자기 속에 아편중독자로 살아가는 현혁과, 한때는 동경유학생이자 문학소녀였으나 현재는 삼류 카바레 댄서이자 아편중독자가 되어 그를 돌보며 살고 있는 여옥은 모두 암울하고 비참한 지식인의 말로를 보여준다.

결국 하얼빈에서 '나'는 자신의 안정된 삶을 모색하기는커녕 갱생을 간절히 원하는 여옥을 도와줘야 하는 입장에 처한다. 즉 이미 중증 아편중독자로서 극한의 파멸과 절망의 늪에 빠져 있는 현혁에게서 자신이 벗어날 수 있도록 도와달라고 여옥이 도움을 청해 온 것이다. 그러한 여옥의 요청 속에는 '나'를 향한 사랑과 '나'에게 의지하고픈 욕망이 전제되어 있다. 여옥은 '나'에게 현혁 앞에서 자신이 여옥을 사랑하고 있음을 고백하고, 현이 돈을 요구해올 것이므로 그때 주라고 돈을 건넨다. 이러한 상황에 대해 '나'는 일정한 감정적 거리를 유지한 채 제삼자로서의 호기심과 방관자적 자세를 일관한다. 즉 여옥이 갱생할 수 있도록 어떻게든 돕겠다는 의지를 보여주지 않는다. 오히려 한 걸음 뒤로 물러서서, 앞으로 여옥의 계획이 어떻게 펼쳐지고, 또 그 결과에 따라 여옥의 인생은 어떻게 될 것인가를 방관자적 시선으로 궁금해 할 뿐이다.

(…) 오히려 의문은, 혹시─만일─, 현이 의외로 담박하게 돈 이야기 같은 것은 하지도 않고 만다면, 그 때의 여옥이는 어떻게 할 것인가? 이것이 더 궁금한 의문이다. 물론 현이 돈을 요구할 것으로 예측하는 것이요, 그 예측이 맞는다면 여옥이를 돈으로 바꾸는 현을 여옥이도 마음 가뜬히 버리고

나를 따라 조선으로 가는 것은 정한 순서일 것이다. 그러나 천만 의외에도 현이 여옥이의 행복만을 위하여 여옥이를 버린다면 그 때의 여옥이는 어떻게 될 것인가? 정녕 여옥이는 다시 현을 따라가게 될 것이다. 현이 돈을 요구하든 말든, 지금의 결심대로 여옥이가 나와 같이 조선으로 간다면 이 연극은 제법 막이 닫히고 끝나는 것이지만, 만일 여옥이가 다시 현을 따라가고 만다면, 나는 중토막에서 히로인이 뛰어들어가고 만 무대에서 혼자 어떤 제스추어를 해야 할 일일까?[24]

즉 앞으로 펼쳐질 상황에 대한 다양한 예측 속에서 나의 노력과 의지는 들어 있지 않다. 여옥의 미래가 어떻게 전개되든 그것은 현의 태도 여부에 달려 있는 것이지 자신의 태도와는 아무 상관이 없다는 제삼자적인 입장을 견지하고 있는 것이다. 그리고 만약 여옥이 현혁의 곁을 떠날 수 없게 되었을 때, 여옥이 겪을 비참한 미래를 염려하기보다는, 그때에 자신은 어떤 반응을 보여야 할지를 고민하는 무책임하고 자기방어적인 태도를 보일 뿐이다.

'나'의 걱정과는 달리 현혁은 자신을 찾아온 두 사람의 분위기를 직감하고, 철저히 자신을 모욕하는 방법, 즉 돈을 받고 여옥이를 스스로 내주는, 비굴한 방법으로 여옥을 자신에게서 떠나보낸다. 하지만 이제부터 여옥을 책임져야 할 '나'는 일정한 감정적 거리를 유지한 채 여전히 무책임한 태도로 일관한다. 즉 자신의 역할을 배제한 채, 여옥의 미래를 걱정하는 다음의 내적 독백은 그러한 태도를 적나라하게 보여준다.

여옥이는 장차 어떻게 되는가, 어떻게 할 셈인가, 정말 나를 따라 조선으로 나가는가, 내가 데리고 가는가, 나가면 어떻게 하나, 우선 입원시킬밖에 없다. 그래 완인이 되면? 그 후의 여옥이는 또 어떤 길을 밟게 될까? 혹시

---

24) 위의 작품, 157~158쪽.

또 나와! 그렇게 될지도 모른다.[25]

다시 말해 자신의 삶조차 감당하기 힘들 정도로 의욕상실에 빠진 '나'는 여옥의 미래를 책임질 자신감도, 여옥을 사랑하는 마음을 정직하게 인정할 용기도 보이지 못하고 있다. 문제는 지난 봄 오룡배에서 여옥이 "맹목적이어야 할 사랑과 순정을 못 가지는 나의 태도에"[26] 상처를 받고 '나'의 곁을 떠났듯이, '나'의 이런 무책임하고 방관자적인 태도가 '나'에게 의지하여 갱생할 수 있기를 바랐던 여옥으로 하여금 자살의 길을 선택하게 만들고 있다는 사실이다. "여옥이는 그러한 제 심정을 바칠 곳이 없어 죽었거니! 나는 그러한 여옥이의 심정을 받아들일 수 없었거니!"[27] 독백하면서 '나'가 자신의 삶의 태도를 뉘우치고 반성하기 시작했을 때에는, 이미 여옥이 독한 외로움 속에 생을 포기한 비극이 초래된 다음이다.

지금까지 살펴본 바와 같이, 최명익의 소설에서 대부분의 주인물들은 의욕상실과 권태, 우울과 방황 속에서 살고 있다. 하지만 그들이 자신의 자존심 혹은 정신적 결벽성까지 포기하고 있는 것은 아니다. 그래서 <비오는 길>과 <무성격자>, <역설>의 경우, 내면의 자존심 혹은 정신적 결벽성은 그들이 의욕상실과 자포자기의 한 극단으로 함몰해 갈 때, 잃어버린 삶의 야심과 의욕에 대한 향수를 불러일으킴으로써 삶의 균형감각을 회복하게 만드는 원동력으로 작용하고 있다. 다른 말로 최명익 소설의 주인물들은 정신적 결벽성과 자존심을 포기

---

25) 위의 작품, 165쪽.
26) 위의 작품, 126쪽.
27) 위의 작품, 168-169쪽.

하지 않는 한, 완벽하게 타락하거나 파멸의 늪으로 빠져들지 않는다. 그들은 다만 자포자기적인 삶과 정신적 결벽성 사이에서 끊임없이 줄타기를 할 뿐이다. 물론 <심문>의 경우, 현혁과 여옥은 자존심과 윤리의식마저 상실한 극단적인 모습을 보인다. 현혁은 아편중독자로, 의식의 파탄자로 이미 전락해 있으며, 여옥은 자존심을 지키기 위하여 자신의 생을 포기하는 부정적 선택을 하고 있다. 반면에 주인물 '나'는 방관적이고 무책임한 삶의 태도를 보일 뿐 역시 다른 소설의 인물들처럼 자기 파괴적이지는 않다. '나'가 여옥의 비극이 자신으로 인해 초래됐음을 뒤늦게 깨닫고 후회하고 있는 마지막 부분에 주목할 때, 그가 삶의 의욕과 책임감을 회복하는 방향으로 나아갈 가능성을 열어놓고 있다.

### 3) 주요 모티프의 상징성

#### ① 죽음 모티프의 반복적 차용과 그 기능

최명익은 <비오는 길>, <무성격자>, <심문> 등의 소설에서 인물들의 죽음을 주요 모티프로 처리하고 있을 정도로 죽음에 대한 집요한 관심을 보인다. 이러한 특성에 대해 이미 이재선이 다음과 같이 언급한 바 있다.

　　작품의 곳곳에서 음산한 죽음의 前兆와 징후가 顯在化하고 있으며, 또 작품의 주인공들은 끊임없이 죽음과 마주치거나 또는 죽어가고 있는 것이다. 이런 죽음의 징후는 앞에서 지적한 절망이나 고뇌 및 自我의 無力함들과 밀접히 연관된다. 그는 닫혀진 사회에서의 無力性의 症狀을 죽음에 의해서 구체화하는 것이다.[28]

---

28) 이재선, 앞의 책, 485쪽.

즉, 이재선은 최명익 소설에서 반복되고 있는 죽음 모티프가 지식인 주인물들의 닫혀진 사회에서의 무력한 실존적 상황을 상징한다고 보고 있다.

그러나 그의 소설들을 정독해 보면, 인물들의 죽음은 오히려 주인물이 생의 의지를 회복하거나 진정한 자아를 찾아나서는 계기로서 작용하고 있음을 발견할 수 있다. 즉 최명익 소설에서 인물들의 죽음은 주인물의 무력하고 자포자기적인 현실을 환기하는 것이 아니라, 그러한 삶을 청산하고 새로운 삶을 희구하는 변화의 분기점이 되고 있다.

먼저 <비오는 길>에서 병일은 사진사 이칠성과의 만남을 계기로 독서에 매진하는 정신지향적 삶을 포기하고, 물질적인 부와 안정을 추구하는 현실적 삶에 대한 유혹을 느낀다. 그러나 이칠성의 죽음 소식을 들은 후 장마 기간 동안의 방황에서 돌아와, 다시 독서에 매진하는 본래의 정신지향적 삶을 회복하고 있다. "문어의 흡반 같이 억센 생활"인인 이칠성에게서 느껴지던 비굴함과 기회주의적 태도, 그럼에도 불구하고 장질부사로 갑자기 죽은 그의 일생에서 세속적 희망과 목표를 향하여 분투하는 삶의 허구와 아이러니를 보았기 때문이다.

<무성격자>는 아버지의 죽음과 애인 문주의 죽음이 핵사건이 되고 있다. 문주는 과거의 꿈과 야망을 상실한 채 자포자기적, 퇴폐적인 현재의 삶을 살고 있는 정일과 동질성을 띤 인물이고, 아버지는 평생을 물질적 부를 추구하며 살아온 인물로 정일에게는 이질적이자 경멸의 대상이다. 하지만 두 사람의 죽음을 목격하며 정일은 문주의 삶의 방식에서 아버지의 삶의 방식으로 무게 중심이 이동하는 모습을 보이고 있다. 즉 아버지의 물질지향적 삶에 공감할 수는 없지만, 그의 태도에 내재한 생의 의욕과 의지력에 대해서는 부러움과 감격을 느끼기 시작한 것이다. 따라서 이 작품에서 문주의 죽음이 문주와의 퇴폐적

생활에 기대어 살아온 지금까지의 삶을 청산하는 계기가 되고 있다면, 끝까지 강한 저항의지를 보이며 생을 마친 아버지의 죽음은 정일이 삶의 의욕을 회복하는 계기가 되고 있다.

또한 <심문>의 경우, 여옥의 자살은 '나'의 무책임하고 방관자적인 삶의 태도가 타인의 불행을 초래하고 있음을 확인시켜 줌으로써 '나'가 자신의 삶의 방식을 회의하고 반성하는 계기를 만들어주고 있다. 즉 오룡배에서 여옥이 어느 날 홀연히 떠나간 원인도, 그리고 갱생의 기회를 꿈꾸던 여옥이 갑자기 자살을 한 이유도 모두 '나'의 모호하고 불명확한 태도와 분열된 의식에서 비롯되고 있음을 깨닫기 시작한 것이다. 따라서 앞으로의 '나'가 방황과 방랑 생활을 마치고 안정되고 정착된 삶을 지향하게 될 것이라는 점을 상상하기는 어렵지 않다.

이상에서 볼 수 있듯이 최명익의 소설에서 죽음 모티프는 주인물의 생각과 행동의 변화를 이끄는 주요한 문학적 장치가 되고 있으며, 그것은 역설적으로 삶의 의욕과 가치를 발견하는 결정적인 계기를 제공하고 있다.

### ② 부유(浮遊)하는 의식의 상징으로서의 '길'

앞서 언급한 바와 같이 최명익 소설의 주인물들은 직장을 갖고 있건 없건 자신의 삶에서 일정한 목표와 행복을 추구하지 못하고 의욕상실과 자포자기로 일관한다. 이 때 그들의 정신적 방황과 의식의 추이과정은 '길' 혹은 공간의 이동으로 구체화되고 있다.

다시 말해 최명익 소설에서 주인물들은 모두 길 위에 있는 모습으로 그려진다. <비오는 길>에서 병일은 하숙집과 공장 사이의 길을 매일 오, 가는 모습으로 그려지고 있고, <무성격자>에서 정일은 서울에서 고향으로 가는 기차 안에 있으며, <심문>의 '나' 역시 하얼빈으로 가는 기차 안에 있다. 또 <역설>의 문일은 고적한 길을 산보하는 습관 즉 "목책 안의 작은 길을 하루에도 수없이"[29] 걷는 일을 되풀이하고 있다. 바로 그들이 있는 공간은 늘 습관처럼 다니는 익숙한 길이거나, 목적지에 도달할 때까지는 하염없이 앉아 있어야 하는 기차 안이다. 그러한 익숙한, 혹은 고정된 공간에서 그들이 하고 있는 일은 자신의 생각 속으로 하염없이 빠져드는 것이다.

이때 길의 이미지는 주인물의 의식과 상동성을 보인다. 변화 없는 삶, 주체적인 행동이 결여된 삶, 생산적이지 못한 일상의 반복 속에서 그의 의식도 순환적, 반복적, 지리멸렬한 양상을 띠고 있는 것이다. 한 마디로 그들은 자의식 과잉의 내면풍경과 행동을 수반하지 않는 자기 분석을 보여줄 뿐이다. 한편으로 그들은 '길'이라는 열린 공간 속에 있으나 언제나 "노방의 타인"[30]으로 존재한다. 왜냐하면 그들은 특정 목적지에 도달하기 위해서 길 위에 있는 것이 아니라 길 위에 서기 위하여 떠나온 것처럼 보이기 때문이다. 또 기차가 선로를 벗어나면 안 되듯이, 그들은 길에서의 이탈도 현재의 삶과 의식으로부터의 일탈도 불가능한 것처럼 보인다. 따라서 '길'은 어디에도 정착하지 못하고 정신적 방황과 의식의 되새김질을 반복하는 주인물의 내면의식의 상징이다.

그러나 소설의 마지막 부분은 그 길이 끝나는 곳에 대한 기대, 즉 새로운 삶을 찾아 정착하고 싶은 바람에 대한 징후를 보이고 있다는 점에서 최명익의 소설은 허무하고 절망적이지만은 않다. 다시 말해 길 위에서 그들이 과거를 회상하고 현재의 삶을 반추하는 것은 지금

---

29) <역설>, 12쪽.
30) <비오는 길>, 115쪽.

은 그 흔적조차 희미한 본래적 자아를 되찾기 위한 탐색의 과정에 다름 아니다. 물론 그의 소설에서 주인물들은 적극적인 생활의 변화를 시도하고 있지는 않는다. 다만 권태와 무의미와 의욕상실로 가득 찬 현실의 가면을 무겁게 느끼기 시작했다는 것, 그리고 자신의 자존심과 정신적 결벽성을 충족시킬 삶의 방식에 대한 희구를 드러내기 시작했다는 것은 변화의 기미 혹은 징후로서 중요한 의미를 지닌다. 따라서 최명익의 소설에서 '길'은 주인물의 내면 풍경을 시각화한 상징적 장치로서 정착된 삶에 대한 희구를 역설적으로 드러내고 있다고 하겠다.

## 4) 결 론

지금까지 최명익의 심리소설에서 보여지는 지식인의 정신적 방황의 양상과 주요 모티프의 상징성 등을 고찰해 보았다.

최명익 소설의 주인물들은 의욕상실과 권태, 우울과 자포자기 속에 살고 있지만, 그 이면에는 지식인으로서의 자존심, 정신적 결벽성을 지니고 있는 인물적 특성을 보인다. 이러한 정신적 기질은 그들이 극단적인 타락이나 파멸의 길로 떨어지지 않고 삶의 균형감각을 회복하는 내적 원동력으로 작용하고 있다. 즉 그들은 의욕상실과 정신적 결벽성 사이에서 끊임없이 갈등하고 방황한다. 삶의 의욕을 불태우지도 못하고 철저히 자기 파괴적이지도 못한 채, 그 중간을 서성이는 지식인의 한 유형을 보여주고 있다.

최명익의 소설에서 죽음 모티프와 '길'이라는 공간은 주요한 상징성을 띠며 반복적으로 나타나고 있다. 먼저 주변인물들의 죽음은 주인물이 무력하고 자포자기적인 현실에서 벗어나 생의 의욕을 회복하거나 의식의 변화을 유도하는 주요한 문학적 장치이다. 또 최명익 소설의 인물들은 그것이 출, 퇴근길이든, 산책길이든, 혹은 달리는 기차 안이든 모두 길 위에 있다. 그 길은 어디에도 정착하지 못하고 정신적 방황과 의식의 되새김질을 반복하는 주인물의 내면의식을 시각화한 것이라 할 수 있다.

결론적으로 최명익은 삶의 의욕도 지니지 못하고 그렇다고 철저히 자기 파괴적이지도 못한 채, 권태와 우울, 자포자기와 무기력 속에서 삶의 방향을 잃어버린 지식인의 복잡한 정신풍경을 의식의 추이과정의 섬세한 묘사, 현실적 삶과 당위적 삶 사이의 갈등 등을 통해 구체적으로 형상화하고 있는 작가이다. 그 과정에서 작가는 주인물들의 정신적 기질, 즉 지식인 특유의 자존심과 정신적 결벽성이 있는 한, 그들은 결코 자신의 삶을 포기하거나 방치하지 않으리라는 점을 강조한다. 결국 작가는 주인물들이 보여주는 현재의 정신적 방황이나 내면의식으로의 침잠도 참된 나를 찾고, 가치 있는 삶을 모색하기 위한 탐색의 한 과정으로 그리고 있다고 하겠다.

## 참고문헌

김동리, 「新世代의 精神」, 『文章』제2권 제5호, 1940년 5월호.

김병욱 편, 최상규 역, 『現代小說의 理論』, 대방출판사, 1984.

김영민, 『한국문학비평논쟁사』, 한길사, 1993.

김윤식, 『한국 현대 현실주의 소설 연구』, 문학과지성사, 1990.

김재용, 「해방 직후 최명익 소설과 『제1호(第一號)』의 문제성」, 『민족문학사연구』제17호, 민족문학사학회, 2000.

김진석, 「崔明翊 小說 硏究」, 『인문과학』 제2호, 서원대 인문과학연구
　　소, 1993.

박철희·김시태, 『文學의 理論과 方法』, 이우출판사, 1984.

오병기, 「1930년대 심리소설과 자의식의 변모양상(2)」, 『대구어문논총』
　　제12집, 대구어문학회, 1994.

이재선, 『한국현대소설사』, 홍성사, 1984.

장춘화, 「崔明翊 소설 연구」, 『대구어문논총』제9집, 대구어문학회, 1991.

전영태, 「최명익론 : 자의식의 갈등과 그 해결의 양상」, 『선청어문』제
　　10집, 서울대, 1979.

조연현, 「自意識의 悲劇」, 『白民』, 1949. 1.

차혜영, 「최명익 소설의 양식적 특성과 그 의미」, 『한국학논집』제8집,
　　한양대 한국학연구소, 1994.

채호석, 「리얼리즘에의 도정 : 최명익론」, 김윤식·정호웅 엮음, 『한국
　　문학의 리얼리즘과 모더니즘』, 민음사, 1989.

최혜실, 「1930年代 韓國 心理小說硏究」, 서울대학교 대학원, 1986.

---------, 『한국모더니즘소설연구』, 민지사, 1992.

홍성암, 「崔明翊 小說 硏究」, 『동대논총』제23집, 동덕여대, 1993.

데이비드 로지 엮음, 윤지관·이동하·김영희 옮김, 『20세기 문학비
　　평』, 까치, 1984.

윌프레드 L. 게린 外, 최재석 옮김, 『문학비평입문』, 한신문화사, 1994.

죠르즈 풀레 엮음, 김붕구 옮김, 『현대비평의 이론』, 홍성사, 1986.

Chatman, Seymour, *Story and Discourse,* Ithaca & London : Cornell Univ. Press,
　　1983.

# Ⅱ. 이태준 소설의 구조와 서사기법

## 1. 서 론

그 동안 문학사에 기술된 간단한 언급을 통해 알게 된 李泰俊에 대한 지식은 순수예술을 추구했던 <九人會>를 실질적으로 이끈 장본인이며, 일제 말기 순수문학의 연장선상에 놓이는 <文章>의 주간, 편집인으로 "思想이나 思潮에 의거하지 않고 오직 純文學의 길을 걸어온 대표적인 작가"[1]라는 사실 정도였다.

그러나 1988년, 월북 작가들의 해방 전 작품들에 대한 금지 조치가 해제된 후 이태준의 문학에 대한 다각적인 연구와 검토가 본격화되면서 그의 文學이 한 마디로 정의되기가 어려운 복합적인 양상을 지니고 있음이 확인되고 있다. 예를 들어 그의 대표작으로 <가마귀>나 <不遇先生>, <복덕방>, <우암노인> 등을 거론하는 자리에서는 으레 "現實面과 정면하여 그 生活權을 주장해야 할 현실적인 인물들이 아니고 이미 운명이 결정된 과거에 속하는 사람들"[2], 혹은 "일상적인 사소한 것들이 복수당하는 패배적 인간을 그리고 있다"[3]거나 "그의 소설이 환기시켜 주는 아름다움이란 구체적이고 일상적인 삶의 올과

---

1) 白鐵,「新文學思潮史」(신구문화사, 1986), p.435.
2) 위의 책, p.436.
3) 김윤식/김현,「韓國文學史」(민음사, 1984), p.200.

결에 맞닿아 있지 않는, 막연한 애수나 정조, 또는 분위기로서의 그것이라는 데 한계가 있다"[4]는 사회적 성격의 결여가 중요한 특질로 지적, 비판된다.

하지만 그의 대표작으로 <失樂園 이야기>, <꽃나무는 심어놓고>, <농군>, <밤길> 등의 작품이 부각될 때면, "폭력과 억압으로 도덕성을 잃은 당시대의 더러운 감각내용에 대해 정면으로 감정을 드러내고"[5] 있다든가, "하층민의 고난을 심각하게 다룬 것"[6]이며, "일제 치하 한국인의 고통스런 삶을 작품화"[7]하였을 뿐만 아니라 그 가난과 고통에 대해 구체적으로 언급하고 있다는 점에서 현실인식이 강한 작가로 평가되고 있다.

또 최근에는 작품 경향의 다양성을 이태준 문학의 특질로 간주하면서 이러한 양극적 특성의 본질을 깊이있게 조명한 연구 성과도 나타나고 있다. 이른바 이태준 고유의 미학적 성격을 구명해 보려는 시도라 할 수 있는데 강진호, 서영채의 연구가 그 대표적인 예라 할 수 있다. 먼저 강진호는 이태준 소설에 나타나고 있는 민족주의적 성향과 현실비판적 요소는 "존재하는 현실에 대한 부정과 또 다른 세계에의 지향이라는 낭만성과 긴밀히 결부"[8]되어 있음을 간파하고, 그의 소설이 일관되게 '동경과 좌절의 미학' 위에 창작되고 있음을 주장한

---

4) 서종택,"이태준의 단편소설", 서종택/정덕준 엮음, 「한국현대소설연구」(새문사, 1990), p.490.

5) 정현기,"李泰俊 硏究",<세계의 문학>49, 1988. 가을호, p.192.

6) 조동일,「한국문학통사 5」(지식산업사, 1988), p.464.

7) 張良守,"소설 경향의 몇가지 흐름", 김윤식/김우종 외 30인, 「한국현대문학사」(현대문학, 1994), p.206.

8) 강진호,"동경과 좌절의 미학-이태준론", 상허문학회, 「이태준 문학 연구」(깊은샘, 1993), p.111.

다. 한편 서영채는 이태준의 글쓰기는 '처사의식'에 근거하고 있다고 주장한다. 즉 "이태준에게 있어 예술가 의식이 스스로를 현실로부터 격리시키는 일종의 금욕적 정신으로 존재하고 있다면, 속물들의 세계에 대한 분노로 형상화되는 지사의식은 강한 현실지향성의 산물"[9]인데 이 예술가 의식과 지사의식이 분리불가능하게 결합되어 있는 상태에 이태준의 '처사의식'이 자리잡고 있다는 것이다.

그런데 이러한 기존의 연구들은 몇몇 작품들의 소재적 유사성에서 끌어낸 인상비평이거나, 이태준의 작품 세계의 이원성을 전기적 사실의 이원성--순수문학의 기수였다가 해방 후에 자진 월북하여 사회주의자로 변모한--에 대입시켜 그 상관성을 도출하려는 피상적 접근에 머물고 있다는 한계를 보인다. 바로 이와 같은 외적 고찰 및 연역적 접근 방식은 작가 이태준에 대한 포괄적인 이해에는 값하지만, 구체적인 작품들의 내적 구조나 미적 특질을 구명하고 있지는 못하다.

이에 본고는 구체적인 작품들의 분석, 고찰을 통해 이태준 문학의 특성을 밝히는 데 목표를 두고자 한다. 바로 이것은 기존의 연구들이 연역적으로 끌어낸 이태준의 문학성을 귀납적으로 검증하는 작업이라고 할 수 있다. 그리고 본고에서는 논의의 편의상 작가의 가치관이나 관념세계가 많이 반영되어 있는 <그림자>(1929.5), <結婚>(1931.4.6), <슬픔 勝利者>(1933.1), <純情>(1935.11), <가마귀>(1936.1) 등 5편의 단편소설들을 분석의 대상으로 삼고자 한다.

---

9) 서영채,"두 개의 근대성과 처사의식", 위의 책, p.76.

## 2. 낭만적 상상력에 의한 인물 창조

### 1) 속물과 순수의 극단적 인간상

이태준은 소설의 창작에 있어서 인물의 성격 창조를 대단히 강조한 작가의 한 사람이다. 그러한 사실은 다음과 같은 그의 글에서도 확인할 수 있다.

아모리 대가라도 인물을 살리지 못하고 그 소설을 구하는가 보랴. 소설을 생각으로나 사건으로 만들거니 할 게 아니라 인물로 만든단 정의를 가짐도 좋다.10)

또한 최재서, 백철도 이태준의 소설을 평하는 자리에서 그의 소설의 특성으로 선명한 인간상을 거론하고 있다.

스켓치적 筆致로 그 人物의 말이나 行動을 點點히 탓치하야 가는 동안에 어언간 鮮明한 人間像이 나타난다. 만일 李氏의 人物描寫의 秘密이 있다면 그것은 그들에 대한 不絶한 興味와 同情 그것뿐일 것이다.11)

실로 주옥과 비할 많은 短篇小說을 써가는 과정을 통하여 그가 全力을 集注한 것은 作中人物에 대한 진지한 묘사였다. 그는 인간묘사를 文學修道의 유일한 길로 생각했고 自處했고 또 新人들에게도 권하였다. 그래서 그의 작품에는 직접 人物名 또는 人物的인 題名의 것이 많았던 것이다.12)

실제로 이태준의 소설을 읽고 나면 구체적인 사건 내용은 기억나지 않고 강렬한 인상을 안겨 주던 주인물들의 이미지만 떠오르곤 한

---

10) 이태준, "小說選後"(<文章> 제8호, 1939.9.), p.102.
11) 崔載瑞, "最近文壇의 動向"(<朝光> 1937.12.), p.487.
12) 백철, 앞의 책, p.435.

다. 그것은 사건의 전개과정에 의해서보다는 개성적인 인물 창조에 의해 작품을 형상화하려는 작가의 의도가 그대로 독자에게 전달되고 있음을 시사한다.

그러나 무엇보다도 그의 소설들이 우리에게 강렬한 이미지로 각인 될 수 있었던 것은 이태준이 현실과 이상, 순수와 타락의 양면성을 지닌 보편적인 인간상을 그려내기보다는 어느 한 쪽으로 극단화된 인 물을 창조하고 있다는 데 그 이유가 있지 않을까 싶다. 이를테면 본 고의 텍스트로 삼은 다섯 편의 단편들에 나타난 인물들은 속물적인 인간상과 순수한 영혼을 가진 인간상으로 분명하게 대별되고 있다. 그리고 그러한 두 유형의 인물상은 각 작품에서 사랑하는 남녀의 상 이한 삶의 태도로 구체화되고 있으며 따라서 대부분의 작품이 비극으 로 끝을 맺고 있는 것은 당연한 귀결이다.

먼저 <순정>의 경옥은 가난한 신문기자인 현을 사랑하지만 결혼 에 있어서는 경제적인 기반도 무시할 수 없다는 현실적인 태도를 지 닌 여성이다. 때문에 현이 경제적으로 자립할 능력이 없는 한 결혼을 다시 고려해 보겠다는 냉정한 태도를 보인다.

「그럼 당신은 사랑은 없어도 밥뎅이만 있으면 만족하겠단 말이구려? 그 다지 당신이 타락했소?」
「그게 타락이라구 보는 게 난 너무 단순한 생각인 것 같아요. 먹을 게 있는데 더 좋은 걸 탐낸다면 그건 허영이니 타락이니 하겠죠. 그렇지만 유 령이 아니구 창잘 가진 동물인데 어떻게 먹을 걸 초월해서 살아요?」[13]

위의 대화에서 볼 수 있듯이 경옥이 현실적인 결혼관을 주장하는 반면에 현은 사랑의 순수성을 지향하는 인물이다. 따라서 가난을 이

---

13) 「李泰俊全集」(1), 깊은샘, 1988, p.225.

유로 결혼을 주저하는 경옥의 태도는 현의 시각에서는 진정한 사랑을 모르는 속물적인 인간으로 비춰진다. 현은 그 사실을 보다 분명하게 확인하기 위해 아버지에게서 돈 이만원을 보내주겠다는 편지가 왔다는 거짓말을 경옥에게 한다. 그 말을 듣자 냉담했던 경옥의 태도는 갑자기 변하고 있다.

> 경옥은 불길한 꿈자리에서 깨어나듯 어수선한 머리를 흔들어 버리고 오직 현에게의 사랑만으로 다시 경기구와 같은 정열의 팽창을 느끼었다. 나중엔, 한결같이 현만을 생각하고 있지 못했음을 혀를 깨물고 싶게 후회하면서 울기까지 하였다.[14]

요컨대 경옥은 돈의 유무에 의해 사랑의 감정이 오락가락하는 속물적인 여성으로 전형화되고 있다. 결국 그녀는 진실한 사랑을 원했던 현에게 인간의 속물성에 대한 환멸과 고고한 영혼이 느껴야 하는 고독감만을 안겨주고 있다. 그래서 현은 자신의 고귀한 영혼을 고스란히 지키기 위한 방법으로 "내 가슴을 내 손으로 가르고 내 고독한 순정을 맑고 넓은 허공에 날려버리는" 자살을 선택하고 만다.

그런데 이 작품에서 경옥의 사랑의 진실성을 확인하는 과정의 비순수성을 지적하지 않을 수 없다. 상대방의 사랑이 아무리 의심스럽다 하더라도 속임수의 방법으로 상대방의 마음을 훔쳐 보는 행위는 결코 용납될 수 없다. 결국 현은 결혼이라는 현실 앞에서 현실적인 해결책을 강구한 것이 아니다. 단지 자신의 순수한 사랑이 상처날 것을 두려워 해 서둘러 방어의 벽을 두르고 상대방을 속물적인 인간으로 몰아넣고 있다고 할 수 있다.

<슬픈 승리자>의 매다의 경우도 사정은 마찬가지다. 미술학도인

---

14) 위의 책, p.226.

'내'가 유학을 간 동안 사랑하던 매다가 어떤 연유로 딴 남자와 결혼을 하게 되었는지는 분명하게 서술되어 있지 않다. 문제는 그녀가 '나'를 버리고 부자한테 결혼했다는 사실 자체만으로도 사랑의 불변함을 신봉하는 내겐 이해될 수 없는 사건이다. 따라서 '나'는 이미 남의 아내가 된 매다를 현실적으로 단념해야 함에도 불구하고 포기가 되지 않는다. 바로 그녀는 '나'에게 있어 영원히 사랑해야 할 유일한 연인이기 때문이다. 따라서 '나'는 초상화를 그려주는 일거리를 빌미로 매다가 사는 집까지 찾아드는 집요함을 보인다. 결국 그의 집요한 접근을 견디지 못한 매다가 "되은 치근치근하오, 진흙 같구려"15)라고 힐책을 하였고, 그 말은 '나'로 하여금 그녀를 수면제로 잠 재운 후 밤기차로 납치를 감행하는 행동을 유발시키고 있다.

문제는 '나'의 납치행위가 사랑하는 사람과의 영원한 도피를 의미하는 것이 아니라는 데 있다. 즉 그것은 자신의 사랑의 마음을 모독한 그녀의 말에 의해 자극된 충동적인 행위이자 여전히 그녀와의 사랑을 꿈꾸는 '나'의 환상이 낳은 행위이다. 요컨대 '나'의 납치행위는 "진흙 같이 치근치근한"이란 표현으로 대표되는 배신한 여성의 매몰찬 이미지를 강화하는 한편 그럼에도 불구하고 단 한 순간만이라도 그녀와 온전히 함께 있고 싶어하는 '나'의 진실한 사랑을 전경화시키고 있다. 따라서 '나'가 그녀를 기차에 뉘어 놓은 채 날이 밝기 전에 거기에서 사라지려는 것은, 어쩌면 현실적인 난관은 우회한 채 "아무도 모르게 매다와 함께 멀리 가는 밤차를 타 보는 것, 즉, 달아나는 형식"16)이 주는 낭만적 사랑의 체험, 그 분위기를 유지하기 위해 필연적이었다고 할 수 있다.

---

15) 「李泰俊全集」(2), 깊은샘, 1988, p.196.
16) 위의 책, p.196.

요컨대 위 두 작품에서 사랑의 순수성, 사랑의 영원성을 지향하는 현이나 '나'와는 달리 경옥과 매다는 속물적이고 정신적으로 타락한 여성으로 그려지고 있다. 그런데 위 두 여성들은 현이나 '나'의 관념을 정당화하기 위해 반대급부로 지나치게 부정적으로 묘사되고 있으며 자신들의 입장을 옹호할 여지를 남겨주고 있지 않다는 점에서 작가의 의도가 어디에 있는지를 짐작하게 한다.

그와 반대로 <그림자>나 <결혼>, <가마귀>에는 순수한 사랑과 아름다운 영혼을 간직한 여성의 이미지를 강조하고 있어 대조적인 양상을 띤다.

<그림자>에서 '나'가 알게 된 기생 소련은 가을꽃 같이 아담하고 적막한 이미지를 지닌 여인으로, 내게 신분을 초월하여 사랑의 열정을 불러일으키는 대상이다. 그래서 '나'는 그녀에게 정신적 위안과 행복을 주고자 노력한다.

> 그는 과연 나에게 얼마마한 위안을 얻고 갔던가. 선생님, 만일 내 가슴속에 당신의 그림자가 없었던들 나는 벌-써 이 땅 위에서 떠난 지가 오랠 것입니다. 그는 한 손으로 눈물을 씻으며 한 손으론 옆에서 누운 나의 굵은 손목을 부르르 떨면서 붙들었다.
> 나는 그를 위로하였다. 아니 위로에 그치지 않고 나는 그가 나의 앞에서 눈물 흘리는 약자라 하여 그가 나를 믿듯이 내가 나를 믿었고 그에게, 주지도 못할 것을 모두 약속했던 것이다.[17]

그러나 둘의 사랑은 소련이 숨겨둔 자신의 딸 아이를 독살하려던 사건이 밝혀짐으로써 이별로써 끝이 난다. 대부분의 남자들이 아이가 있는 기생을 좋아하지 않는다고 '내'가 무심코 한 말은 소련에게 사

---

17) 위의 책, p.158.

랑을 잃을지도 모른다는 두려움을 불러일으켰고 그 두려움이 딸을 독살하려는 극단적인 행동으로 치달은 것이다. 다시 말해 그녀에게 있어서 '나'와의 사랑은 삶의 전부이자 절대적인 의미를 지니고 있었던 것이다.

반면에 그 사실을 알게 된 뒤 '나'의 내면 속에서 일어난 반응은 아주 대조적이다.

> 나는 무서웠다. 살인! 하고 생각할 때 소름이 끼쳤다. 만일 소련의 입으로부터 나와의 관계가 토설되는 날이면 나에게 미칠 혐의가 무서웠고 나는 처음으로 소련이를 미워할 수 있었다. 나에게 첫번부터 솔직하게 통사정해 주지 않은 것이 미웠고 이후에도 내가 뜻하지 않은 새 사건이 얼마나 일어날까 하는 불안으로 많은 남자와 관계 있는 그의 과거생활이 미웠고 나중엔 통틀어 그가 기생인 것이 미웠다.[18]

즉 '나'는 소련에게 진실한 사랑을 고백하고 모든 것을 약속했지만, 실제로는 그녀의 인생 전부를 사랑한 것이 아니라 그가 부담없이 취할 수 있는 부분만을 좋아했던 것임을 알 수 있다. 바로 이러한 이기주의적이고 무책임한 태도가 결국은 불행한 여자를 더 큰 불행 속으로 빠뜨리고 있는 것이다. 그런 점에서 이 작품은 <순정>에서와는 반대로 순수한 사랑을 꿈꾸는 여성과 속물적인 남성이라는 인물 설정을 보인다.

<결혼>은 젊은 신여성을 초점인물로 하여 진실하고 이상적인 결혼이란 어떤 것인가에 대한 답을 찾아나가고 있는 작품이다. 이화전문 음악과를 다니는 S는 인간의 행복은 권력에도, 재물에도, 매너있는 행동에도 있지 않다는 생각에 법학도도, 부잣집 아들도, 미국에서 학

---

18) 위의 책, p.160.

위를 따온 의사도 거절한 채, 가난한 문학 청년 T와 결혼한다. 오직 순수한 사랑, 정신적 교감만이 행복한 결혼생활을 보장할 것이라는 확신에서이다.

그러나 처가살이로 시작한 결혼생활은 S에게 돈의 필요성을 절실히 느끼게 하고, 실제로 돈에 대한 그녀의 욕심이 점점 커가면서 그녀의 삶은 세속화되어 간다. 그래서 마침내는 남편 T로 하여금 월급도 안 나오는 신문사는 때려치고 관청자리로 옮기라고 종용하기에 이른다. 그러던 어느날 S는 예배당에서 문득 결혼 전 가졌던 순수에의 열망, 인생의 향기를 기억해 내고 결혼 후 속물화된 자신을 발견한다.

> 「진실히 살려는 번민과 노력! 그것이다. 나는 애초부터 T의 그것을 믿었다. 그것을 사랑하였다. 결혼으로 말미암아 나나 T나 인간으로서의 향상은 있을지언정 타락이 있어서는 안된다. 결혼으로 말미암아 청춘의 의기와 인생의 신선함과 향기를 잃어서는 안된다.」19)

결국 S는 결혼생활이 연애와는 달리 현실적인 문제-돈-를 외면하고는 이루어 질 수 없다는 사실을 인정하면서도 현실적인 어려움을 정신적인 사랑으로 극복할 것을 새롭게 다짐함으로써 정신지향적 태도를 회복하고 있다. 그런데 문제는 S의 고민의 해소가 최종적인 것이 아니라 잠정적 해결이라는 데 있다. 결혼은 경제적인 여건을 결코 도외시할 수 없는 현실태이기 때문이다. 따라서 완벽한 결혼생활을 지향하는 S의 정신적 탐색과정은 이상세계의 지향 → 현실적인 좌절 → 이상세계의 지향의 순환이 지속적으로 반복될 수밖에 없다.

<가마귀>에 나오는 폐병에 걸린 처녀는 그녀의 지향점이 이생이 아닌 죽음의 세계를 향하고 있다는 이유로 거룩하고 신비한 여인으로

---

19) 「이태준전집」(1), p.57.

그려지고 있다. 그녀는 점점 옭죄어오는 죽음의 그림자 때문에 항상
두려움과 공포에 시달린다. 그래서 자신이 쏟은 피를 반 컵이나 마시
는 애인의 사랑의 행위에도 위안을 얻지 못하고, 흉조인 까마귀의 울
음소리가 들릴 때마다 죽음에 대한 공포에 몸서리치는 나날을 보내야
하는 비극적인 운명의 주인공이다.

> 「싫어요. 그것 뱃속에 아마 별별 구신딱지가 다 든 것처럼 무서워요. 한
> 번은 꿈을 꾸었는데, 까마귀 뱃속에 무슨 부적이 들구 칼이 들구 시퍼런 불
> 이 들구 한 걸 봤어요. 웃지 마세요. 상식은 저를 떠난 지 오래요......」[20]

소설가인 '그'는 소설을 쓰기 위해 친구 별장에 왔다가 우연히 그
녀를 알게 되고 이러한 그녀의 처지에 연민을 느낀다. 그래서 그녀를
사랑하리라 '결심'하는가 하면 까마귀에 대한 그녀의 공포심을 없애
주기 위해 까마귀를 잡아다가 뱃속을 해부하기도 한다. 그러나 '그'
의 이러한 노력에도 불구하고 그녀는 죽어 싸락눈이 사륵사륵 내리는
날 금빛 영구차에 실려 장지로 향한다. 결국 그녀는 현실적 행복을
누리지 못한 슬픈 영혼이자 아름답고 신비한 영혼을 간직한 여성으로
서 '그'의 기억 속에 이상화된 이미지로 깊게 각인되고 있다.

이와 같이 이태준의 소설에 나오는 인물들은 지나치게 속물적이거
나, 결벽증적일만치 정신지향적이고 절대적인 사랑을 추구하는 인물
들이다. 그런데 문제는 속물적이고 세속적으로 그려진 인물들이 그
자체로 리얼리티를 획득하고 있기보다는 상대인물의 정신적 순수성을
강조하기 위하여 지나치게 과장되어 있다는 점이다. 또한 순수한 영
혼, 사랑의 진실을 끝까지 지켜나가는 인물들의 행위도 비현실적이고

---

20) 위의 책, p.216.

비상식적이며 지나치게 이상화되어 있다는 점에서 역시 문제적이다. 단지 부자라는 이유로 사람을 만나보지도 않고 선보기를 거절하는 S의 태도나, 자신의 사랑을 위해 숨겨논 딸을 독살하는 소련의 비상식적인 행동, 죽음에 대한 공포 속에서도 자신의 상여가 "하얀 말이 여럿이 끌구 가는 하얀 마차"이기를 낭만적으로 공상하고 있는 폐병환자의 태도는 어딘가 부자연스럽고 작위적이다.

　요컨대 작가는 순수한 영혼, 정신적 사랑, 이상적 삶에 대한 지나친 집착으로 삶의 현실을 객관적으로 파악하지 못하고 있으며, 그 결과 작중인물도 부정의 대상 아니면 선망의 대상이라는 극단적인 인간상만을 창조하고 있다고 하겠다.

## 2) 절대적 관념지향의 작가적 인물형

　본고의 텍스트 중 여성을 사랑하다가 그들에 의해 배신당하거나 인간에 대한 환멸을 경험하는 상대남성들은 구체적인 이름과 직업은 다르지만 어딘가 공통된 특성을 지닌 인물들이다. 가난한 문학청년이자 신문기자인 <결혼>의 T나 친구네 별장에서 가난을 견뎌가며 창작에 몰두하고 있는 <가마귀>의 '그', 가난한 신문기자인 <순정>의 현, 유학생인 <그림자>의 '나', 화가인 <슬픈 승리자>의 '나' 등 한결같이 가난하지만 자신이 지향하는 순수하고 진실한 삶에 대한 믿음을 잃지 않고 살아가는 인물들이다.

　　「진실하게 살려는 노력! 그것만이면 그만이라 하였다. 오늘의 조선 사람
　　들과 같이 인격적 자존심을 헌신짝처럼 굴리고 사는 비열한 생활자들이 어
　　디 있으랴. 하늘을 싸덮은 검은 구름장 같은 한 거대한 굴욕 아래에서 누구
　　가 명예를 가진 자이며 누가 부귀를 가진 자이냐. 바람 같은 거짓 것에 배
　　불리지 말자」 하는 것이 T와 S의 공통된 신념이었다.[21] (<결혼>)

어디선가 르누아르는 예술가는 빵 한 근보다 꽃 한 송이를 꺾는다고, 그러나 배가 고프면? 하고 제가 묻고는, 그러면 그는 괴로워하고 훔치고 혹은 사람을 죽일지도 모른다. 그렇드라도 글쓰기를 버리지 않을 거라고 생각했다. 난 배가 고파할 줄 아는 그 얄미운 습관부터 아예 망각시켜 보리라.[22] (<가마귀>)

「(...) 나는 그들의 어리석음을 비웃으며 너와 나의 그 깨끗하고 또 뜨거운 순정만이면 어느 거리에 가서나, 어느 사회에 들어가서나 오직 아름답게 낙원을 건설하며 천국의 백성으로 살아갈 것을 믿었다. 그런데 너는 어디서 그런 망령된 지식을 배웠느냐? 사랑보다는 밥덩이라는, (...)」[23] (<순정>)

위의 글에서 볼 수 있듯이 그들은 굴욕과 위선의 방법으로 세상의 명예와 부귀를 탐하기보다는 인격적 자존심을 지키며 살기를 원하고, 기름진 음식보다는 배를 곯으며 글을 쓰는 데에서 진정한 행복을 찾는 자들이다. 또한 남녀의 사랑도 진실한 마음, 사랑의 순수성만을 강조함으로써 정신적 사랑만을 추구하는 일관된 태도를 보인다. 그리고 자신이 지향하는 정신적 가치나 사랑의 진실이 다른 사람들에 의해 짓밟히게 되면, 그들은 <순정>이나 <슬픈 승리자>에서처럼 자살을 결심하거나 옛애인을 납치하는 극단적인 방법으로 현실에 대한 거부의 태도를 드러낸다. 그것은 결벽증적인 정신지향적 태도와, 그로 인한 세속적인 삶에 대한 멸시와 환멸의 표현에 다름 아니다.

이러한 정신지향성은 <가마귀>의 '그'처럼 죽어가는 여인에 대한 연민과 호기심을 사랑의 감정으로 승화시킴으로써 자신의 정신적 고귀함을 확인하려는 데에까지 나아간다.

---

21) 위의 책, p.53.
22) 위의 책, p.208.
23) 위의 책, p.226.

「무슨 말을 하여 주면 그 여자에게 새 희망이 생길까?」

그는 다시 이런 궁리에 잠기었고, 그랬다가 문득

「내가 사랑하리라!」

하는 정열에 부딪치었다.

「확실히 그 여자는 애인을 갖지 못했을 거다. 누가 그 버레먹는 가슴에
사랑을 묻었을거냐!」[24]

즉 오랫 동안 병균과 싸워 온 그녀에겐 애인이 있을 수가 없다는
확신하에 '그'는 자신이 그녀를 사랑해 주리라 결심하고 있다. 이러
한 태도에는 자기처럼 숭고한 정신과 희생의 마음을 가진 사람만이
그녀를 사랑할 수 있다는 정신적 자만심이 깃들어 있다. 그런 점에서
그녀에 대한 그의 관심이나 사랑은 당위적인 차원에서의 행동이지 감
정의 자연스런 이끌림이 아니다. 말 그대로 관념적 유희일 뿐이다.

결국 위의 인물들은 여러 점에서 작가 이태준의 관념지향적 성향
을 대변하고 있다는 인상이 짙다. 그런 점에서 김환태가 "尙虛는 처
음부터 반듯이 이 現實에서 美와 꿈과 神의 祝福을 찾을 수 잇으리라
는 自信을 가지고, 現實의 구렁에 빠저잇으면서도 눈들은 하늘의 별
을 向하여 잇엇"[25]다고 말하고 있는 것은 적절한 지적이다. 즉 그는
물질적 가치를 중요시하는 이 세계는 본질적으로 불완전하고 타락해
있다는 인식 속에 현실을 초월하여 관념적 이상세계를 지향하고 있
다. 또한 작가가 문학작품을 통해 상상적 진실을 추구한다는 것은
"이 시대의 일반적 규범을 벗어나 그들만의 특수한 임무를 지닌 특별
한 인간"[26]으로서의 역할을 수행하는 것이라는 작가로서의 자기합리

---

24) 「이태준전집」(1), p.213.

25) 金煥泰, "尙虛의 作品과 그 藝術觀"(<개벽>, 1934.12), p.13.

26) 오세영 편, 「文藝思潮」(고려원, 1992), pp.84-85.

화의 토대를 만들어 놓고 있다. 요컨대 일반인과는 다른 예외적 인간이라는 예술가로서의 자존심이 이태준으로 하여금 작품 속에서 독특한 인물의 창조를, 독창적인 예술미의 실험을 추구하도록 만드는 원동력이 되고 있다고 하겠다.

## 3. 내면화된 갈등 구조

이태준의 소설은 작중인물들 사이의 대립과 갈등이 치밀한 구성을 통해 긴장감있게 전개되고 있는 경우가 드물다. 또한 두 명 이상의 인물들이 주동인물과 반동인물로서 대등한 비중으로 설정되고 있는 경우도 많지 않다. 대개 작가가 초점인물로 택한 한 인물의 삶이나 의식 속에 다른 인물들은 그림자처럼 존재의 무게 없이 드리워졌다 슬며시 사라질 뿐이다. 이것은 그의 작품들이 대부분 1인칭 주인공 시점이나, 한 인물의 의식세계만 들여다보는 선택적 전지시점으로 서술되고 있는 것과도 무관하지 않다.

먼저 <결혼>에는 주인물인 신여성 S 외에 그녀의 결혼상대로서 일본 유학생, 황주 부자, 의학박사, 문학도 T 등의 인물들이 등장한다. 그러나 그들은 소설 속의 허구세계의 살아있는 존재로서보다는 S가 꿈 꿀 수 있는 다양한 결혼상대자의 목록에 불과하다. 따라서 일본 유학생과 황주 부자는 '부자는 싫다'는 S의 거절에 의해 아예 소설 공간에 등장할 기회도 갖지 못한다. 또한 의학박사는 단지 남자의 신사다움이 위선적이고 가식적인 인간의 다른 모습일 수 있다는 사실을 깨닫는 S의 체험적 성숙의 수단으로서, 그리고 가난한 문학청년 T는 그녀가 추구하는 순수하고 정신지향적인 결혼생활을 위해 필요한 소품으로서 기능할 뿐이다. 다시 말해 이 작품은 S에게 어울리는 결혼

상대자는 어떤 사람인가가 중요한 것이 아니라, 관념적으로 행복한 결혼생활이 되기 위한 남편감의 외적 조건은 무엇인가에 초점을 맞추고 있다. 따라서 전체 스토리는 명예 → 돈 → 신사다움 → 사랑 → 진실한 삶의 태도의 순으로 S의 결혼관이 변화하는 빠른 진행을 보임에도 불구하고 그것이 외부 혹은 다른 인물과의 갈등 없이 S의 의식 속에서 전개됨으로써 작품 속에서 실질적인 갈등구조는 나타나지 않고 있다.

<순정>은 비열한 처세만을 요구하는 직장과 그의 가난을 탓하는 애인 경옥 때문에 고통을 겪고 있는 신문기자 현의 갈등이 두 개의 에피소드로써 병렬적으로 그려지고 있다. 이 에피소드들은 진실하고 순수하게 살아가려는 현에게 삶에 대한 환멸과 실망감을 안겨 주고 있다는 공통점을 지닌다. 그런 점에서 현은 이미 사회의 부도덕한 부면에 대해 어느 정도 면역성을 갖춘 인물이라고 할 수 있다. 따라서 결혼 말이 오가는 과정에서 사랑보다는 돈을 밝히는 경옥의 행동을 보고 실망한 나머지 자살을 결심하는 결말 부분은 어딘가 부자연스럽고 극단적이다. 아마도 이것은 진실한 삶보다는 적당한 처세술을 요구하는 사회와, 사랑보다 돈을 중요시하는 결혼풍속에 대해 거부반응을 갖고 있는 작가의 태도를 분명히 드러내기 위한 결말의 처리가 아닌가 싶다. 즉 현이 화를 내고 절망하고 있는 것은 경옥 한 개인이 아니라 세속적인 삶의 논리 전체인 것이다. 그런 이유로 이 작품에서도 신문사의 박 취재역이나 애인인 경옥은 현과 첨예한 대립관계를 이룬다기보다는 현에게 가치관의 혼란을 야기시키는 역할만을 하고 있다고 할 수 있다.

또한 <가마귀>에서 '그'의 지속적 관심의 대상이 되고 있는 병든 여인 역시 소설 속의 한 인간으로서 독립적으로 존재하지 않는다. 단지 고풍스런 멋과 운치가 깃든 친구네 별장에서 작품 창작에 열중하

고 있는 '그'에게 문학적 상상력을 자극시키는 장치로서 기능할 뿐이다. 즉 죽음을 앞에 둔 여인의 정신적 고통과 고독을 지켜보면서 작가이기도 한 '그'는 낭만적 상상력이 발동하여 그 여인을 더욱 비극적인 존재로 이상화시키고 있다. 그 예가 가마귀에 대한 공포, 헌신적인 애인, 백마가 끄는 상여에 대한 공상의 내용 등이다. 그 때문에 정작 한적한 시골 별장에서 알게 된 '그'와 병든 여인은 끝내 관찰자와 관찰의 대상의 관계에 머무를 뿐 실제적으로 그 이상의 어떤 로맨스도 발생하지 않고 있다. 다시 말해 <가마귀>는 폐병환자인 여인의 고유한 인간적 아름다움 때문이 아니라 단지 삶보다는 죽음의 세계에 닿아 있는 인간의 정신풍경을 관찰하는 작가로서의 호기심이 주 내용을 이루고 있다고 하겠다.

이처럼 이태준의 소설들은 작중인물들 사이의 이해관계가 얽히면서 전개되는 외적 사건에 의존하고 있지 않다. 대신에 작가가 세워놓은 가치관의 검증이나, 소망하는 삶과 속악한 현실 사이의 괴리에서 겪는 고민과 갈등, 혹은 낭만적 사랑의 모티프 등이 한 인물의 관념세계 속으로 내재화되어 전개된다. 따라서 각 작품에서 초점인물 외의 작중인물들은 독자적인 목소리와 생명력을 지니지 못한 채 주인물의 관념세계를 자극하고 영향을 미치는 수단으로서만 기능할 뿐이다.

또한 그의 작품에서 결말은 스토리 내의 인과관계에 의한 필연적인 결과라기보다는 의외성을 띠며 처리되는 특징을 보인다. 즉 작중인물의 행동의 변화 및 태도의 전이는 개연성이 결여된 채 순간적인 깨달음이나 즉흥적인 충동에 의해 이루어지며, 때문에 그에 따른 반전은 우발적이다. 예를 들어 <결혼>에서 남편 T에게 월급이 많은 직장으로 옮기도록 종용했던 S가 갑자기 자신의 행동을 후회하게 되는 것은 T와의 갈등 및 화해과정에서 이루어진 것이 아니라 예배당에서의 순간적인 자기성찰에 의해서이다. 그리고 <슬픈 승리자>에서 '내'가 매다를 납치하는 결정적인 사건도 모욕적인 말 한 마디에 우발적으로 행해지고 있다.

결국 이러한 특성들은 이태준의 소설이 몇몇 인상적인 에피소드들의 연결에 의해 만들어질 뿐 인과적인 사건의 전개에 의존하고 있지 않음을 그대로 반영한다. 즉 그는 역사적 인식에 입각하여 현실을 폭넓게 객관적으로 파악하고, 그러한 현실 속에서 한 개인이 소망하는 진실이 무참히 짓밟히는 사회의 구조적 모순을 그리려는 게 아니다. 오히려 그는 개인의 진실이 위협당하는 현실 속에서 그 가해자가 누구인지 극명하게 밝히기보다는, 외부세계를 외면한 채 자신의 진실에 더욱 절박하게 매달리는 한 인간의 결벽증적 정신지향적 태도에 초점을 맞춘다. 따라서 소설적 공간은 대단히 개인적이고 사적인 차원으로 형성되고 있으며, 독자는 작중인물들에 의해 엮어진 외적 사건을 접하기보다는 결코 상식적이지 않은 개성적 인물의 내면풍경만을 만나볼 수 있을 뿐이다.


## 4. 독자를 향한 시선, 자의식적인 목소리의 화자

이태준의 소설에서 화자의 서술은 작중세계보다는 독자를 의식하며 이루어진다. 즉 작가 혹은 화자는 허구세계에 정서적으로 몰입하여 생동감있는 세계를 창조해 내는 데에는 관심이 없다. 대신에 항상 독자를 의식하면서 독자에게 극적 호기심과 이야기를 읽는 재미를 안겨주기 위한 글쓰기에 목표를 두고 있다. 그래서 그의 소설에는 독자의 흥미를 유도하기 위한 말건넴의 진술이 많이 눈에 띈다.

① 「내가 만일 시집을 간다면?」

이것은 그네들의 처녀 시대에 있어 무엇보다도 제일 귀중한 공상의 하나
일 것이다.

시집을 간다면? 얼마나 아름다운 꿈이랴. 그것은 그네들의 모든 공상 중
에 꽃일 것이다. 가장 아름답고 가장 빛나고 가장 유쾌스러운 정신 향락임
에 틀리지 않을 것이다.[27] (<결혼>)


② 고요한 달 아래 고요한 밤길이다.

그러나 이렇게 고요하고 아름다운 달밤에 나뭇잎들은 가지에서 흩어지
는 슬픔도 있다. 이것을 자지 않고 길 위에서 굴리고 있는 심술궂은 바람
도 있다.

나는 홀로 멀-리 희미한 윤곽만 떠있는 동대문을 바라보며 조그마한 생
각 하나, 아무 쓸데없는 지나간 일 하나를 추억하면서 이 길을 걸어간다.[28]
(<그림자>)


③ 여기서 나는 독자들의 궁금하실 것도 깨닫습니다. 그래서 대강으로나
마 여러분의 궁금증을 밝혀드릴 겸 또 나로서 세상에……그보다도 매다 같
은 여성들에게 하소연도 할 겸 매다와 나의 과거를 필요한 데만 적어보려
합니다.[29] (<슬픈 승리자>)


위의 인용에서 ①은 <결혼>의 서두이다. 여기서 작가는 이 작품
의 창작 동기 및 상상력의 원천을 함축적으로 밝히고 있다. 즉 일반
젊은 여성들이 혼자 있을 때 한 번쯤은 자신의 결혼에 대해 꿈 꾸어
보는 공상의 방식을 빌려 이 소설이 진행되고 있음을 화자의 논평을
통해 전달하고 있다. 또 <그림자>의 서두 부분인 ②도 추석 전날의
고요한 달밤의 가을 분위기가 자신도 모르게 지나간 일 하나를 추억

---

27) 『이태준전집』(1), p.45.
28) 『이태준전집』(2), p.149.
29) 위의 책, p.191.

하도록 정서적으로 고무시키고 있다는 것, 따라서 극중 스토리는 화자인 '나'의 추억담이라는 사실을 독자에게 밝히면서 쓸쓸함과 회한에 젖은 목소리로 서술해 나가고 있다. 그런가 하면 스토리의 진행을 멈추고 갑자기 독자에게 말을 던지고 있는 ③은 독자의 존재를 의식하고 있는 자신의 태도를 분명하게 드러내고 있다는 점에서 아주 노골적인 경우이다. 하지만 이때 독자를 의식하며 감정적 거리를 확보하고 있는 화자로서의 '나'와, 자신을 배신한 옛 애인을 납치, 밤기차에 실은 채 그녀에게 다소 과장되고 감상적인 밀어를 속삭이고 있는 작중인물로서의 '나' 사이에 간격이 너무 크다는 점에서 자연스럽지 못하다.

요컨대 작가는 소설 세계의 사실적 형상화보다는 독자와의 소통 및 독자의 반응에 대한 민감한 관심을 나타내며 소설을 창작하고 있다고 할 수 있다. 그 과정에서 그는 특히 독자의 이성보다는 독자와의 감정적인 교감 및 동일시를 지향한다. 대부분의 작품이 작가의 관념을 대변하는 한 인물의 내면세계에 초점을 맞추고 있는 것도 이와 무관하지 않다.

이렇게 본다면 이태준 소설의 주요한 특성으로 거론되는 서정적인 문체나 비유적인 표현도 소설세계를 생동감있게 창출하는 데보다는 독자를 정서적으로 감염시키는 데 목표를 두고 있는 그의 창작 태도와 관련하여 설명될 수 있다.

그는 장정 고운 신간서(新刊書)에처럼 호기심이 일어났다. 가까이 축대 아래로 지나가는 것을 보니 새 양봉투 같은 깨끗한 이마에 눈결은 뉘어 쓴 영어글씨같이 채근하다. 꼭 다문 입술, 그리고 뽀로퉁한 콧봉오리에는 약간치 않은 프라이드가 느껴지는 얼굴이었다.[30]

위 인용은 <가마귀>에서 병든 여자를 묘사하고 있는 부분이다. 여기서 비유적 표현에 의한 얼굴 묘사는 그녀의 모습을 독자의 머릿속에 선명하게 그려주는 데 전혀 도움이 되지 않는다. 대신에 비유적 표현의 신선함, 현대적 감각에 의한 이미지화 기법의 탁월함으로 인해 작가의 존재를 부각시킬 뿐이다.

결국 이태준은 일상적인 현실세계의 재현이 아니라 자신의 정신적 우월성을 드러내는 이상화된 삶, 자신의 상상력을 돋보일 수 있는 개성적인 인물 창조, 그리고 자신의 문학적 재질을 뽐낼 수 있는 문장의 표현에 보다 많은 관심을 보이고 있다. 이는 그의 문학이 근본적으로 예술가 의식에 기초하여 창조되고 있음을 말해 준다.

여기에 덧붙여 당대 현실 및 사회에 대한 언급도 오직 독자에게 허구세계를 보다 효과적으로 전달하기 위한 차원에서만 허용되고 있음을 지적할 수 있다. 본고의 대상 작품 속에 등장하는 일본 유학생, 미국 의학박사, 이화여전 음대생, 별장, 신문 기자, 취체역이라는 직함, 기차 등은 모두 근대 도시사회에서 새롭게 접할 수 있는 인물군이요, 풍속도이다. 그럼에도 불구하고 이러한 도시적 요소들은 당대의 사회적 현실과는 분리된 채 일종의 현대적 치장을 위한 소품으로서 선택적으로 취해질 뿐이다. 다시 말해 작품 속에서 배경화될 뿐이다. 이점 역시 작가 이태준이 궁극적으로 관심을 가진 것은 현실의 반영으로서의 작품세계가 아니라 작가의 독창적인 예술의식의 산물로서의 작품을 지향했음을 시사하는 부분이라고 하겠다.

---

30) 「이태준전집」, p.209.

## 5. 결 론

　지금까지 이태준의 문학적 특질을 작중인물의 특성, 스토리 구성 원리, 화자의 서술방법 등을 중심으로 고찰해 보았다.

　먼저 이태준 소설에 나오는 인물들은 지나치게 속물적이거나 지나 치게 정신지향적인 인물형으로 양극화되어 그려지고 있다. 그것은 정 신지향적인 인물의 특질로 나타나는 순수한 영혼, 정신적 사랑을 강 조하기 위한 방법으로 반동인물의 속물적 이미지를 상대적으로 극단 화시키는 작가의 창작 의도에 기인한다. 또한 각 작품에 나오는 남자 주인공들은 대부분 관념지향적 성향을 지닌 지식인으로 작가의 가치 관을 대변하는 인물 유형으로 간주할 수 있다. 즉 그들은 한결같이 이 세계는 불완전하고 타락해 있으며 따라서 현실을 초월하여 관념적 이상세계를 지향할 수밖에 없다는 인식에 도달하고 있다. 요컨대 작 가는 현실 세계의 객관적인 재현이나 사실적인 작중인물의 창조보다 는 정신적 가치를 추구하는 자신의 관념을 전달하는 데 목표를 두고 소설을 창작하고 있으며, 작중인물도 자신의 가치관을 대변하는 존재 로서 형상화시키고 있음을 알 수 있다.

　이태준 소설은 무엇보다도 내재화된 갈등 구조를 그 특성으로 하 고 있다. 즉 여러 작중인물들 사이의 외적인 대립, 갈등에 기대지 않 고, 대부분 소망하는 삶과 속악한 현실 혹은 진실한 사랑과 이기적 사랑 사이의 갈등이 한 인물의 내면세계 속에서 내재화되어 전개된 다. 따라서 소설적 공간은 대단히 개인적이고 주관적인 차원에 머물 러 있으며, 독자는 외부세계를 향한 객관적 시선보다는 자신의 진실 에 절박하게 매달리는 한 개인의 관념적 자세만을 접할 수 있을 뿐이 다. 또한 결말도 스토리상의 인과관계에 따른 필연적인 결과라기보다는 순간적인 태도의 전이나 행동의 변화에 의해 이루어지고 있다는 점에서 극적 긴장감이 결여되어 있다.

또한 화자는 작중세계에 몰입하기보다는 줄곧 독자를 의식하면서 독자에게 극적 호기심과 스토리적 흥미를 전달하기 위해 고심하는 자의식적 서술태도를 보여 준다. 특히 화자는 독자와의 정서적 교감 및 감정적 동일시를 이끌어내기 위한 다양한 기법을 활용하고 있다. 그러나 독자를 의식하는 작가의 창작태도는 때때로 문학적 상상력을 저해하는 역효과를 가져오고 있으며 그 과정에서 리얼리티를 제대로 살려내지 못하는 한계를 보이고 있기도 하다.

결론적으로 이태준은 작품을 창작함에 있어서 일상적인 현실세계의 재현이 아니라 작가 자신의 정신적 우월성을 드러내기 위한 가치 지향적인 삶, 자신의 상상력을 돋보일 수 있는 개성적인 인물 창조, 자신의 문학적 재질을 발휘할 수 있는 문장의 표현 및 독특한 서술방식에 보다 많은 관심을 기울인 작가라고 할 수 있다. 다시 말해 이태준은 예술가로서의 자의식이 상당히 강한 작가였다고 할 수 있으며 따라서 그의 문학은 작가의 독창적인 예술의식의 산물로서 그 의의를 띠고 있다고 하겠다.

# 참고문헌

공종구, "李泰俊 초기 소설의 서사지평 분석", 『국어국문학』 109호, 1993.5.

김윤식/김현, 「한국문학사」, 민음사, 1984.

金煥泰, "尙虛의 作品과 그 藝術觀", <개벽>, 1934.12.

白 鐵, 「新文學思潮史」, 신구문화사, 1986.

상허문학회, 「이태준 문학 연구」, 깊은샘, 1993.

서종택, "이태준의 단편소설", 서종택/정덕준 엮음, 「한국현대소설연구」, 새문사, 1990.

오세영 편, 「文藝思潮」, 고려원, 1992.

李秉烈, "이태준 소설의 텍스트 문제", 『국어국문학』 111호, 1994.5.

이태준, "小說 選後", <文章> 제8호, 1939.9.

一記者, "理想을 語하는 李泰俊氏", <삼천리>, 1939.1.

張良守, "소설경향의 몇 가지 흐름", 김윤식, 김우종 외, 「한국현대문학사」, 현대문학, 1994.

정현기, "李泰俊 硏究", <세계의 문학>, 1988년 가을호.

조동일, 「한국문학통사」(5), 지식산업사, 1988.

崔載瑞, "最近 文壇의 動向", <朝光>, 1937.12.

# Ⅲ. 《상록수》에 나타난 계몽활동의 이원성

## 1. 서 론

본 논문은 심훈(沈熏)의 장편소설 《상록수》의 심층 분석을 통하여 1930년대 농촌계몽활동이 갖는 역사적 의미와 작가의 현실인식 태도를 구명하는 데 목표를 두고 있다.

심훈(1901~1936)은 본명이 대섭(大燮)으로, 시·소설·영화·연극 등 다양한 장르에 예술적 열정을 담아냈던 작가이자 예술인이다. 경성제일교보 4년에 재학 중이던 3·1 운동 때에는 만세운동에 참가해 5개월간 투옥되기도 했었으며, 소설을 창작하기 이전에는 영화에 심취하여 자신이 직접 원작·각색·감독까지 한 영화 <먼동이 틀 때까지>(1927)를 제작하기도 하였다.

심훈이 처음 발표한 소설은 1926년 동아일보에 연재했던 영화소설 《탈춤》이다. 1930년에는 조선일보에 장편 《동방의 애인》과 《불사조》를 연재하기도 했으나 일제의 검열에 걸려 게재 정지 처분을 받고 중단하였다. 그 후 선친의 땅인 충남 당진으로 내려가 창작에 전념함으로써 《영원의 미소》(1933), 《직녀성》(1934), 《상록수》(1935) 등의 대표 작품을 낳았다. 하지만 1936년 《상록수》 출판 문제로 한성도서주식회사 2층에 기거하다가 장질부사를 얻어 젊은 나이에 요절하였다.

심훈의 마지막 소설인 《상록수》는 1935년 '동아일보 창간 15주년 기념 장편소설 현상모집'에 당선된 작품으로, 동아일보가 1931년 7월부터 벌여온 브나로드—민중 속으로—운동을 그 제재로 하고 있다. 때문에 《상록수》는 브나로드 운동을 소재로 하여 동아일보에 3년 앞서 연재되었던 이광수의 농촌계몽소설 《흙》과 빈번히 동일한 지평 위에서 논의되었다. 예를 들면 백철은 "《흙》과 《상록수》는 이 브나로드 운동을 주제로 한 두 개의 우수한 작품이었다."[1]라고 진술함으로써, 이재선은 "브나로드 운동과 결부된 《흙》이나 《상록수》와 같은 작품은 농민의 생활을 제시하는 것보다는 농민교화와 민중계몽이란 민족적인 교화운동과 밀접하게 관련된 것이기 때문에 엄격한 의미에서 농민소설이라고 할 수는 없다."[2]라고 언급함으로써 두 작품을 뭉뚱그려 그 문학사적 의미를 도출하고 있다.

이처럼 《흙》과 《상록수》를 동일한 지평 위에서 논의하는 경향은 70년대부터 새롭게 쟁점화된 농민문학에 관한 여러 평자들의 글에서도 지속적으로 나타나고 있다. 1970년대의 농민문학론은 현대문학이 대부분 도시 중심적인 소재로 기울어지고 따라서 농촌은 작가의 관심으로부터 소외되었으며, 그럼에도 불구하고 농촌이 지닌 사회적 문제는 여전히 심각하다는 현실인식에서 출발하고 있다. 농민문학을 주장하는 평자들은 우선 '농민문학'의 개념을 공간적·소재적 차원의 용어인 '농촌문학'과 엄격히 구분하는 기본적 입장을 보인다. 즉 염무웅[3], 신경림[4], 최원식[5], 김명인[6] 등은 진정한 농민문학이란 "구체적

---

1) 백 철, 『신문학사조사』(신구문화사, 1986), p.395.
2) 이재선, 『한국현대소설사』(홍성사, 1984), p.353.
3) 염무웅, "농촌현실과 오늘의 문학", 신경림 편, 『농민문학론』(온누리, 1983), pp.15~33.
4) 신경림, "농촌현실과 농민문학", 위의 책, pp.48~74.

인 역사현실 속에서 토지라는 생산 수단에 근거하여 노동하고 생산하며 그러한 노동과 생산의 과정을 포괄하는 생산관계, 나아가 전체 사회의 여러 관계의 틀 속에서 자기를 실현해 나가는 움직이는 인간으로서의 농민 혹은 농민계급이 작품 구조의 중심에 주체로서 등장하는 문학"[7]이라고 정의한다. 그러면서 《흙》과 《상록수》 등의 농촌계몽소설은 농촌의 현실을 농민의 눈이 아닌 지식인의 눈으로 바라보고 있고, "일본 제국주의의 식민지 농촌 수탈이나 자본주의 경제체제가 그 속성으로 지닌 취약성 또는 한국 농업이 처해 있는 역사적인 생산 조건 따위에 대한 통찰이 없다"[8]는 이유로 농민문학에서 제외시키고 있다.

그런데 이상의 논의들은 다음과 같은 문제를 내포하고 있다. 첫째, 위의 진술들은 1930년대에 다양한 관점에서 일어났던 농촌계몽활동의 정신사적 배경을 검토하지 않은 채, 하나의 시각으로 단순화시켜 농촌계몽에 대한 도식적 평가를 내리고 있다는 점이다. 그 결과 농촌계몽소설에 대해서도 잘못된 인식, 부당한 편견 등을 나타내고 있다. 둘째, 농촌계몽소설들에 대한 구체적인 분석이나 고찰을 생략한 채, 《흙》의 분석 결과를 농촌계몽소설의 보편적 특성으로 간주하려는 연구자들의 불성실한 연구 태도를 지적할 필요가 있다. 즉 《상록수》나 다른 농촌계몽소설을 구체적으로 고찰하지 않은 채, 이광수의 《흙》을 중심으로 농촌계몽소설로서의 특징을 규정하려는 연역적 연

---

5) 최원식, "농민문학론을 위하여", 백낙청 · 염무웅 편, 『한국문학의 현단계 Ⅲ』 (창작과비평사, 1984), pp.46~81.
6) 김명인, "민족문학과 농민문학", 백낙청 · 염무웅 편, 『한국문학의 현단계 Ⅳ』 (창작과비평사, 1985), pp.203~242.
7) 위의 논문, p.208.
8) 신경림, 앞의 논문, p.49.

구태도를 보인다는 점이다. 이것은 각 작품의 개별성이나 작가의 고유한 현실인식 태도를 외면한 무책임한 연구 태도로서, 농촌계몽소설에 대한 정확한 이해와 평가를 저해해 왔다고 할 수 있다.

그런 점에서 사학자인 홍이섭이 심훈 문학을 논하는 글에서 다음과 같이 진술하고 있는 것은 시사하는 바가 크다.

> 《상록수》를 이광수의 《흙》과 함께 농촌계몽소설로 들고 있으나 각기
> 각자의 경험과 구도 발상에 있어 어긋남이 있다. 이광수는 시대의 풍조를
> 따른 한 작품이고 심훈은 동 시기의 비슷한 소재를 다루었으나 의식에 있
> 어서는 구분되어야 할 것이다.[9]

즉 홍이섭에 이르러 《상록수》가 《흙》의 그늘에서 벗어나 단일한 농촌계몽소설로서의 존재 의미를 획득하기 시작하고 있다. 또한 구중서가 "《상록수》는 《흙》에 비해 관념적 도덕주의를 내포하지 않았고 농촌의 비극적 현실과 농민의 자조의식을 구체적으로 실감 있게 다룬 점에서"[10] 다르다고 지적했을 때, 비로소 《상록수》는 《흙》의 아류 작품이라는 평가에서 벗어날 여지가 마련되고 있다.

이에 본고는 농촌계몽소설 혹은 이광수의 《흙》과의 연결선상에서 논의되어온 기존의 연구태도에서 벗어나, 개별작품으로서 《상록수》를 구체적으로 분석하고 그 문학적 가치를 진단해 보고자 한다. 특히 당시에 한국 학생 및 일제 당국에 의해 전개된 농촌계몽활동의 성격을 고찰하고, 작가 심훈이 추구했던 농민의 진정한 삶의 방식과 지식인의 역할은 무엇이었는지를 구명하는 데 초점을 맞추게 될 것이다.

---

9) 홍이섭, "30년대 초의 농촌과 심훈문학", 『창작과 비평』제7권 제3호, 1972년 가을호, p.584.
10) 구중서, "한국 농민문학의 흐름", 신경림 편, 앞의 책, p.109.

## 2. 농촌에 대한 관심의 다양화

1930년대는 정치·경제·문화 등 다양한 방향에서 농촌에 대한 관심이 고조된 시기이다. 이는 일제 강점의 상황이 지속되면서 일제에 의한 식민지 침탈의 가장 직접적인 피해자는 한국의 총인구 2100만 명 중 94.4%를 차지하고 있던 농민들임을 당시의 지식인들과 일제의 관리들이 조금씩 자각하기 시작한 데서 그 이유를 찾을 수 있다.

당시 농촌·농민에 대한 관심은 크게 세 가지 방향으로 전개된다. 첫째, 프로 문학에서 활발하게 전개된 농민문학에 관한 논쟁이다. 이는 안함광과 백철 사이에 있었던 농민문학의 개념 논쟁으로 나타나고 있다. 먼저 안함광은 농민문학을 "프롤레타리아 문학의 하위 범주"로 인식하고 농민들에게 "프롤레타리아트의 헤게모니"[11]를 적극적으로 주입할 것을 주장한다. 반면에 백철은 "농민문학은 프로문학과 동맹의 문학"[12]이며 어디까지나 빈농의 문학으로서 농민의 혁명적 이데올로기를 내용으로 하는 문학이라고 주장한다. 즉 그들은 모두 카프 (KAPF)에 소속된 프로 작가들임에도 불구하고 농민문학에 대한 상이한 관점을 드러낸다. 이들의 논쟁에서 주목할 부분은 백철의 농민에 대한 이해이다. 그는 농민은 농지를 소유한 小소유자로서, 자본주의 산업사회 이후에 생겨난 노동자 즉 프롤레타리아트—무산자—와는 사회계층적 특성이 다르다는 점, 그리고 투쟁목표에 있어서도 프롤레타리아트가 자본주의 사회를 적극적으로 부정하는 데 반해, 농민은 토지를 경작하는 사람에게 토지를 분배해 줄 것을 요구함으로써 "부르주아 민주주의적 투쟁"의 성격을 띤다는 점을 정확히 인지하면서 농

---

11) 안함광, "농민문학에 대한 一考察", 조선일보, 1931. 8. 13.

12) 백철, "농민문학문제", 조선일보, 1931. 10. 16.

민문학의 개념을 정의하고 있다.

둘째, 1932년 새로 취임한 우가키(宇垣) 일본 총독에 의하여 주창된 농촌진흥운동이다. 1920년대 일본에의 식량 공급을 목적으로 조선에서의 식량 증산을 강행해 온 '산미증식계획'이 세계 농업 공황의 타격을 입은 일본 내 지주들에 의해 반대에 부딪히자, 조선 총독부는 한국의 농업 정책을 전환하여 농촌진흥운동을 전개시킨다. 이른바 조선 농촌의 피폐상을 피상적으로나마 구제하려는 위장 술책으로, '춘궁퇴치(春窮退治)' '차금퇴치(借金退治)' '차금예방(借金豫防)'의 세 가지 목표를 내세우며 '농촌진흥—자력갱생(自力更生)'이란 정책을 표방하고 나선 것이다.[13] 우가키 총독의 지휘 아래 1932년부터 시작된 이 운동의 골자는 농촌경제의 갱생을 도모하기 위한 방법으로, "① 물질에 기울지 말고 형식에 흐르지 말며, 정신을 作興하여 자각, 분발에 중점을 둔다. ② 각 면에 해마다 한, 두 부락씩 모범 부락을 선정하여 집중적으로 지도한다. ③ 부족한 식량의 충실을 도모하는 데 계획목표를 두고 현금수지가 맞도록 하여 부채를 청산한다. ④ 총독부의 물질적 보조는 농민의 자각 정도에 따라 할 것이나, 그것은 농민의 의뢰심을 조장하므로 될 수 있는 한 피한다."[14]는 것이었다. 총독부의 농촌진흥정책은 조선 농민이 처한 현실적인 조건을 외면하고 있음은 물론 농촌의 궁핍 원인을 농민의 無知 탓으로 돌림으로써 순전히 책임을 회피하기 위한 위장정책이었음을 알 수 있다. 그런데 더욱 비극적인 사실은 조선의 많은 지식인들이 이 정책에 동조하여 각 농촌으로 계몽강연을 다님으로써 식민지 농업정책의 가속화에 기여했다는 점이다.

---

13) 강만길, 『한국현대사』(창작과비평사, 1984), pp. 94~97 참조.
14) 홍문표, 『한국현대문학 논쟁의 비평사적 연구』(양문각, 1980), p. 367.

셋째, 조선일보·동아일보의 두 일간지에 의해 전개되었던 학생계몽활동이다. 조선의 대부분을 차지하는 농촌 현실의 궁핍화 현상에 관심을 갖기 시작한 학생들은 1930년을 전후하여 신문사의 후원 아래 농촌계몽활동을 활발하게 벌이게 된다. 조선어학회가 벌인 '한글' 운동의 성과에 뒤이어 일어난 1929년 조선일보의 <문맹퇴치> 운동과 1931년부터 동아일보가 벌인 <브나로드> 운동이 그것이다.15) 이 두 운동은 결국 1935년 일제 경무국에 의해 모두 금지당하게 되지만, 학생과 지식인들이 직접 농촌을 찾아가서 농민들에게 실질적인 도움을 제공하고자 했던 실천적 운동이었다는 점에서 당시에 그 반향과 파급 효과가 대단히 컸다고 할 수 있다.

## 3. 《상록수》에 나타난 농촌계몽활동의 전개 양상

### 1) 관제계몽파와 민족계몽파의 대립

《상록수》는 농촌 및 농민에 대한 관심이 표면화되던 시대적 배경 위에서 농촌을 개발하고 농민을 계도하려는 목적으로 농촌으로 뛰어든 학생들의 계몽활동을 그리고 있는 장편소설이다. 이 작품은 특히 작가 심훈이 1932년 충남 당진군 송악면 부곡리로 낙향하여 농촌생활과 농촌현실을 직접 체험하면서 창작하였다는 점, 그리고 실제로 최용신이라는 여자가 농촌계몽활동을 하던 중에 과로로 병을 얻어 요절했다는 신문기사와 조카 심재영이 보여준 농촌계몽의 활동에 근거해 두 주인공 채영신과 박동혁을 창조하고 있다는 점에서 작가의 현실인식 및 농촌활동에 대한 시각을 고찰하는 데 유용한 텍스트라고

---

15) 김윤식·김현, 『한국문학사』(민음사, 1984), p. 176 참조.

할 수 있다.

앞서 언급한 바와 같이 1930년대의 농촌계몽활동은 이원적으로 전개된다. 조선 총독부에 의해 식민지 통치의 일환으로 전개된 관제(官製)농촌계몽과 학생들에 의해 反日 및 민족의식 고취를 위하여 전개된 민족계몽활동이 그것이다. 《상록수》는 주로 민족의식을 고취하기 위한 학생농촌활동의 실천과정을 다루고 있다. 하지만 작가 심훈이 당시 농촌계몽활동이 지닌 이중적인 성격을 분명하게 인식하고 있었음은 작품의 도처에서 발견된다. 특히 신문사가 주최한 <계몽운동대원 간친회>의 광경을 자세히 서술하고 있는 작품의 서두는 박동혁·채영신을 중심으로 한 학생측과 조선 총독부의 입장을 대변하고 있는 신문사측 사이의 미묘한 마찰을 구체적으로 전경화하고 있다.

　"우리는 남에게 뒤떨어진 것을 탄식만 할 것이 아니라, 높직이 앉아서 민중을 관찰하거나 연구의 대상으로 삼으려 하는 태도를 단연히 버리고, 그네들이 즉 우리 조선이 제 힘으로써 다시 살아나기 위한 그 기초공사를 해야겠습니다. 오늘 저녁 이 자리에 모인 바로 여러분의 손으로 시작해야겠습니다. 물질로 즉 경제적으로는 일조일석에 부활하기가 어렵겠지만 무엇보다도 먼저 모든 것을 지배하고 온갖 행동의 원동력이 되는 정신, 요샛말로 '이데올로기'를 통일하기 위하여 전력을 기울여야 하겠습니다."16)(박동혁의 말:연구자 註)

　"현재의 정세로 보아서 어느 시기까지는 계몽운동과 사상운동을 절대로 혼동해서는 아니 됩니다. 계몽운동은 계몽운동에 그칠 따름이지 부질없이 혼동해 가지고 공연한 데까지 폐해를 끼칠 까닭은 털끝만큼도 없습니다."17) (사회자의 말:연구자 註)

---

16) 심훈, 《심훈문학전집》 제1권(탐구당, 1966), p.144.
　　이하 작품의 인용은 페이지만 표시함.
17) p. 145.

위에서 동혁이 학생의 농촌계몽활동이 글자를 가르치는 데 그쳐서는 안 되고 농민들에게 희망의 정신을 심어주어야 함을 주장하는 데 반하여, 사회자는 학생계몽활동이 문자보급활동에 한정되어야 함을 강조하고 있다. 이것은 학생계몽활동이 신문사의 후원 아래 전개되고 있음에도 불구하고, 후원하는 신문사측과 직접 참여하는 학생들 사이에 계몽활동을 바라보는 시각이 서로 달랐음을 보여 준다. 실제로 <동아일보 주최 제2회 브나로드 총결산>이라는 글을 보면, 당시 신문사들이 농촌계몽활동에 대하여 얼마나 조심스럽고 또 피상적으로 이해하고 있었는가를 알 수 있다.

> 브나로드 계몽대원을 출동시킬 때에는 천 번이나 일너 보내는 말은 이것이다. 조곰이라도 사상적·정치적·경제적 또는 어떤 주의적 색채나 선전은 일언일구도 섞지 말고 오직 이 운동은 순전히 글 모르고 숫자 모르는 것을 깨치는 것으로만을 唯一의 목적으로 삼으라고 한다. (-중략-) 학생 브나로드 계몽운동은 단순히 학생들의 하휴(夏休)를 이용하야 글 배울 기회가 없는 불쌍한 동생들에게 글의 씨를 뿌리는 운동에 지나지 않는다.[18]

요컨대 신문사가 벌인 농촌계몽활동은 무지한 농민에게 글을 가르쳐 준다는 단순한 취지에서 시작하고 있으며, 이는 조선 총독부의 <농촌진흥정책>의 발상과 동궤에 속한다. 하지만 계몽활동에 직접 참가하여 농촌의 현실과 농민들의 비참한 삶을 목격한 학생들은 농촌의 문제가 문맹퇴치로써 간단하게 해결될 수 있는 것이 아님을 깨닫고 있다. 일제의 정치권력과 담합하여 농민들의 고리대금업자로 변한 지주계급의 횡포, 점점 늘어만 가는 농민들의 빚, 그리고 자작농에서 소작농으로 전락한 대다수 농민들의 비극 등 농촌은 정신적, 경제적으

---

18) "동아일보 주최 제2회 브나로드 총결산", 『신동아』, 1932. 11, pp. 8~9.

로 대단히 심각한 양상을 보이고 있었기 때문이다. 따라서 농촌계몽 활동에 참가했던 학생들은 현실적으로 농촌을 살릴 수 있는 길을 모색하기 시작했으며, 그 과정에서 농민의 적이 일제뿐만 아니라 우리 자신들 내부에도 도사리고 있음을 포착하고 있다.

그 첫 대상이 신문사였다면, 두 번째는 백현경과 같은 부르주아 계몽파이다. 백현경은 자신은 호화 문화주택에서 사치스런 생활을 영위하면서, 한편으론 농촌문제를 위한 간담회를 열고 농촌강연회를 다니면서 마치 농민의 구제자인 양 거들먹거리는 이중인격의 지도자이다. 따라서 그녀 또한 학생들의 비판의 대상이 되고 있다.

> "취미요? 시골 경치에 취미를 붙인다는 것과 농민들과 똑같은 생활을 해가면서 우리의 감각까지 그네들과 같아진다는 것과는 딴 판이 아닐는지요? 값비싼 향수나 장미꽃의 향기를 맡아오던 후각이, 거름구덩이 속에서 두엄 썩는 냄새가 밥 잦히는 냄새처럼 구수하게 맡아지게까지 돼야만, 비로소 지도자로서의 자격이 생길 줄 알아요."[19]

백현경을 향한 동혁의 이러한 비판은 당시 농민문제에 대해 말로만 생색내어 걱정하고, 관념적인 이론만 떠벌리던 지식인들에 대한 비판에 다름 아니다. 즉 농민과의 일체감이 결여된 채 농민을 단지 계몽의 대상으로만 간주하는 지식인들의 태도로는 결코 농촌의 비참한 현실을 구제할 수 없음을 동혁은 인식하고 있는 것이다.

끝으로 작가는 조선 인구의 대부분을 차지하는 농민들의 궁핍한 삶 및 토지제도의 불균형을 초래한 주범은 사실상 일제 당국임을 고발하고 있다. 즉 <농촌진흥정책>이라는 위장술책 하에 농촌운동을 권장하는 척하면서, 실제로는 농민을 엄격히 통제하고 감시하는 조선

---

19) p. 159.

총독부 산하의 관제계몽파를 비판하고 있다. 그런데 이것은 검열을 피하기 위해 문학적 장치를 통한 우회적인 방법을 드러낸다.

강제나 또는 일종의 유행으로 하는 농촌운동과, 우리 스스로 깨닫고 자발적으로 해야만 할 농촌운동을 구별해 가면서, 그 성질을 밝히고 또는 한 걸음 더 나아가서 남녀를 물론하고 뜻이 같은 사람끼리 단결할 필요와 언제나 서로 연락을 취하자는 부탁을 하였다. 그 이야기의 내용은 자세히 기록하지 않으나…20)

(…)그날부터 일주일 동안이나 영신은 경찰서 유치장 마루방에서 새우잠을 잤다. 본서까지 끌려가서 구류를 당하던 경과며, 그 까닭은 오직 독자의 상상에 맡길 뿐이다.21)

스토리에 대하여 모든 것을 알고 있는 전지적 화자의 시점으로 전개되는 이 작품에서, 화자가 특정내용을 일부러 기록하지 않음을 독자에게 알려주는 위의 진술들은 독특한 효과를 낳고 있다. 이것은 아무 언급 없이 어떤 내용을 기록하지 않는 것과는 전혀 다른 의미를 지닌다. 즉 화자는 본인이 의도하기만 하면 특정 내용을 생략한 채 적당히 스토리를 전개시킬 수 있다. 그런데 작품에서 화자는 굳이 어떤 내용을 일부러 기록하지 않음을 밝히고 있으며, 그 내용은 공교롭게 일제의 정책을 비판하는 부분이나 일제 행정관리의 횡포를 드러내는 부분이다.

일찍이 심훈은 《동방의 애인》과 《불사조》를 연재하다가 일제의 검열에 걸려 연재를 중단해야 했던 경험을 갖고 있다. 따라서 그는 한편으론 검열을 통과할 수 있는 방법을, 다른 한편으론 검열에

---

20) p. 198.
21) p. 239.

대한 우려 속에서도 작가적 양심이 살아 있는 작품을 쓸 수 있는 방법을 모색해야 했다. 이러한 이중적 고민을 해결하기 위하여 선택한 방법이 특정내용을 일부러 기록하지 않았음을 독자에게 알리는 위와 같은 서술방식이었던 것이다. 즉 문학작품이 독자의 독서에 의하여 하나의 완결된 의미 구조를 이룬다고 할 때, 심훈은 자신이 기록하지 않은 내용을 독자가 상상력을 통하여 보완하기를 기대하고 있다. 아울러 이것은 일제 강점하의 작가로서 자신이 얼마나 창작과정에서 제약을 받고 있는가를 독자에게 호소하는 암묵적 효과까지 낳고 있다.

이상 살펴본 바와 같이 심훈은 《상록수》에서 농촌계몽운동의 양상을 관제계몽파와 학생 중심의 민족계몽파로 구분하여 논의하고 있다. 그 결과 관제계몽파의 농촌운동은 신문사라는 언론, 백현경으로 대표되는 부르주아 지식인들, 그리고 행정 당국인 일제의 조선 총독부 등에 의해 다각도로 전개되고 있으나, 사실상 농촌현실에 대한 분명한 인식이나 농민에 대한 진정한 애정, 그리고 실질적인 현실 개혁 의지가 결여됨으로써 올바른 성과를 거두지 못했음을 지적하고 있다.

## 2) 학생계몽활동의 두 가지 양상

《상록수》는 신문사가 주최한 <계몽운동 대원 간친회>에서 알게 된 남·여학생 박동혁과 채영신이 뜻을 함께 하여, 학업을 중단하고 각각 한곡리와 청석골이라는 농촌으로 내려가 벌이는 계몽활동이 그 핵심 내용을 이루고 있다. 물론 그 두 사람은 뜻을 같이하는 동지에서 서로 사랑하는 연인으로까지 관계가 발전한다. 하지만 이 작품에서 두 사람은 사랑하는 연인보다는 일의 동지로서 서로 격려하고 의지하며, 각자 내려간 농촌에서의 봉사활동에 전념하는 모습을 보인다. 때문에 《상록수》는 남·녀의 사랑이 갈등의 플롯을 이루거나 통속적인 흥미를 불러일으키는 연애 사건이 주를 이루고 있지도 않다. 오히려 같은 길을 걸어가는 사람들 사이에서 찾을 수 있는 진실한 동지애, 그리고 각각 자신들이 속해 있는 농촌 마을에서 겪게 되는 시련과 갈등이 주요 스토리가 되고 있다.

그런 점에서 《상록수》와 이광수의 《흙》은 농촌계몽소설이라는 동일 범주 안에 속해 있긴 하지만, 그 창작의 발상에서부터 차이를 보이고 있다. 김윤식은 이광수의 《흙》이 "현저히 도시적인 소설"이며 "《흙》의 소설적 흥미는 허숭 쪽도, 삼각형의 한 쪽 변의 시골 처녀 유순 쪽도 아니며, 압도적으로 부자집 딸이며 성욕에 휩싸여 있는 윤정선에 있을 것이다. 그렇다면 《흙》이야말로 사이비 계몽 소설"22)이라고 지적한 바 있다. 그의 말에 동의할 때, 《상록수》는 이와는 달리 학생계몽활동을 탄압하는 일제와의 대결 및 농촌문제의 근본적인 해결을 모색하고 있는 진정한 의미에서의 계몽소설이라 할 수 있다.

그런데 이 작품에서 작가는 민족계몽파에 속하는 채영신과 박동혁의 농촌활동의 모습을 또한 대비시킴으로써, 진정한 농촌계몽활동은 어떻게 이루어져야 하는가 라는 문제를 천착하고 있어서 주목을 요한다. 위 두 인물은 농촌계몽활동이 농민에게 용기를 심어주고, 농민과 합심하여 그들이 처한 어려움을 풀어나가야 하는 일임을 분명히 인식하고 있는 지식인들이다. 하지만 농촌활동에 대한 올바른 관념을 지니고 있다고 해서 농촌계몽활동가로서 모든 자질이 갖추어졌다고 할 수는 없다. 그들이 실제로 농촌에 뛰어들어 벌이는 실천행위가 얼마나 바람직하고 성공적인가에 따라 농민들에게 실질적인 도움을 줄 수

---

22) 김윤식·김현, 앞의 책, p. 176.

도, 그렇지 않을 수도 있기 때문이다. 그래서 작가는 채영신과 박동혁의 농촌활동의 양상을 구체적으로 대비시키면서 이론과 실제가 부합하는, 바람직한 농촌계몽활동의 방향을 모색하고 있다. 이것은 스토리의 진행과 함께 농촌활동이 본격적으로 그려지고 있는 청석골과 한곡리의 전개 양상을 비교해 보면 분명하게 확인된다.

| | | 청 석 골(채영신) | 한 곡 리(박동혁) |
|---|---|---|---|
| 1. | 농촌과의 인연 | 기독교 농촌연합회 농촌사업부의 파견으로 내려감 | 고향으로 내려가 거기서 살기로 함. |
| 2. | 계몽노래 | 찬송가, 찬미가 | 애향가 |
| 3. | 활동내용 | 문자보급, 부인친목회 조직 | 농우회 조직, 공동답 경작, 야학, 이용조합 및 이발조합 운영 |
| 4. | 두 사람의 역할 | 교장, 소사, 보모, 지도자, 전도사 | 농우회 회원 |
| 5. | 회관 설립비용 및 설립과정 | 기부금에 의존 / 채영신 혼자서 작업함 | 공동답, 이용조합, 이발조합의 이익금 / 회원들의 협심 하에 완성 |
| 6. | 지주와의 대립 | 기부금 요청 → 실패함 | 농우회원의 빚 청산 → 성공함 |
| 7. | 활동의 성과 | 채영신 : 과로로 병을 얻어 죽음 | 박동혁 : 경제적 자활운동의 중요성을 깨달음 |

이상의 비교 분석에서 확인되듯이 채영신은 기독교에 바탕을 둔 민족계몽파이다. 물론 그녀는 농촌에 대한 피상적인 관심만을 보이는 백현경—여자기독연합회의 총무이기도 한—과는 구별되는 인물로서,

농촌계몽활동에 직접 뛰어들어 농촌 문제의 해결을 위해 헌신적으로 활동하는 모습을 보인다. 그런데 그녀를 지배하고 있는 정신은 조선인으로서의 소명의식보다는 불쌍한 사람을 향한 기독교적 박애주의이다. 그래서 그녀는 종종 "나는 하나님이 이 동리에 특파하신 사도다!"[23]라는 신앙적 선민의식을 보인다. 아울러 그러한 의식은 몸과 마음을 돌보지 않고 자신에게 주어진 모든 역할—교장, 소사, 보모, 지도자, 전도사, 의사 등—을 기꺼이 감당하며 마을 사람들을 위해 봉사하는 희생적인 행동을 가능케 하고 있다. 그런 면에서 채영신의 농촌활동은 기독교적 희생과 봉사라는 종교적 관념에 바탕을 둔 것이지, 농촌의 현실 및 문제에 대한 확고한 해결의지를 갖고 있었던 것은 아니다. 따라서 그녀는 농촌활동을 실천하는 과정에서 여러 번 시행착오를 겪는다. 농민의 최대 과제는 無知에서의 해방이라 생각하며 계몽활동의 내용을 어린이와 부녀자의 문자보급운동에 한정시키고 있는 점, 학원을 설립함에 있어 그 비용을 자체적으로 해결할 방안을 강구하지 않은 채 지주들의 기부금에만 의존하려고 하는 점, 그리고 마을 사람들과의 유기적인 협력에 의하지 않고 자신의 희생적인 활동을 통해서 농촌문제를 해결하려고 하는 점 등은 그 대표적인 예이다. 따라서 채영신의 농촌계몽활동은 농민에 대한 연민과 숭고한 희생정신으로 인해 독자에게 깊은 감동을 안겨주고는 있지만, 농촌의 문제 및 계몽활동에 대한 철저한 인식을 결여하고 있다는 점에서 한계를 드러낸다. 결국 그녀의 과로에 의한 죽음도 종교적으로는 놀라운 희생정신의 표현이라 할 수 있지만, 농촌문제의 지속적인 해결이라는 측면에서 본다면 실패의 다른 모습이라 할 수 있다.

---

23) p. 221.

반면에 박동혁의 농촌계몽활동은 철저한 현실 인식 위에서 이루어지고 있다. 먼저 그가 다른 마을이 아닌 고향으로 내려가 피폐한 농촌을 살려보기로 결심한 것은 타자지향적 행동을 추구하는 지식인의 영웅주의와는 변별된다. 이 경우 동혁은 지식인이기에 앞서 그 마을의 한 일원이며, 농촌의 문제는 곧 자신의 문제가 되고 있기 때문이다. 따라서 그는 농민과 훨씬 밀착된 관계를 형성하고 있으며, 농촌의 비극적 현실 및 그 해결에 있어서도 보다 구체적이고 실질적인 방안을 모색한다. 우선 동혁은 자신의 역할에 대해서 지나친 자만이나 지도자의식을 드러내고 있지 않다. 마을 청년 12명으로 조직된 농우회에서도 평범한 회원으로서의 자격만을 내세울 뿐이다. 물론 활동과정에서 그가 주도적인 역할을 하고 있는 것은 사실이지만, 그가 궁극적으로 지향하는 것은 자신의 희생에 의한 농촌의 변화가 아니라 농민 모두의 힘과 단결에 의하여 이룩한 농촌의 발전이다.

> "여러분은 이 말 한 마디만 머리 속에 깊이깊이 새겨 두십시오. '여러 사람이 한 맘 한 뜻으로 그 힘을 한 곳에 모으기만 하면, 어떠한 일이든지 이루어질 수 있다'는 것을---우리는 여름내 땀을 흘린 그 값으로 이 신념 하나를 얻었습니다."[24]

따라서 동혁은 공동답을 경작하고 이용조합·이발조합을 운영하여 마을 사람들이 함께 쓸 수 있는 공동기금을 조성한다. 그리고 그 공동기금으로 회관을 건립하고, 지주 겸 고리대금업자인 강기천에게 진 마을사람들의 빚을 모두 청산시켜 준다. 그 결과 힘을 합쳐 일한다면 어떤 일이든지 극복해 나갈 수 있다는 확신을 농민들에게 심어주고 있다.

---

24) p. 250.

동혁은 여기에 그치지 않고, 브나로드 운동이 일제의 식민정책의 일환으로 진행되고 있는 <농촌진흥정책>에 협조하고 있는 현실을 날카롭게 지적한다. 즉 농촌활동이 단순한 문맹퇴치·문화운동에서 벗어나 경제적 자활운동으로 전환되어야 함을 깨닫고 있다.

"입때까지 우리가 한 일은 강습소를 짓고 글을 가르친다든지, 무슨 회를 조직해서 단체의 훈련을 시킨다든지 하는, 일테면 문화적인 사업에만 열중했지만, 앞으로는 실제 생활 방면에 치중해서 생산을 하기 위한 일을 해 볼 작정이예요.…"25)

즉 동혁은 농촌이 가난한 이유가 지주 즉 고리대급업자의 횡포와 장릿벼를 놓아 먹는 악습, 지주의 소작권의 잦은 이동 등에 있음을 간파하고 있다. 따라서 이러한 문제의 해결을 지주와 농민 모두에게 촉구하고 있으며, "이만한 근본책을 실행하지 못하면 '농촌진흥'이니 '자력갱생'이니 하는 것은 모두 헛문서에 지나지"26) 않는다고 역설한다.

요컨대 동혁은 농촌문제를 정확하게 통찰하고 있는 당대 지식인의 참모습을 보여 준다. 아울러 표면적인 문화운동에서 탈피하여 현실적이고 실질적인 농민 자활운동을 펼침으로써 농촌계몽활동의 올바른 방향을 제시하고 있다. 그런 점에서 《상록수》의 결말이 영신의 죽음에서 끝나지 않고, 계몽활동에 성공한 모범마을들을 돌아본 후 보다 체계적이고 광범위한 농촌활동을 벌이기로 결심하는 동혁의 각오로 끝을 맺고 있는 점은 시사적이다. 작가가 이 작품에서 궁극적으로 제시하고자 하는 당대 지식인상과 농촌활동의 참모습이 박동혁과 그의 계몽활동의 모습임을 암시하고 있기 때문이다. 한 마디로 작가 심

---

25) p. 302.

26) p. 337.

훈은 농촌계몽활동이 시대적 유행이나 기독교적 희생정신에 바탕을 둔 문화사업을 벌이는 데 머물러서는 안 되며, 농민의 입장에서 농촌의 현실을 직시하고 농촌 문제를 해결할 수 있는 실질적인 방안을 제시하는 데까지 나아가야 함을 강조하고 있다. 심훈이 시류에 휩쓸리지 않고 당대 현실을 정확하게 읽어낼 수 있었던 것은 그 특유의 독자적이고 냉철한 현실 감각 때문에 가능했다는 생각이 든다. 즉 그는 일찍이 프로문학단체인 염군사와 카프의 일원27)이었음에도 불구하고 예술성의 밑받침 없이 생경한 실천 논리만을 내세우는 프로문학의 맹점을 지적했고28), 또"눈 뜨고는 차마 볼 수 없는 모든 현상은 전연 돌보지 않고 몇 세기씩 기어올라가서"29) 진부한 테마를 가지고 역사소설이나 쓰는 민족주의 작가들의 비겁한 현실 도피를 비판한 바 있다. 바로 카프와 민족주의 작가들의 문제점을 동시에 파악할 수 있는 그만의 객관적이고 독자적인 시각이, 농촌계몽활동과 관련된 당대의 다양한 담론의 진정한 의미를 포착할 수 있게 해 주었다고 하겠다.

## 4. 결 론

이상 고찰한 바와 같이 심훈의 《상록수》는 당시 전개된 농촌계몽활동의 다양한 모습과, 그 실천과정에서의 문제점을 지적하고 올바른 실천방향을 모색하고 있는 작품이다.

이 작품에서 작가는 조선 총독부에 의해 주창되고 부르주아 인텔

---

27) 김윤식, 『한국근대문예비평사연구』(일지사, 1985), p. 32.
28) 심훈, "1932의 문단 전망―프로문학에의 직언", 『심훈문학전집』제3권, pp.566
    ~567 참조.
29) 위의 글, p. 566.

리에 의해 선동된 관제계몽파의 <농촌진흥운동>이 농민의 불만을 잠재우기 위한 근본적인 위장정책임을 간파한다. 아울러 같은 민족계몽파 중에서도 기독교계 농촌활동이 보여준 허약한 현실인식, 그리고 농민과 유리된 채 지도자의 종교적 희생정신에 의해 주도되는 계몽활동의 한계를 날카롭게 지적하고 있다.

작가는 진정한 의미의 농촌계몽활동은 문자보급, 문화사업의 전개가 아니라 농민에게 가장 절실한 문제인 경제적 빈곤의 타파에 목표를 두어야 함을 강조한다. 따라서 농촌계몽활동에 참여하는 지식인은 점점 심각해져 가는 경제난을 농민이 어떻게 하면 극복할 수 있는지 농민의 입장에서 그 해법을 제시해야 한다고 주장한다. 바로 이러한 바람직한 농촌계몽활동과 계몽대원의 모습으로 작가는 동혁과 그의 활동을 제시하고 있다.

따라서 동혁은 농촌계몽소설에 대한 기존의 부정적인 평가, 즉 농촌계몽소설에 등장하는 지식인은 현실인식이 결여되어 있다는 평가를 대변하는 인물이 아니다. 오히려 농촌의 현실을 지식인의 시각이 아닌 농민의 시각으로 바라볼 줄 아는, 농민문학에서 주장하는 진정한 의미의 지식인이다. 아울러 그는 "일본 제국주의의 식민지 농촌 수탈이나 자본주의 경제체제가 그 속성으로 지닌 취약성 또는 한국 농업이 처해 있는 역사적인 생산조건에 대한"[30] 통찰을 통해 농민의 경제적 자활운동을 중심 목표로 내세울 만큼 분명한 현실 인식을 보여 준다.

그러므로 이광수의 《흙》의 아류로서 심훈의 《상록수》를 재단해 온 기존의 평가들은 작품 자체의 심층적인 고찰이 없이 도출된 결론이라는 점에서 재고되어야 한다. 또 1930년대의 농촌계몽활동을 일

---

30) 신경림 편, 앞의 책, p. 49.

제의 <농촌진흥정책>과 동일화시킴으로써 내려졌던 농촌계몽활동에 대한 부정적 평가 및 단일한 견해도 재고되어야 한다. 당시 농촌계몽 활동은 다양한 이념적 토대 위에서 변별적인 양상을 보이며 전개되었기 때문이다.

　결론적으로 심훈의 《상록수》는 농촌계몽활동의 올바른 방향과 지식인의 역할을 제시하고 있는 작품으로, 작가의 냉철한 현실인식을 보여 주고 있다고 하겠다.

## 참고문헌

강만길, 『한국현대사』, 창작과비평사, 1984.

김용성·우한용 편, 『한국근대작가연구』, 삼지원, 1985.

김윤식·김현, 『한국문학사』, 민음사, 1984.

김윤식, 『한국근대문예비평사연구』, 일지사, 1985.

김치수, "농촌소설은 가능한가", 『지성』창간호, 1971. 11.

백낙청·염무웅 편, 『한국문학의 현단계 Ⅲ』, 창작과비평사, 1984.

백낙청·염무웅 편, 『한국문학의 현단계 Ⅳ』, 창작과비평사, 1985.

백　철, "농민문학문제", 조선일보, 1931. 10. 16.

백　철, 『신문학사조사』, 신구문화사, 1986.

송백현, "농민소설", 황패강 외 3인 편, 『한국문학연구입문』, 지식산업사, 1982.

신경림 편, 『농민문학론』, 온누리, 1983.

안함광, "농민문학문제에 대한 一考察", 조선일보, 1931. 8. 13.

유양선, "심훈론", 『관악어문연구』제5집, 서울대 국어국문학과, 1980.

이성환, "신년문단을 향하야 농민문학을 이르키라", 『조선문단』제4호, 1925. 1.

이재선, 『한국현대소설사』, 홍성사, 1984.

임　화, "농민과 문학", 『문장』제1권 제9호, 1939. 10.

전광용 외, 『한국현대소설사연구』, 민음사, 1984.

조남현, 『한국현대소설연구』, 민음사, 1987.

조진기, 『한국현대소설연구』, 학문사, 1984.

최원식·임형택 편, 『한국근대문학사론』, 한길사, 1982.

홍문표, 『한국현대문학논쟁의 비평사적 연구』, 양문각, 1980.

홍이섭, "30년대 초의 농촌과 심훈문학", 『창작과 비평』제7권 제3호, 1972년 가을호.

김동리와
황순원의
작품세계

# Ⅰ. 김동리 소설의 신비화 기법

— 〈무녀도〉, 〈황토기〉, 〈등신불〉을 중심으로 —

## 1. 서 론

金東里는 1935년 <화랑의 후예>가 《조선중앙일보》 신춘 문예에 당선되고, 그리고 이듬해 <산화>가 《동아일보》에 당선되면서 작품을 시작한 이래, 오랜 동안 한국의 현대문학의 중심에서 문단을 이끌어 온 대표적인 작가이다.

그는 특히 한국인의 삶의 방식 및 정신적 특질을 드러내는 전통적인 소재를 선택하여 소설화함으로써, 민족정신의 원형과 인간의 근원적 삶의 형식을 탐색하는 독자적인 작품세계를 보여 준다. 예컨대 그의 대표적으로 논의되는 <무녀도>는 전통적인 무속신앙의 세계를, <황토기>는 풍수지리와 연관된 민간설화를 바탕으로 인간의 숙명론적 삶의 방식을 그리고 있다. 그런 점에서 그의 소설은 서구의 합리주의에 근거한 현대적 삶이 아니라 동양적 신비주의에 바탕을 둔 전통적 삶의 방식에 관심을 두고 있다.

현대인의 과학적 세계인식과 삶의 질서를 그리고 있는 다른 작가와는 변별되는 이러한 그의 작품세계는 연구자들에 의해 찬·반 양론의 평가를 받아 왔다.

김동리는 한국문학에 있어서 하나의 신화시대를 창조한 작가다. 그만큼 그의 문학은 신화의 잔존 현상 내지는 신화세계로의 회귀성을 드러내는 것이다. 그래서 그의 문학에는 사회와 역사가 폐기된 원시적 토속신앙이나 설화적 모티브가 자주 등장한다.[1]

> <무녀도>를 통해서 볼 때 김동리의 30년대 문학은 이처럼 사회의식, 역사의식의 배제와 함께 아름다움만을 추구하는 것이며, 결국 그것은 탐미주의가 된다. 그리고 이 같은 탐미주의의 가장 적절한 수단으로서 샤머니즘이 선택된 것이고, 그것을 특히 신비주의의 감각으로 표현해 나간 것이 그의 문학의 특성이라고 볼 수 있다.[2]

위에서 이재선이 김동리를 "신화시대를 창조한 작가"로서 작품세계의 독특성을 긍정적으로 평가하고 있는 데 대해, 김우종은 사회의식, 역사의식을 배제한 채 전통적인 소재를 수단으로 탐미주의를 추구한 작가로서 부정적인 평가를 내리고 있다. 그런데 이러한 상반된 평가에도 불구하고 그들이 김동리의 소설에서 공통적으로 발견하고 있는 것은 역사성과 합리성을 초월한 신비주의적인 삶의 방식이다.

이러한 신비주의적 요소는 물론 그의 토속적인 소재들의 선택에서 이미 예견되는 특질이다. 하지만 토속적인 소재를 선택했다고 해서 신비주의적인 작품세계가 저절로 재현되는 것은 아니다. 거기에는 다소 리얼리티를 훼손시키더라도 혹은 다소 불합리해 보이더라도 작중인물들이 추종하는 정신세계의 초월적 능력과 위엄을 독자로 하여금 공감하게 만드는 고도의 창작기법이 요청된다. 아마도 김동리가 한국 신비주의 문학을 개척한 대표적인 작가로 인정받고 있는 데에는 현대

---

1) 이재선, 『한국현대소설사』(홍성사, 1984), 450쪽.
2) 김우종, 「김동리와 순수문학의 지향」, 전광용 외, 『한국현대소설사연구』(민음사, 1984), 357-358쪽.

의 독자를 전통적인 작품세계로 끌어들이는 그 나름대로의 창작원리를 지니고 있기 때문일 것이다.

본고의 연구 목적은 바로 김동리 소설의 신비화 방식을 고찰하는데 있다. 여기에는 독자에게 신비한 정신체험을 경험하게 만드는 김동리의 소설들에는 몇 가지 창작원리의 공통점이 발견된다는 인식이 전제된다. 따라서 본고에서는 그의 대표작이자 동양적 숙명론, 절대적 신앙심을 형상화하고 있는 작품인 <무녀도>(1936), <황토기>(1937), <등신불>(1959)을 중심으로 김동리 소설의 신비화 방식을 고찰하고자 한다.

## 2. 작품에 나타난 신비화 기법

### 1) 인증의 액자구조의 역설적 효과

<무녀도>는 액자소설이다. 먼저 액자스토리에서 1인칭의 화자는 내부스토리를 알게 된 경위를 자세하게 서술하고 있다. 즉 자신의 집에 있는 '무녀도'라는 그림에 대한 구체적인 묘사, 그리고 그 그림을 그린 소녀를 직접 만났다는 할아버지의 목격담 등을 장면제시의 서술방식까지 사용하면서 사실적으로 전달한다. 그리고 내부스토리는 할아버지로부터 들은 그림 '무녀도'를 그린 소녀에 관한 이야기가 되고 있다. 그런 점에서 이러한 액자구조는 내부스토리가 꾸며낸 것이 아니라 실제로 있었던 일이라는 사실을 강조하는 인증의 기능을 하고 있다.

그런데 이러한 액자구조는 독자로 하여금 내부스토리가 다소 비현실적이고 불합리한 내용으로 이루어져 있다고 하더라도 쉽게 허황된

내용이라고 치부하기가 어렵게 만든다. 오히려 '무녀도'라는 그림이 현존하고 있듯이 그런 놀라운 사건이 실제로 일어났다는 사실에 집착하면서 독자는 작중세계의 비현실적인 양상을 샤머니즘에 내재되어 있는 종교적 신비의 징후로서 해석하고 받아들인다. 그런 점에서 김동리 소설에 있어서 인증의 액자구조는 비현실적인 내부스토리에 사실적인 진실의 무게를 얹혀주는 신비화 방식의 한 기법이라 할 수 있다.

<등신불> 역시 화자인 '나'가 일제 강점하에서 학병으로 끌려 나갔다가 목숨을 건지기 위해 잠시 피신해 있었던 남경의 정원사라는 절에서 본 등신금불(等身金佛)에 대한 이야기를 하고 있는 액자소설이다. 이 작품에서 일인칭의 화자는 이 이야기가 상상력으로 만들어 낸 것이 아니라 실제로 겪고 체험한 내용임을 강조하기 위해 그 시기나 지명, 인명 등에 있어서 지나치다 싶을 만치 구체적이고 역사적 고증이 가능한 정보를 제공하고 있다. 이것은 화자의 서술행위의 신빙성을 확보하기 위한 의도적인 배려라 할 수 있다.

이 작품에서 서술행위의 신빙성을 높이려는 작가의 의도가 전경화되고 있는 문학적 장치는 중층적인 인증의 액자구조이다. 즉 작가는 본 스토리의 사실성을 강조하기 위해 그 이야기를 알게 된 경위와 다양한 정보의 수집과정을 세 가지 서사층위를 형성하며 서술하고 있다. 그런데 이러한 중층적 서사층위의 사용은 역설적으로 본 스토리가 실제로 일어난 사건이라는 것을 독자에게 믿게 하기에는 어딘가 리얼리티가 부족하다는 작가의 초조함을 간접적으로 드러내고 있다고 할 수 있다. 사건 자체로서 사실성을 증명하기 어렵다는 심리적 부담감이 이야기의 출처를 다각도로 알려 주는 중층구조를 낳고 있다고 볼 수 있기 때문이다.

실제로 이 작품은 본 스토리인 만적선사에 대한 이야기보다, 그 이야기를 알게 되는 '나'의 체험담 즉 액자스토리가 더 많은 분량을 차지하고 있다. 거기에 만적선사에 대한 이야기는 하나의 일관된 스토리로 제시되는 것이 아니라 약간씩 그 내용이 다른 세 가지의 이설로 이루어져 있다. 요컨대 이 작품은 구조적으로 대단히 불균형적이고 내용적으로도 정보가 모호하여 극적인 긴장감이 떨어지는 게 사실이다. 그런데 그 중층구조를 정밀히 분석해 보면 그러한 장치가 내부 스토리가 역사적 사건임을 강조하고 그 결과 만적선사의 행동의 신비성을 극대화하기 위한 계산된 기법임을 알 수 있다. 즉 평범한 인간으로서는 상상도 못할 만적선사의 소신공양과 그 행위의 구체적 증거로서의 등신금불의 사실적 제시는 인간의 고뇌와 슬픔을 자기 소멸을 통해 초극하고 있는 한 인간의 놀라운 정신적 경지를 충격적인 감동을 통해 전달하고 있다. 그런 점에서 김동리의 소설세계는 사실적인 정보와 비현실적인 사건 사이의 긴장과 융화 속에서 신비화되고 있다고 하겠다.

### 2) 작중인물에 대한 정보의 모호성

김동리의 소설이 독자에게 신비한 느낌으로 다가오는 결정적인 요인은 무엇보다도 작중인물에 대한 정보의 모호성을 들 수 있다. 즉 그가 창조하는 작중인물들은 강렬한 인상을 전달하는 개성적인 인물일 뿐만 아니라 역사적 공간과 신화적 공간을 동시에 살아가는 신비한 존재로서 형상화되고 있다.

먼저 <무녀도>에서 낭이의 출생에 대한 정보의 이원성 혹은 신비화이다. 풍문에 의하면, 낭이는 모화가 경주읍에서 칠십 리 가량 떨어져 있는 동해변 어느 길목에서 해물가게를 하는 남자와의 사이에서 낳은 자식으로서 그 남자는 봄 가을에 한 번씩 낭이를 찾아 온다고

한다. 반면에 모화는 낭이가 "수국 꽃님의 화신으로, 그녀가 꿈에 용신님을 만나 복숭아를 얻어먹고 꿈꾼 지 이레만에 낭이를 낳은 것이라" 말하고 있다. 또 낭이가 귀가 먹고 말을 못하는 이유에 대해, 모화는 낭이가 수국 꽃님 시절에 언니의 배필을 가로채어 "용신님이 먼저 크게 노하사 벌을 내려 꽃님의 귀를 먹게 하시고, 수국을 추방하시니 꽃님에서 그만 복사꽃이 되어, 봄마다 강가로 산기슭으로 붉게 피지만, 새님이 가지에 와 아무리 재잘거려도 지금까지 귀가 먹은 채 말 없는 벙어리가 되어 있는 것이라"[3] 말한다. 하지만 화자의 요약 설명에서는 "욱이가 절간을 떠난 지 얼마 되지 않아 낭이는 자리에 눕게 되어 꼭 삼 년 동안을 시름시름 앓고 나더니 그 길로 귀가 먹어 버렸던 것이다"[4]고 서술되어 있다. 이처럼 낭이의 출생 및 불구성에 대한 이원적인 정보는 결국 낭이를 신비한 존재로 각인시키기 위한 의도적인 장치라고 할 수 있다. 현실적인 차원에서 보면 낭이는 사생아이자 신체적 불구자에 불과하다. 하지만 무당인 모화는 딸 낭이의 불행한 현실을 자신의 종교적 권위 속에서 신비하고 아름다운 신화로 승화시키고 있다. 실제로 귀머거리이자 벙어리인 낭이는 이런 신비한 정보와 모호한 행동, 그리고 침묵의 언어를 통해 작중세계에서 시종일관 신비한 분위기를 창출하는 주요한 역할을 하고 있다.

<황토기>에도 인물에 대한 정보는 모호성의 미학으로 이루어져 있다. 먼저 득보와 분이의 관계는 아버지와 딸, 아저씨와 조카딸, 연인 사이 등 해석이 구구한 양상으로 나타난다.

처음 주막에서 득보는 분이를 자기의 딸이라 했고, 그 다음엔 조카딸이

---

3) 『김동리 전집』(1)(민음사, 1995), 81쪽.
4) 위의 책, 83쪽.

라 하더니, 지금 와서는 제가 데리고 살자니까 너부 강짜가 심해서 억쇠에게 양보를 한다는 것이다. 아무렇거나 억쇠는 어차피 후처를 얻어야 할 형편이요, 또 분이와는 본래 그녀가 주모로 있을 적부터 이미 색념이 있던 터이라 구태여 마다할 까닭도 없었다.

그러나 득보가 분이를 두고 딸이니 조카니 하는 것처럼, 득보에 대한 분이의 태도도 또한 야릇한 것이 있어, 어떤 때는 아저씨랬다 어떤 때는 그이랬다, 심하면 아주 득보라고 불렀다. 그러다가 어느 날 밤엔,

「아무것도 아니오. 외가는 외가 뻘이라 하지만 그이와는 직접 걸리지 않고, 내 외삼촌의 배다른 형제요」했다.[5]

위의 인용은 득보와 분이의 진술과 행동에 대한 의심과 궁금증이 들기 시작한 억쇠의 심리를 분석하고 있는 부분이다. 여기에서 보여지듯이, 득보와 분이는 말과 행동에 있어 일관성이 없고, 제삼자의 입장에서는 이해하기 곤란한 태도를 나타낸다. 즉 두 사람이 연인 사이라면 득보가 분이를 억쇠에게 주는 것이나 분이가 순순히 그 제의를 받아들이는 것은 납득하기 어렵다. 또 득보가 분이의 외삼촌 뻘이라면 그 다음에 제시되고 있는 내용, 즉 분이가 득보의 옥동자를 낳았다는 사실은 윤리적으로 받아들이기 곤란한 정보이다.

또 득보가 두 번째로 그의 고향을 등진 이유에 대해서도 득보는 자신이 옛날에 형제를 죽인 사람이란 소문이 퍼졌기 때문이라고 말하고 있는 반면, 분이는 자신이 득보의 옥동자를 낳았기 때문이라 주장하고 있다. 게다가 분이가 낳은 득보의 자식도 나중에 데려 와 보니 그들이 말하던 '옥동자'가 아니라 '딸'이었다.

이렇게 작가는 의도적으로 독자들에게 인물들에 대한 정확한 정보를 주지 않는다. 오히려 이중적으로 해석이 되거나, 아니면 말해진 정

---

5) 위의 책, 230쪽.

보에 대해서 끊임없이 판단을 유보할 수밖에 없는 모호한 정보만을
독자에게 유출시킨다. 그런데 바로 작중인물들에 대한 이 모호한 정
보들은 그대로 인물들을 신비화하는 데 기여하고 있다는 점이다. 그
가 어떤 사람인지 무슨 과거를 지니고 있는지를 서술자가 정확히 알
려 주지 않는 상태에서, 독자는 그를 베일에 싸인 존재로서 혹은 깊
은 상처를 가지고 있으나 그것을 차마 그대로 알려 줄 수 없는 비극
적인 인물로서 스스로 형상화하고 신비화시키게 될 것이기 때문이다.

### 3) 인물들의 행동의 이중성

김동리의 소설에서 인물들의 행동이나 사건은 인과적인 질서나 상
식적인 삶의 차원에서 전개되지 않는다. 그들의 행동은 다음 사건을
유발시키기보다는 행동 자체의 모호성을 드러내면서 독자로 하여금
다양한 해석을 유도한다. 또 연루된 사건에 대한 인물들의 대응방식
역시 자기방어적이기보다는 자기파괴적인 비극적 양상을 띰으로써 현
실적 논리를 초월한 행동양식을 보여 준다. 바로 작가는 개연성과 인
과관계의 고리 위에서 이해했던 기존의 삶에 대한 고정관념을 깨뜨리
고, 다른 차원에서의 삶의 해석과 인물들의 행동양식을 제시함으로써
독자를 낯설고 신비한 작중세계 속으로 끌어들이는 데 성공하고 있다.

먼저 <무녀도>에서 낭이의 행동이 내포하고 있는 모호성 혹은 양
가성이다. 낭이는 모화와 욱이 사이의 종교적인 대립과정에서 한 번
도 전경에 나서지 않을 뿐만 아니라 어느 편으로도 기울지 않는 중립
적인 태도를 견지한다. 그러나 후경에서 그녀는 때로는 오빠 욱이에
게, 때로는 모화의 무속세계에 경도된 행동을 함으로써 독자로 하여
금 모화와 욱이의 갈등상황을 첨예하게 전달하는 데 결정적인 역할을
하고 있다.

(…) 밤이 되어 처마 끝에 희부연 종이등불이 걸리고 하면, 피에 주린 모기들이 미친 듯이 떼를 지어 울고 날아드는 마당 구석에서 낭이는 그 얼음같이 싸늘한 손과 입술로 욱이의 목덜미나 가슴팍으로 뛰어들곤 했다. 욱이는 문득문득 목덜미로 가슴팍으로 낭이의 차디찬 손과 입술을 느낄 적마다 깜짝깜짝 놀라곤 하였으나, 그녀가 까무러칠 듯이 사지를 떨며 다시 뛰어들제면 그도 당황히 낭이의 손을 쥐어주며, 그 희부연 종이등불이 걸려 있는 처마 밑으로 이끌곤 했다.[6]

모화는 혼자서 손을 비비고, 절을 하고 일어나 춤을 추고 갖은 교태를 다 부리며 완연히 미친 것같이 날뛰었다. 낭이는 방에서 부엌으로 난 봉창 구멍에 눈을 대고, 숨소리를 죽여 오랫동안 어미의 날뛰는 양을 지켜보고 있다가 별안간 몸에 한기가 들며 아래턱이 달달달 떨리기 시작하였다. 그녀는 미친 것처럼 뛰어 일어나며 저고리를 벗었다. 치마를 벗었다. 그리하여 어미는 부엌에서, 딸은 방안에서 한 장단, 한 가락에 놀듯 어우러져 춤을 추곤 했다.[7]

이러한 낭이의 행동, 즉 오빠에 대한 근친상간적인 행위와 어머니의 무당춤에 동화되어 신들린 모습으로 춤을 추는 행위는 독자가 작중세계를 이해하는 데 곤혹스러움을 안겨 준다. 사실상 사건의 목격자이자 스토리의 전달자이기도 한 낭이의 이러한 양가적인 태도는 모화와 욱이의 갈등을 어떤 방향으로든 해소하기는커녕 보다 복합적인 국면으로 몰아가고 있기 때문이다. 따라서 기독교인인 오빠에게는 근친상간적인 애정을, 무당인 어머니에게는 종교적인 동질감을 드러내는 낭이의 행동은, 독자로 하여금 모화와 욱이의 대결은 어느 한 쪽의 일방적인 승리나 패배로 결코 끝나지 않는 불가해한 양상을 띨 것이라는 예감과 함께 사건의 신비성을 고조시켜 주는 결과를 낳고

---

6) 위의 책, 90쪽.
7) 위의 책, 91-92쪽.

있다.

<황토기>는 억쇠와 득보, 분이, 설희, 이 네 사람의 관계 방식 및 행동의 초윤리성 혹은 비상식성을 통해 작중인물들의 숙명적인 삶의 비극성을 허무주의적 색채로 그려내는 데 성공하고 있다.

먼저 득보가 자신의 아이를 낳을 정도로 정을 나눈 분이를 억쇠와 살도록 주선하고, 또 분이도 이 제의를 받아들이는 비상식적인 행동에서부터 네 사람의 이상한 관계방식이 형성되기 시작한다. 우선 억쇠와 결혼한 분이의 행동은 전통적인 부부간의 윤리의식에서 보면 도저히 납득하기 어렵다. 한 달 중 스무 날은 득보의 집에서 자고 오는가 하면, 득보가 데리고 온 여자들에게 번번이 심한 강짜를 부리고 있기 때문이다. 그렇다고 남편인 억쇠에게 완전히 등을 돌린 것도 아닌 그녀의 행동거지는 정말로 미스테리 그 자체다.

> 이와 같이 득보의 생활에 사생결단의 관심을 걸고 있는 분이가 그러면 제 서방격인 억쇠를 보지 않느냐 하면 그런 것도 아니다. 정부는 정부요, 본부는 본부란 속인지, 득보의 집에서 국그릇도 들고 오고 밥사발도 안고 오곤 하여, 시어머니와 억쇠의 밥상을 보는 체도 하고 가다가 빨래가 밀리면 빨래 방망이를 들고 나서기도 하였다. 그 밖에 무슨 잠자리 같은 데서 몸을 사리거나 하느냐 하면 그런 일은 한 번도 없고, 그보다도 분이의 말을 빌리면, 억쇠에 대한 그녀의 가장 중요한 불만이, 잠자리에 있어 그가 너무 심심한 점이라 한다.[8]

이러한 분이의 행동에는 윤리의식이나 정조관념도 없고, 득보 혹은 억쇠에 대한 감정의 일관성이나 책임감도 결여되어 있다. 거기에 더욱 독자를 당황하게 만드는 것은 분이의 그런 행동에 대한 득보나 억

---

8) 위의 책, 233쪽.

쇠의 반응이다. 분이와 억쇠를 연결해 준 당사자인 득보는 억쇠를 놔두고 자신을 계속 찾아 오는 분이를 거부하거나 그녀의 행동을 막지 않는다. 또 남편인 억쇠는 거기에 대해 불쾌해 하면서도 구체적인 질투나 분노를 드러내지도 분이에게 어떤 제재를 가하지도 않고 있다. 이처럼 인간사회에서 으레 기대되는 행동 및 감정적 대응방식을 완전히 뒤엎고 있는 작중상황을 접하며 점점 답답해 지는 것은 독자이다. 억쇠와 득보, 분이 사이의 관계방식을 현실적인 논리로 분석할 수 있는 실마리가 전혀 주어지지 않기 때문이다.

결국 분이가 자꾸 밖으로 나돌자 억쇠는 행실이 얌전한 설희를 맞아들이고, 이때부터 득보의 설희를 향한 이상한 행동이 가세되면서 인물들 사이의 비윤리적인 관계양상은 극으로 치닫는다. 즉 득보가 억쇠가 있든 없든 밤낮없이 설희의 방을 드나들면서 설희에게 수작을 붙이기 시작한 것이다. 그런데 이러한 득보에 대해 억쇠는 예전에 분이에게 그랬듯이 불쾌한 내색은 할지언정 그의 행동을 저지하거나 분노의 반응을 나타내지 않고 있다. 일반적인 남편의 입장이라면 도저히 상상할 수 없는 태도인 것이다.

여기에 실질적으로 억쇠와 득보 모두에게서 버림당한 분이가 점점 비정상적인 행동을 드러냄으로써 상황은 보다 복잡하고 불길한 양상을 띤다.

> 득보가 밤낮없이 설희의 방에 걸음이 잦을 무렵이었다.
> 밤마다, 달이 있을 때에는 그 집 뒤꼍의 늙은 홰나무 그늘에 숨고, 달이 없을 때엔 캄캄한 어둠에 싸인 채 그 불빛이 희미하게 비치고 있는 설희의 방문을 그녀는 노리고 있었다.
> 그녀의 낯에는 그믐달빛 같은 독기가 서리고 그 두 눈에는 야릇한 광채가 감돌며, 그리고, 그 품속에는 헝겊에 싸인 날이 새파란 비수 하나가 들

어 있었다.[9]

   즉 분이는 평소처럼 설희에게 노골적으로 강짜를 부리는 대신에 몰래 그들을 훔쳐보거나 비수를 품고 다니는 등 심상찮은 거동을 보이고 있다. 결국 억쇠, 득보, 분이, 설희 사이의 비정상적이고 비상식적인 관계방식은 분이가 임신한 설희를 칼로 찔러 죽이고 득보의 가슴에 상처를 낸 뒤 어디론가 사라짐으로써 끝이 난다. 득보와 억쇠가 두 여인에게 보여준 태도의 모호성이 설희의 죽음과 분이의 파멸이라는 비극을 초래하고 있는 것이다.

   그런데 그 이후의 두 남자의 반응은 또 상식을 깨뜨린다. 그렇게 경쟁적으로 열을 내어 사랑하던 설희의 비참한 죽음으로 인해 두 사람이 상심하는 모습이나 분이에 대한 분노와 복수심을 드러내는 모습을 전혀 찾아 볼 수 없는 것이다. 오히려 그들이 마음을 쓰고 또 연민을 드러내고 있는 대상은 분이이다. 특히 분이에게 끊임없이 질투와 가슴앓이를 하게 만들었던 득보는 사라진 분이를 찾아 계속 헤매는가 하면 나중에는 그녀의 딸을 데려다 기르는 남다른 정성을 보인다. 이러한 득보의 행동은 사실상 그 전의 행동과는 전혀 인과성을 찾기가 어렵다.

   다시 말해 <황토기>에서 작가는 네 명의 주인물들을 통해 현실에서 있을 법한 사각관계의 비극적인 사랑이야기를 형상화하고 있는 게 아니다. 상당히 감각적이고 흥미유발적인 상황설정을 하고는 있지만 그 전개양상은 독자의 상식적 호기심과 기대감에 혼선을 가져오고 상상력을 억압하는 방향으로 나아간다. 그 결과 독자가 느끼는 것은 묘한 답답증과 감당하기 어려운 곤혹감, 그리고 상식을 초월한 삶을 살

_____

9) 위의 책, 238쪽.

아가는 작중인물들에 대한 보이지 않는 열등감이다. 바로 독자는 평범한 인간들의 삶의 질서를 초월하여 자신들만의 방식으로 비극적인 운명을 포용하고 감당해 내는 작중인물들에게서 보다 엄숙한 존재의 무게를 느끼게 되는 것이다. 요컨대 네 사람의 초윤리적이고 비상식적인 관계방식은 사실상 작중인물 및 작중세계의 신비화 및 신화화, 그리고 운명론적 비극을 극대화하기 위한 의도적인 장치라고 하겠다.

둘째, <황토기>에서 가장 충격적이고 비상식적인 것은 무엇보다도 억쇠와 득보의 싸움이라 할 수 있다. 일반적으로 싸움을 하는 경우에는 상대방과 승패를 다투거나 혹은 어떤 목적을 획득하기 위한 것이든 이유가 있게 마련이다. 특히 육체적으로 치고 받는 싸움을 벌이는 경우, 싸우는 사람들 사이에는 적개심과 분노, 승부욕의 감정 등이 교차하기 마련이다. 그러나 술을 마시며 싸우며 한나절을 계속하는 억쇠와 득보의 처절한 싸움은 독자의 상상력으론 도저히 예상하기 어려운 기이한 양상을 나타낸다.

> 한철에 한두 번씩 이 안냇벌에서 대개 이렇게 술을 마시게 되었지만, 이 두 사람에게 있어서는 이때같이 가슴이 환히 트이도록 즐겁고 만족할 때가 없다. 그것은 아무 것과도 바꿀 수 없는 기쁨이요, 보람이요, 그리고 거룩한 향연이기도 하였다. 이에 견준다면 분이나 설희의 자색도 한갓 이 놀이를 돋구고 마련키 위한 덤에 지나지 않을 듯했다.[10]

> 득보는 이렇게 목청을 뽑으며 점점 억쇠에게로 가까이 다가 들어왔다. 웬일인지 싸울 태세를 갖추지 않고 그냥 춤만 덩실덩실 추며 억쇠의 턱 앞까지 다가 들어왔다. 억쇠는 뛰어들어 그의 목을 안았다. 득보도 같이 하였다. 두 사람은 큰 나무가 넘어가듯 쿵 하고 한꺼번에 자빠져버렸다.
> 득보의 목을 안고 한참 동안 엎치락뒤치락하던 억쇠는 갑자기 큰 소리로

---

10) 위의 책, 219쪽.

껄껄껄 웃어대었다.

　그의 왼쪽 귀가 붙어 있을 자리엔 찢긴 살과 피가 있을 따름, 귀는 절반
이나 득보의 입에 가 들어 있고, 득보는 아끼는 듯 그것을 얼른 뱉어내려고
도 하지 않았다.11)

　억쇠와 득보의 싸움은 표면적으로는 분이와 설희를 사이에 둔 연
적간의 싸움으로 비추어진다. 그러나 싸움에 임하는 그들의 태도나
싸우는 상황을 자세히 들여다보면 뭔가 예사롭지 않고 석연치 못한
면면을 발견하게 된다. 우선 그들은 때리는 사람이나 맞는 사람이나
상대방에 대한 적대감이나 두려움이 전혀 없다. 오히려 싸우는 행위
자체를 즐기려는 듯 춤을 추며 때리고 맞으면서 웃고 있다. 그러면서
도 앞의 인용에도 나와 있듯이 그들은 상대방의 귀를 물어 살점을 떼
어낼 정도로 잔인하고 처절하게 싸운다. 요컨대 그들의 싸움은 싸워
이겨야 할 대상이 있기 때문에 싸우는 것이 아니다. 넘치는 힘을 분
출할 길이 없어서, 즉 힘을 한 번 써 보고 싶다는 욕망을 해소시키기
위해, 싸움의 핑계를 만들어 대가 없는 싸움을 계속하는 것이다. 그래
서 그들에게 싸움은 "아무 것과도 바꿀 수 없는 기쁨이요, 보람이요,
그리고 거룩한 향연"이 될 수 있는 것이다.

　하지만 그들의 싸움을 지켜보는 독자는 결코 그들의 향연에 동조
하기가 쉽지 않다. 무의미한 싸움을 계속하는 그들의 행동에 깃든 운
명론적인 신비주의와 허무의식은 합리주의적인 삶의 방식을 넘어선
자리에 존재하기 때문이다.

　초인적인 힘과 뜻을 타고 났건만, 끝내 그 힘과 뜻을 긍정적으로 혹은
생산적으로 펼 수 있는 풍요의 터전을 만나지 못한 채 원통한 불모의 황톳

---

11) 위의 책, 223-224쪽.

골에서 소득없는 싸움을 벌임으로써 비로소 삶의 희열에 다다르게 된다는 것, 그것 또한 삶의 한 방식이라 할 수 있다 할지라도 그러나 그것은 결국 비극적인 삶의 방식이라 할 수밖에 없다.12)

　요컨대 싸움과 향연, 고통과 희열, 가학충동과 피학충동 등 극단적인 요소들이 뒤엉킨 채 펼쳐지는 그들의 싸움은 초월적인 힘과 대결하고 있는 영웅적 인간을 환기하면서 신화적 공간을 창출한다. 즉 평범한 인간은 결코 경험하기 어려운, 끝없이 억울하고 원통하고 답답하고 고독한 비극적 운명과 정면으로 대결함으로써 자신의 운명을 초극하고자 하는 인물들의 행동에는 자신들의 숙명을 감당할 수 있다는 강인한 대결의지가 내포되어 있다. 따라서 그들은 마치 신화 속의 영웅들처럼 현실적 공간이 아닌 자연적 공간에서 즉 "흐르는 냇물에서 저녁 바람이 일고 높은 소나무 가지에서 매미 소리가 서슬질 무렵이 되면, 그들은 마치 오랜 마주(魔酒)에서 깨어나는 것처럼 떨고 일어나" 싸움을 벌이고 있는 것이다.

　지금까지 살펴 보았듯이 <황토기>는 작중인물의 정보나 인물들의 행동양식, 그리고 주 모티프인 주인물들의 싸움에 이르기까지 전반적으로 모호성, 비상식성의 원리에 근거한 창작기법이 사용되고 있다. 그리고 그것은 작중세계의 리얼리티를 훼손하고 있다기보다는 인간의 운명의 신비를 전달하기 위한 신화적 공간을 창출하는 데 효과적으로 작용하고 있다고 하겠다.

　다음으로 <등신불>에서도 정보의 모호성은 주인물을 신비화하는 데 주요한 기능을 하고 있다. 소신공양(燒身供養)을 한 만적 선사에 관한 이야기의 출처를 하나가 아니고 셋이나 제시하고 있는 것이 그

---

12) 천이두, 「허구와 현실(下) - 김동리론 」(『현대문학』, 1978. 10), 274쪽.

것이다. 즉 일인칭 화자인 '나'는 정원사의 젊은 스님인 청운에게서 들은 이야기와 「만적선사 소신 성불기(萬寂禪師燒身成佛記)」라는 책에 실려 있는 기록, 그리고 원혜대사가 직접 들려 주신 이야기를 독자에게 제시하고 있는데, 이 각각의 이야기에서 만적 선사에 대한 정보는 조금씩 다르게 나타난다.

먼저 청운의 이야기는 핵심적인 내용이 생략된 채 대단히 간략하게 만적의 이야기를 요약, 설명하고 있다.

> ......스님의 이름은 잘 모른다. 당(唐)나라 때다. 일천 수백 년 전이라고 한다. 소신 공양(燒身供養)으로 성불을 했다. 공양을 드리고 있을 때 여러 가지 신이(神異)가 일어났다. 이것을 보고 들은 수많은 사람들이 구름같이 모여들어서 아낌없이 새전과 불공을 들였는데 그들 가운데 영검을 보지 못한 사람은 하나도 없다. 그 뒤에도 계속해서 영검이 있었다. 지금까지 여기 금불각에 빌어서 아이를 낳고 병을 고치고 한 사람의 수효는 수천 수만을 헤아린다. 그밖에도 소원을 성취한 사람은 이루 다 헤일 수가 없다......13)

즉 여기서는 스님의 이름도 알려 주지 않을 뿐만 아니라 그가 출가하게 된 동기나 소신공양을 하게 된 연유에 대해서 전혀 언급이 없다. 단지 등신불이 대단한 영검이 있어 신도들의 불공과 새전이 끊이지 않고 있다는 신이성만이 강조되고 있다.

반면에 「만적선사 소신 성불기」의 기록은 출가의 동기와 소신공양을 결심하게 된 사연, 소신공양 때의 이적 등이 비교적 객관적으로 잘 정리되어 있다. 즉 기록에 의하면 기(耆, 만적의 속명)는 개가를 한 어머니가 자신을 위하여 사씨 집의 재산을 탐냄으로써 전실 자식인 신의 밥에 독약을 넣어 신을 없애려 하자 충격을 받게 된다.

---

13) 『김동리 전집』(3) (민음사, 1995), 86쪽.

기가 슬픈 맘을 참지 못하여 스스로 신의 밥을 제가 먹으려 할 때 어머니가 보고 크게 놀라 질색을 하며 그것을 뺏고 말하기를 이것은 너의 밥이 아니다. 어째서 신의 밥을 먹느냐 했다. 신과 기는 아무도 대답하지 않았다. 며칠 뒤 신이 자기 집을 떠나서 자취를 감춰버렸다. 기가 말하기를 신이 이미 집을 나갔으니 내가 반드시 찾아 데리고 돌아오리라 하고 곧 몸을 감추어 중이 되고 이름을 만적이라 고쳤다. 처음은 금릉에 있는 법림원에 있다가 나중은 정원사 무풍암으로 옮겨서, 거기서 해각 선사에게 법을 배웠다. 만적이 스물네 살 되던 해 봄에, 나는 본래 도를 크게 깨칠 인재가 못 되니 내 몸을 이냥 공양하여 부처님의 은혜에 보답함과 같지 못하다 하고 몸을 태워 부처님 앞에 바치는데, 그때 마침 비가 쏟아졌으나 만적의 타는 몸을 적시지 못할 뿐 아니라, 점점 더 불빛이 환하더니 홀연히 보름달 같은 원광이 비치었다.[14]

　　즉 만적은 친자식의 행복을 위하여 전실 자식을 죽이려는 어머니의 행동에 대한 충격과 그 일로 집을 나간 신에 대한 죄의식 때문에 스님이 되었고, 그 후 열심히 정진하다가 어느날 "본래 도를 크게 깨칠 인재가 못 되니 내 몸을 이냥 공양하여 부처님의 은혜에 보답"하고자 결심하고 소신공양을 하게 되었다는 것이다. 하지만 여기에는 아직도 등신불상이 왜 그렇게 경악과 충격을 안겨 주는 이상한 형상을 이루고 있는지에 대한 납득할 만한 설명이 결여되어 있다.

　　끝으로 원혜대사가 들려 준 이야기—1200년간 등신금불에 대하여 절에서 전해 내려오는 이야기—에는 소신공양의 동기에 대하여 또 다른 이설이 제시되고 있다.

　　만적이 스물세 살 나던 해 겨울에 금릉 방면으로 나갔다가 전날의 사신(謝信)을 만났다. 열세 살 때 자기 어머니의 모해를 피하여 집을 나간 사신이었다. 그리고 자기는 이 사신을 찾아 역시 집을 나왔다가 그를 찾지 못하

──────────
14) 위의 책, 89-90쪽.

고 중이 된 채 어느덧 꼭 십 년만에 그를 다시 만난 것이다. 그러나 그때 다시 만난 사신을 보고는 비록 속세의 인연을 끊어버린 만적으로서도 눈물을 금할 수 없었던 것이다. 착하고 어질던 사신이 어쩌면 하늘의 형벌을 받았단 말인고. 사신은 문둥병이 들어 있었던 것이다.

만적은 자기 목에 걸었던 염주를 벗겨서 사신의 목에 걸어주고 그 길로 곧장 정원사에 돌아왔다.

그때부터 만적은 화식(火食)을 끊고 말을 잃었다. 이듬해 봄까지 그가 먹은 것은 하루에 깨 한 접시씩뿐이었다.[15]

즉 원혜대사의 이야기에 따르면, 만적이 소신공양을 결심하게 된 결정적 계기는 십 년만에 문둥병자가 되어 있는 사신을 만났기 때문이라는 것이다. 따라서 「만적선사 소신 성불기」가 소신공양의 이유로 종교적 고뇌와 비원을 강조하고 있다면, 여기서는 인간 생의 아이러니에 의한 인간적 고뇌가 강조되고 있다. 그와 함께 원혜대사의 이야기에서 핵심을 이루고 있는 것은 인간적 고뇌와 슬픔을 간직한 등신불이 만들어지기까지의 한 달간의 소신공양 과정이다. 알몸으로 가부좌를 한 채 계속 부어지는 들기름에 육신이 절어가는 한 달 동안의 과정과, 불이 담긴 향로를 머리에 얹고 고통스럽게 타들어가던 소신공양 때의 모습이 장면제시에 가까울 만큼 대단히 상세하고 객관적으로 묘사되고 있다. 그리고 이때에야 독자는 소설의 앞부분에서 묘사된 등신불의 다음과 같은 기이한 모습에 대한 궁금증이 풀어지는 것이다.

그렇게 정연하고 단아하게 석대를 쌓고 추녀와 현판에 금물을 입힌 금불각 속에 안치되어 있음직한 아름답고 거룩하고 존엄성 있는 그러한 불상과는 하늘과 땅 사이라고나 할까, 너무도 거리가 먼, 어이가 없는, 허리도 제

---

15) 위의 책, 91-92쪽.

대로 펴고 앉지 못한, 머리 위에 조그만 향로를 얹은 채 우는 듯한, 웃는 듯한, 찡그린 듯한, 오뇌와 비원(悲願)이 서린 듯한 그러면서도 무어라고 형언할 수 없는 슬픔이랄까 아픔 같은 것이 보는 사람의 가슴을 콱 움켜잡는 듯한, 일찍이 본 적도 상상한 적도 없는 그러한 어떤 가부좌상이었다.[16]

바로 만적 선사는 자식의 행복을 위하여 남을 해치려는 어머니와, 어질고 착한 사신이 문둥이가 되어 있는 모습에서 인간의 행동과 생 자체에 대한 아이러니를 절감하고 있다. 그리고 이 생의 비극성을 극복하는 방식으로 신적인 초월을 추구하는 것이 아니라 인간 구원을 위한 자기 희생의 길을 선택한다. 그 방법이 바로 인간적 고뇌와 슬픔과 비원을 그대로 간직한 채 소신하는 것이었다.

요컨대 <등신불>은 인간의 고뇌와 슬픔을 자기 것으로 끌어안은 채 스스로 가장 고통스런 죽음을 선택함으로써 인간의 구원은 물론 스스로 성불을 하고 있는 만적 선사의 위대한 정신과 행동을 추리소설적 구조를 통하여 효과적으로 전달하고 있다. 그 과정에서 만적 선사에 대한 다각적인 정보는 주요 정보의 지연 및 기존 정보의 수정, 보완을 유도하면서, 만적 선사의 인간적 고뇌와 소신공양을 통한 초극에의 의지를 독자에게 극적으로 전달하는 데 성공하고 있다고 하겠다.

## 4) 출처가 묘연한 정보의 유출

다른 현대작가의 작품에서와는 달리 김동리 소설에서 유난히 눈에 띄는 것 중의 하나가 스토리 세계에 대한 화자의 전달자적 태도이다. 즉 화자는 작중 사건에 대해 모든 것을 알고 있다는 권위적인 자세를 취하지 않는다. 반대로 자신은 보고 들은 것만을 독자에게 알려 줄

---

16) 위의 책, 84쪽.

수 있을 뿐이라는 관찰자적인 태도를 보인다. 김동리의 소설에서 정보의 모호성은 화자의 이러한 서술태도와 맞물려 있다. 또한 화자는 가능한 한 사건에 대한 설명이나 논평을 하지 않는다. 대신에 독자가 사건의 의미를 해독할 수 있는 출처가 묘연한 정보—소문이나 풍문과 같은—를 여과 없이 전달하는 독특한 서사방법을 취한다. 그런데 그때 화자가 유출하는 정보가 하나가 아니고 여러 가지라는 데에 해석의 다양성과 사건의 신비화가 이루어진다.

먼저 <무녀도>에서 모화의 마지막 굿에 관한 무성한 소문이 주는 효과이다. 이 작품에서 마지막 굿에 관한 내용은 스토리 외적 화자의 서술에 의해 독자에게 전달된다. 이때 화자는 자신이 알고 있는 분명한 정보나 주관적 해석을 완전히 배제한 채 대부분의 정보를 마을에 떠도는 소문에 의존해 전달하고 있다.

> 이러할 즈음에 모화의 마지막 굿이 열린다는 소문이 났다. 읍내 어느 부잣집 며느리가 <예기소>에 몸을 던진 것이었다. 그래 모화는 비단옷 두 벌을 받고 특별히 굿을 응낙했다는 말도 났다. 그리고 이와 동시에 모화가 이번 굿에서 딸(낭이)의 입을 열게 할 계획이라는 소문도 났다. <흥, 예수 귀신이 진짠가 신령님이 진짠가 두고 보지> 이렇게 장담했다는 것이다.[17]

> 이와 동시, 한쪽에서는 오늘 밤 굿으로 어쩌면 정말 낭이가 말을 하게 될 게라는 얘기도 퍼졌고, 또 한쪽에서는 낭이가, 누구 아인지는 모르지만 배가 불러 있다는 풍설도 돌았다. 하여간 이 여러 가지 소문들이 오늘 밤 굿으로 해결이 날 것이라고 막연히 그녀들은 믿고 있는 것이었다.[18]

위의 인용에서 볼 수 있듯이 마을사람들 사이에 퍼진 굿에 관한

---

17) 『김동리 전집』(1), 앞의 책, 100-101쪽.
18) 위의 책, 102쪽.

소문은 사실적인 정보로서 기능하기보다는 굿에 대한 기대와 호기심을 자극하고 이적이 일어날지도 모른다는 예감을 부추기는 신비화의 기능을 담당하고 있다. 즉 모화에게 오늘밤 새로운 귀신이 지핀다는 것, 따라서 낭이의 입을 열게 하는 이적을 보임으로써 무당으로서의 영험성을 다시 증명해 보일 것이라는 소문이 그것이다. 이러한 소문은 일종의 복선으로 작용하면서 굿판에서 일어난 모든 일을 신비한 사건으로 해독하도록 독자를 유도하고 있다. 그 때문에 청승에 자지러져 뼈도 살도 없는 혼령으로 화한 듯 巫舞를 추던 모화가 스스로 <예기소>로 들어가 물 속에 빠져 죽는 실제 사건은, 무능력한 무당의 처참한 최후가 아니라 신화적 공간 속에서의 부활을 위한 통과제의로서의 죽음을 의미한다. 즉 혼돈스럽고 고통스런 俗의 세계를 스스로 버리고, 자신이 신봉하는 수국용신이 있는 신성하고 영원한 聖의 세계로 스스로 나아감으로써 죽음 너머의 샤머니즘적 유토피아를 직접 증거하고 있는 것이다. 요컨대 生에 대한 집착보다는 자신이 추구하는 종교적 진실에 보다 철저한 신앙적 자세를 보여 주는 모화의 죽음이 신비화되는 과정은 소문에 의한 사건의 해석에 상당 부분 기대고 있다고 하겠다. 아울러 모화가 죽은 후 낭이가 조금씩 말을 하게 되고, 또 그녀에 의해 그려진 그림 '무녀도'는 소문의 내용이 작중 세계의 진실을 전달하는 간접화의 장치임을 그대로 보여 준다. 즉 모화는 죽었지만 그녀의 죽음은 딸의 병을 고치는 이적을 낳았고, 그녀의 죽음을 목격하는 신성한 체험은 아름다운 예술을 탄생시키고 있는 것이다.

　<황토기>에서도 분이가 설희를 죽이고 득보의 가슴을 상처 낸 후 사라진 뒤, 그녀의 행방은 무성한 소문에 의해 추측될 뿐 분명한 정보는 제시되지 않는다.

그러나 좀처럼 분이의 행방은 알 길이 없었다. 혹은 그녀의 고향인 동해변 어디에 가 산다는 말도 있고, 혹은 남쪽의 어느 객주집에 가 역시 주모노릇을 한다는 말도 있고, 또 일설에는 영천 지방 어디서 우물에 빠져 죽어버렸다는 소문도 있었다.[19]

「이 불쌍한 놈아, 분이는 영천서 우물에 빠져 죽은 지도 벌써 옛날이다」
하고, 억쇠가 한 마디 던져본즉,
「그놈이 영천만 알고 언양은 모르는구나」
하였다. 그러면 영천이 아니라 바로 언양서 죽은 게로구나, 억쇠는 속으로 짐작을 하며, 그래서 저놈이 이 한 달포 동안은 그렇게 아가리에 술만 들이부은 게로구나, 하는 생각이 들었다.[20]

즉 분이의 행방은 마을사람들의 소문을 통해 다양하게 논의될 뿐 끝까지 확인되지 않고 있다. 단지 분이를 찾아다니는 득보와의 대화과정에서, 억쇠가 분이는 언양서 죽었는가 보다고 추측하고 있는 것이 가장 구체적인 정보일 뿐이다. 특히 분이의 행방을 알고 있을 가능성이 가장 큰 득보가 침묵을 지킴으로써 분이는 독자에게 영원히 신비한 존재로 남게 된다. 요컨대 <황토기>에서도 작가는 의도적으로 다양한 해석을 유발하는 정보들을 유포시킨다. 따라서 독자는 정보의 모호성 때문에 작중인물의 이미지를 완벽하게 구축하는 것을 어쩔 수 없이 미루게 된다. 그 결과 김동리 소설의 작중인물들은 자신의 존재를 명쾌하게 드러내지 않는 신비한 존재로서, 혹은 모호한 정보들의 총체로서 보다 풍부한 이미지를 내포한 채 독자의 상상력의 공간 속으로 다가오게 되는 것이다.

---

19) 위의 책, 242쪽.
20) 위의 책, 244쪽.

## 5) 전개방식에 의한 신비체험의 극대화

김동리의 소설은 스토리의 전개방식에 있어서도 독자의 신비체험을 극대화할 수 있도록 구조화되어 있다. 즉 무당의 그림이나 황톳골에 얽힌 전설, 고뇌의 몸짓을 하고 있는 불상 등 독자에게 낯설고 강렬한 인상을 주는 대상이나 내용을 먼저 제시한 뒤, 거기에 얽힌 비극적 사연이나 초월적 진실을 추적하고 드러내는 방식을 취하고 있다.

<무녀도>는 구조적으로도 신비한 분위기를 시종일관 유지시키려는 작가의 의도가 드러나고 있는 작품이다. 소설의 맨 앞부분을 장식하고 있는 그림 '무녀도'의 묘사와 맨 뒷부분을 장식하고 있는 낭이의 입이 열리는 이적의 설정이 그것이다. 먼저 낭이에 의해 아름다운 예술로 승화되고 있는, 모화의 마지막 굿 장면을 담은 그림 '무녀도'는 다음과 같이 묘사되고 있다.

> 뒤에 물러 누운 어둑어둑한 산, 앞으로 폭이 널따랗게 흐르는 검은 강물, 산마루로 들판으로 검은 강물 위로 모두 쏟아져 내릴 듯한 파아란 별들, 바야흐로 숨이 고비에 찬 이슥한 밤중이다. 강가 모랫벌엔 큰 차일을 치고, 차일 속엔 마을 여인들이 자욱히 앉아 무당의 시나위 가락에 취해 있다. 그녀들의 얼굴 얼굴들은 분명히 슬픈 흥분과 새벽이 가까워 온 듯한 피곤에 젖어 있다. 무당은 바야흐로 청승에 자지러져 뼈도 살도 없는 혼령으로 화한 듯 가벼이 쾌자 자락을 날리며 돌아간다……21)

즉 그림 '무녀도'는 춤을 추는 무당과 그것을 구경하는 마을사람들, 그리고 그 배경을 이루는 자연의 시, 공간이 완전히 혼연일체가 되어버린 신비한 조화의 경지를 보여 준다. 특히 모화의 마지막 모습이 낭이뿐만 아니라 마을사람들에게도 대단히 강렬한 체험으로 다가

---

21) 위의 책, 77쪽.

가고 있음을 그대로 묘사하고 있다. 바로 그 순간에 그들은 신성한 경외심을 가지고 모화의 무속의 세계 속으로 기꺼이 빠져 들고 있는 것이다.

따라서 독자는 신비한 그림의 세계에 대한 궁금증과 호기심에서 소설을 읽기 시작한다. 그리고 어머니와 자식 사이에 벌어진 종교적 대립이 낳은 비극적 죽음에 놀라워 하다가, 낭이의 입을 열게 하고 그림 '무녀도'를 탄생시킨 샤머니즘의 종교적 신비를 확인하면서 독서를 마치게 된다. 이것은 앞에서 논의한 다양한 신비화의 방식, 즉 인증의 액자구조, 작중인물 및 인물들의 행동의 모호성, 소문에 의한 정보의 유출 등과 함께 상승작용을 일으키면서 독자를 낯설고 신비한 소설 공간으로 이끌고 있다고 하겠다.

<황토기>는 마을의 전설이 그 마을에 사는 인물들의 운명을 정해 놓고 있다는 운명론적인 신비주의를 다루고 있는 소설이다. 실제로 작가는 본 이야기의 모티브가 된, 황토골에 얽힌 세 가지 전설 즉 상룡설(傷龍說)·쌍룡설(雙龍說)·절맥설(絶脈說)을 먼저 제시함으로써 이 작품이 설화의 소설화임을 분명하게 밝히고 있다. 따라서 독자는 앞에 제시된 전설이 소설 속에서 어떻게 형상화되고 있는지에 대한 궁금증을 가지고 독서를 시작하게 된다.

그런데 설화를 소설화하는 경우, 대부분의 작가들이 한 가지 설화 내용에 기초해서 창작을 하는 반면, 이 작품에서는 유사한 이본(異本) 설화를 세 개나 나란히 제시하고 있다는 점에서 특별한 느낌을 준다. 사실 본 스토리에서 마을사람들 사이의 대화 중에 나온 "예로부터 황토골에 장사가 나면 부모한테 불효하거나 나라의 역적이 된댔것다."[22]

---

22) 위의 책, 225쪽.

라는 내용을 포함시키면 네 가지 전설이 등장하고 있는 셈이다. 또 실제로 작가는 어느 한 가지 전설만 일방적으로 채택하지 않고 위 네 가지 전설의 모티브들을 교묘하게 짜깁기하며 본 스토리를 구성하는 창작태도를 보인다. 따라서 소설의 구조상 앞에 제시된 전설과 본 스토리의 연계성을 항상 의식하면서 소설을 읽어 나갈 수밖에 없는 독자들은 각각의 에피소드를 어느 전설과 연결시켜야 할 것인가에 대해 대단히 곤혹스러움을 느낀다. 왜냐하면 네 가지 전설이 좌절의 이야기를 다루었다는 점에서는 공통적이나 그 좌절의 원인에 있어서는 약간의 차이를 보이고 있기 때문이다. 또 거기에 더하여 상룡설과 쌍룡설은 둘 다 용이 주인물이고 용들의 몸에서 나온 피가 황토가 되었다는 공통점을, 절맥설과 본 스토리에서의 전설은 장사가 주인물이라는 공통점을 보임으로써 모태가 된 전설의 모호성 혹은 다양성을 초래하고 있다.

그래서 한 평자는 소설 내의 한 에피소드가 각각의 전설과 연결될 수 있다는 사실을 다음과 같이 분석해 보이고 있기도 하다.

> 억쇠가 깊은 산에 들어가 자신의 悲運에 대하여 목 놓아 울고 낫으로 제 오른 쪽 어깨를 찔러 피를 흘린다는 呪術的인 去勢儀式은 <절맥설>의 자그만 변형으로서 <쌍용설>의 중요성을 흐리면서 그 <절맥설>을 강조해 주는 듯 보이지만, 그 점이야말로 애매성이 숫법을 거둔 효과이다. 억쇠와 그 행위가 <절맥설>에 걸리긴 해도, 근본적으로는 제 조상(龍)의 違忌 ― 罪行이 불러들인 것으로 볼 수 있으니까.[23]

황토골에 얽힌 여러 가지 전설의 병치로 인해 나타나는 이러한 해석의 다양성 혹은 의미의 다성성(多聲性)은 이 작품 전체를 아우르는

---

23) 이보영, 「신화적 소설의 반성」(『현대문학』, 1970. 12), 357쪽.

작가 김동리의 창작기법을 그대로 대변한다. 곧 모호성의 의한 신비화의 기법이다. 실제로 이 작품을 자세히 정독해 보면 작중인물들에 대한 정보는 정확한 것이 하나도 없고, 사건들은 개연성이나 필연성에 근거해 전개되는 것이 아니라 대부분이 돌발적이고 의외성을 띠면서 전개된다. 이때 독자들은 정보가 아닌 무성한 소문만이 들끓고, 상투적인 해석과 상상력을 해체하는 인물들의 기이한 행동으로 이루어진 소설세계를 접하면서, 시종일관 해독의 어려움에 따른 곤혹스러움을 느끼지 않을 수 없다. 그런데 그 해독의 어려움은 독자를 신비한 작중세계 속으로 끌어들이기 위해 현실적 리얼리티가 아닌 신화적 리얼리티를 조성하려는 작가의 의도가 낳은 모호성의 원리에 기인한다. 바로 여기에서 작가 김동리의 능숙한 창작력을 엿보게 되는 것이다.

<등신불>은 액자스토리에서 내부스토리로, 청운의 이야기에서 원혜대사의 이야기로 전개되면서 마치 기단 위에 탑신이 탑신 위에 탑첨(塔尖)이 세워지듯이 탑 모양의 형태를 이루며 소신공양에 의한 등신불의 탄생과정으로 모아지는 전개방식을 취하고 있다.

먼저 맨 앞부분은 등신불에 대한 일반적인 설명과, 앞으로 자신이 이야기 할 내용과 이야기 순서 등에 대해 화자의 자의식적 서술로 현재 시간 위에서 간단하게 진술되고 있다.

그 다음에 화자이자 작중인물인 '나'가 등신불이 있는 정원사(淨願寺)라는 중국의 절까지 가게 된 사연이 과거 회상의 방법을 통해 서술된다. 즉 '나'가 스물세 살 되던 1943년 여름, 학병으로 끌려가 소속된 부대를 따라 중국 남경에까지 가게 된 경위며, 전쟁이 한창 진행 중인 인도네시아 지역으로 이동하기 전에 목숨을 부지하기 위해 남경 서공암에 독거하고 있는 불교학자 진기수 씨를 찾아가 도움을 청한 일이며, 그에게서 소개받은 경암 스님을 따라 산 속 지름길로 정원사를 찾아가던 과정이며, 정원사에서의 은거생활 등을 비교적 소상히 서술하고 있다. 따라서 이 때의 시간적 배경은 1943년이고 공간적 배경은 중국의 남경 지역이며 일인칭 화자이자 주인물인 '나'가 진기수 씨와 중국의 경암, 원혜, 청운 스님 등의 도움으로 죽음을 면하게 되는 체험 내용이 중심 이야기를 이루고 있다.

그리고 마지막으로 금불각의 유래에 관한 이야기가 또 하나의 서사층위를 형성하고 있다. 즉 1200년 전에 살았던 만적 선사가 왜 소신공양(燒身供養)을 하게 되었으며 또 어떻게 현재의 금불각의 모습을 띠게 되었는지에 대한 이야기가 그것이다. 따라서 이 서사층위에서의 시, 공간적 배경은 1200년 전인 당나라 중종 시절의 정원사가 되고 있고 주인물은 당연히 만적 선사이다. 그런데 여기서 만적 선사에 대한 이야기는 세 가지나 제시된다. 즉 정원사의 젊은 스님인 청운에게서 들은 이야기와 「만적선사 소신 성불기(萬寂禪師燒身成佛記)」라는 책에 실려 있는 기록, 그리고 원혜대사가 직접 들려 주신 이야기가 그것이다. 이 각각의 이야기에서 만적 선사에 대한 정보는 조금씩 다르게 나타난다.

이러한 서사층위 및 스토리 전개 방식을 잘 검토해 보면, 서술의 내용은 사실적이고 역사적인 사건에서 시작하여 신비하고 기적적인 사건으로 진행되고 있다. 아울러 부처님께 자신의 몸을 바치는 행위에 있어서 화자인 '나'의 자기 구원적인 차원과 '만적'의 인간 구원적인 차원을 대비시킴으로써 만적 선사의 행동과 정신의 위대성을 강조하고 있다. 거기에 만적에 대한 세 가지 이야기 역시 소신공양을 결심하게 된 이유를 종교적 고뇌에서 범인간적 차원에서의 고뇌와 비원으로 확대시킴으로써 만적선사의 인간에 대한 사랑과 정신적 위대함, 신적인 영험성이 조화를 이루면서 독자를 깊은 감동의 경지로 이끌고 있다. 요컨대 이 작품이 다양한 서사층위와 다양한 출처의 정보를 통하여 복잡하고 모호한 서사구조를 형성하고 있는 것은, 인간과 신의 경계에서 성불을 하고 있는 등신불의 신비성을 극대화하기 위한 작가의 의도적 장치라고 하겠다.

## 3. 결 론

지금까지 <무녀도>, <황토기>, <등신불>을 대상으로 김동리 소설의 특성으로 논의되는 신비주의적 소설세계가 어떻게 창출되고 있는지를 검토해 보았다.

먼저 김동리의 소설세계는 사실적이고 구체적인 정보와 비현실적이고 충격적인 사건 사이의 긴장감 속에서 신비화되고 있다. 이때 사실적이고 구체적인 정보는 비현실적이고 충격적인 사건의 허구성을 폭로하기보다는 진실성과 현실적인 의미를 강화시켜 주는 역할을 한다. 인증의 액자구조가 그것이다.

둘째, 김동리 소설의 신비성은 해석의 다양성을 유도하는 모호성의 미학에 근거하고 있다. 즉 작가는 소설세계에 대한 정확한 정보를 제시하기보다는 정확한 정보를 은폐하고 불확실한 정보들을 유출시키는 독특한 서사방법을 통해 스토리를 전달한다. 그 결과 작중인물에 대한 정보는 이중적 해석을 낳고 있고, 인물들의 행동이나 사건의 의미는 다각도로 접근할 수 있는 모호성을 드러낸다. 거기에 주요한 정보를 출처가 애매한 소문이나 풍문으로 처리함으로써 그 내용을 믿어야 할지, 말아야 할지 독자를 내내 곤혹스럽게 만든다. 그런데 다양한 해석을 유도하고 독자의 판단을 유보하게 만드는 이런 모호한 정보들은 결과적으로 작중인물의 존재와 그들이 속한 소설 공간을 신비화하고,

독자를 그 세계로 끌어들이는 데 결정적인 역할을 하고 있다. 왜냐하면 정확히 알지 못하는 인물들이 벌이는 낯설고 기이한 사건들과 그것에 대한 복합적인 해석은 독자의 논리적인 독서를 방해하면서 비현실적이고 불합리한 소설 세계로 독자를 자연스럽게 끌어들이고 있기 때문이다.

셋째, 김동리는 소설내의 신비한 사건이 독서를 통해 독자에게도 신비체험으로 다가갈 수 있도록 스토리의 전개에 있어서도 각별한 신경을 쓰고 있다. 즉 무당의 그림이나 황톳골에 얽힌 전설, 고뇌의 몸짓을 하고 있는 불상 등 독자에게 낯설고 강렬한 인상을 주는 대상이나 내용을 먼저 제시한 뒤, 거기에 얽힌 사연이나 사건을 추적하는 추리소설적 방식을 취하고 있다. 물론 이때 전개되는 이야기는 독자의 상상력을 넘어서는 비극성과 초월적 진실을 보여 준다. 따라서 독자는 사건에 대한 강한 호기심에서 시작하여 사건을 둘러싼 비장하고 신비한 분위기에 압도되면서 독서를 마치는 독특한 독서체험을 하게된다.

결론적으로 김동리가 자신의 소설에서 구축하고 있는 신비주의는 원시적 토속신앙이나 설화적 모티브의 선택이라는 소재적 차원에서 이루어지고 있는 것이 아니다. 그는 숙명적, 신앙적 세계의 질서에 순응하며 살아가는 동양적 삶의 신비와 진실을 전달하기 위해, 리얼리즘적 창작태도에서 탈피하여, 모호성의 미학을 추구하는 독창적인 서사기법을 창안하고 있다고 하겠다.

# 참고문헌

구창환, 「토속적 상징과 휴머니즘」, 김용성 · 우한용 공편, 『한국근대
　　　작가연구』, 삼지원, 1985.

김동리, 「신세대의 정신」, 『문장』, 1940. 5.

--------, 「창작의 과정과 방법-<무녀도>편」, 『신문예』, 1958. 12.

--------, 「주제의 발생-<황토기>편」, 『신문예』, 1959. 1.

김병욱, 「영원회귀의 문학」, 김병욱 외 3인 편역, 『문학과 신화』, 대방
　　　출판사, 1982.

김우종, 「김동리와 순수문학의 지향」, 전광용 외, 『한국현대소설사연
　　　구』, 민음사, 1984.

김윤식, 『한국현대문학사(1945-1980)』, 일지사, 1991.

김윤식 · 김현, 『한국문학사』, 민음사, 1984.

김치수, 「김동리의 <무녀도>」, 이재선 · 조동일 편, 『한국현대소설작
　　　품론』, 문장, 1981.

서종택, 『한국 근대소설의 구조』, 시문학사, 1985.

-------- · 정덕준 엮음, 『한국현대소설연구』, 새문사, 1990.

신동욱, 「김동리 소설에 나타난 비극적인 삶의 인식」, 『동방학지』제28
　　　집, 연세대 국학연구원, 1981.

염무웅, 「<무녀도> 작품해설」, 『월간문학』, 1970. 6.

유기룡 박사 송수기념논총 간행위원회, 『김동리문학연구』, 도서출판
　　　살림, 1995.

이보영, 「신화적 소설의 반성」, 『현대문학』, 1970. 12.

이재선, 『한국현대소설사』, 홍성사, 1984.

장일우, 「동리문학을 논함」, 『한양』, 1964. 11.

정한숙, 「현미경과 돋보기」, 『현대한국작가론』, 고려대학교 출판부,
    1986.

조연현, 「김동리와 성불의 미학」, 『현대문학』, 1966. 11.

천이두, 「허구와 현실-김동리론 (상·하)」, 『현대문학』, 1978. 9-10.

---------, 『한국현대소설론』, 형설출판사, 1983.

# Ⅱ. <무녀도>의 신화비평적 접근

## 1. 서 론

인간 세계는 크게 물질의 세계와 주술적·종교적 세계로 나뉜다. 물질의 세계는 과학과 이성이 지배하는 세계요 눈으로 볼 수 있는 현상적 세계이다. 반면에 주술적·종교적 세계는 감성적 체험과 원시적 직관이 지배하는 세계요 눈으로 볼 수 없는, 현상 너머의 세계이다. 전자가 합리적 사고에 바탕을 두고 있다면, 후자는 신화적 상상력에 바탕을 두고 있다.

주술적·종교적 세계를 다루는 神話는 "인간 存在의 근본을 다루며 또한 이 세계의 기원에 대한 가장 오래되고 본래의 설명 같은 말"[1]로 되어 있다. 즉 神話에는 우주에 대한 통찰력, 그리고 집단과 신비한 세계간의 교제의 내용 등이 들어 있다.

노드롭 프라이(N. Frye)는 인간의 삶과 관련하여 神話를 다음과 같이 설명하고 있다.

> 신화는 그것이 속해 있는 사회가 지닌 특정한 특색을 설명하는 이야기이다. 神話는 왜 祭儀가 실연되었는지를 설명한다. 신화는 법, 금기, 권세 있는 사회계급, 일찍이 혁명이나 정복에서 비롯된 사회구조의 기원을 설명한

---

1) 웰레스 W. 더글라스, "현대 문예비평의 신화", 김병욱 외 3인 편역, 『문학과 신화』(대방출판사, 1982), p. 51.

다. 신화는 神과 人間의 교제를 표기하거나 또는 자연 현상이 어떻게 그렇게 존재하는가를 記述하고 있다.[2]

즉 신화는 인간을 설명하고 해석하는 하나의 시도이자 인간과 神 혹은 자연을 동일시하려는 상상력의 소산이다. 아울러 神들의 이야기인 신화는 역시 인간의 상상력의 산물이라는 점에서 인간들의 이야기인 문학과 긴밀한 연관관계를 맺고 있다. 다른 말로 신화의 구조와 스토리는 문학의 구조 및 스토리의 원형으로서 중요한 영향을 미치고 있다.

신화비평은 바로 "문학 그 자체의 구조적 원리, 특히 관례, 장르, 그리고 재현되는 이미지의 原型"[3]에 대한 연구를 하는 비평방법이다. 즉 문학이 신화적 요소들을 변형된 형태로 끊임없이 반복, 재현하고 있다고 보고, 문학작품에 내재해 있는 신화적 요소들을 분석한다. 따라서 신화 비평가는 문학이 다음의 두 가지 차원에 동시에 존재한다고 인식한다.

(1) 문학은 어떤 특정기간의 순간에 역사적 사실로서 존재하고, (2) 문학은 原型的 인물, 이미지, 상징, 장면 구성의 영원하고 반복적인 표현으로서 역사적 시간의 차원 밖에서 하나의 연속체로서 존재한다.[4]

즉 문학은 특정 시기, 특정 공간에서 창조되고, 따라서 그 시·공간을 반영한다. 그러나 각 시기의 문학작품에서 보여지는 내용 및 형식적 요소들은 신화 속에 내재해 있는 '原型'[5]을 지속적으로 반복, 재

---

2) 노드롭 프라이, "문학과 신화", 위의 책, p. 11.
3) 위의 글, p. 29.
4) S. N. 그렙스타인, "신화비평이란 무엇인가", 위의 책, p. 32.
5) '原型'이란 근본적인 이미지, 집단적 무의식의 한 부분, 같은 종류의 무수한

현하고 있는 것에 다름 아니다. 따라서 신화비평의 입장에서 보면, 문학은 원형을 모방하거나 반복하는 한에서 의미를 지닌다. 또 무한한 원형의 모방과 반복을 통해서 역사적 시간을 초월하여 영원한 신화적 시간 위로 회귀하게 된다.

이러한 신화비평의 관점에 근거하여 융(G. G. Jung)은 '傑作'이란 그 자료를 집단 무의식으로부터 모으고 의식적·문화적으로 이해될 수 있는 형태를 통해 종족의 경험과 개인의 경험을 혼융시키는 데 성공을 거둔 작품[6]이라고 말한다. 또 카시러(Cassirer)는 신화의 언어가 "인간의 이성적이고 과학적인 이해에 선행하며 실제에 대한 인간 직관의 근본적인 형태"[7]로서 인간의 본질을 파악하고 이해할 수 있는 원초적인 언어라고 말한다. 이들의 주장에 따르면, 신화는 문학의 언어, 구조, 관례, 장르, 그리고 재현되는 이미지의 상징성 등을 구명하는 근원적인 원천이다. 거기에 신화는 세계의 기원 및 인간 존재의 의미를 설명하고 해석할 수 있는 원형적인 이야기로서 문학적 상상력을 해명하는 주요한 열쇠가 된다.

金東里는 한국인의 전통적인 삶의 방식 및 정신적 특질을 통하여 민족 정신의 원형과 인간의 근원적인 삶의 형식을 탐색하고 있는 작가이다. 이재선은 그러한 김동리 문학의 특질을 다음과 같이 언급하고 있다.

김동리는 한국문학에 있어서 하나의 신화시대를 창조한 작가다. 그만큼 그의 문학은 신화의 잔존 현상 내지는 신화세계로의 회귀성을 드러내는 것

---

경험의 심리적 잉여를 의미하고, 그리하여 인류의 상속받은 반응 유형의 한 부분을 의미한다. (위의 글, p. 37)
6) 위의 글, p. 37 참조.
7) 위의 글, p. 38 참조.

이다. 그래서 그의 문학에는 사회와 역사가 폐기된 원시적 토속신앙이나 설화적 모티브가 자주 등장한다.[8]

즉 김동리의 초기 작품에는 일제 강점하의 현실을 살아가는 당대인들의 근대적 삶이 나타나지 않는다. 반대로 역사적 시간이 소거되거나 배제된 시간적 배경 속에서 비극적 운명을 적극적으로 끌어안고 살아가는 원형적인 인간의 이미지를 지속적으로 반복, 재현한다. 그리고 중심 사건은 무속 신앙이나 민간 설화 등 신비하고 전통적인 소재를 바탕으로 꾸며진다.

그러므로 김동리 소설의 특성을 구명함에 있어서 신화비평의 방법은 대단히 효과적이다. 즉 그의 소설이 지닌 신비주의적인 색채와 심오한 주제는 각 작품에서 발견되는 신화적 思考와 구조를 분석하고, 각 등장인물에서 발견되는 원형적 이미지를 밝힌 후에야 비로소 해명될 수 있다.

이에 본고에서는 김동리의 대표 작품인 <巫女圖>를 대상으로 구조적 특성 및 인물의 이미지를 신화비평의 관점에서 분석해 보고자 한다.


## 2. 대립과 해결의 신화적 순환 구조

<무녀도>(1936)는 액자소설의 구조로 이루어져 있다. 즉 전체가 일곱 단락으로 구성되어 있는데 그 중 첫째 단락은 액자 스토리이고, 나머지 여섯 단락은 내부 스토리에 해당된다.

먼저 첫째 단락은 '무녀도'라 불리는 그림에 대한 묘사와, 할아버

---

8) 이재선, 『한국현대소설사』(홍성사, 1984), p. 450.

지 손에 그 그림이 들어오게 된 과정 및 거기에 얽힌 사연을 듣게 된 경위를 일인칭 화자인 '나'가 설명하고 있다. 이 작품에서 서두가 '무녀도'라는 그림의 묘사로 시작되고 있는 점은 작품의 구성상 퍽 상징적이다. 왜냐하면 과학적 인식과 문명화된 삶에 길들여진 독자들이 현실에서 일탈하여 액자 속의 그림의 세계로 들어가도록 이끄는 門의 역할을 하고 있기 때문이다. 그 결과 독자들은 암울하면서도 신비한 배경이 있고, 황홀(ecstasy)의 상태에서 巫舞를 추고 있는 무당이 사는 그림의 세계로, 또 그때의 시간 속으로 시간여행을 떠나게 된다.

내부 스토리가 시작되는 둘째 단락은 경주읍 근처의 잡성촌이란 마을에 사는 무당 모화와 그녀의 딸 낭이에 대한 정보로 이루어져 있다. 이름 모를 잡풀들이 사람의 키만큼 거멓게 엉키어 있고 "그 아래로 뱀같이 길게 늘어진 지렁이와 두꺼비같이 늙은 개구리들이 구물거리고 움칠거리며 항시 밤이 들기만 기다릴 뿐으로, 이미 수십 년 혹은 수백 년 전에 벌써 사람의 자취와는 인연이 끊어진 도깨비굴 같기만"[9] 한 음산한 집의 묘사, 언제나 귀신 들린 듯 퍼런 얼굴을 하고 굿할 때 이외에는 술만 마실 뿐 아니라 모든 동식물과 사물에 귀신이 있다고 여기며 모든 것을 '님'이라고 부르길 좋아하는 모화, 그리고 복숭아를 유독 좋아하고 하루 종일 그림만 그리고 있으며, 귀머거리이자 벙어리에 파리한 낯빛을 하고 있는 딸 낭이—그녀는 모화에 의하면 水國龍神의 딸이다—의 모습 등은 대단히 낯설고 비현실적이며 신화적인 세계의 풍경을 창출하고 있다.

셋째 단락은 자신의 종교적 신념과 질서를 유지하며 살아가던 무당 모화가 아들 욱이의 등장과 함께 조금씩 종교적 위기와 갈등을 겪

9) 김동리, 《김동리 전집(1)》 (민음사, 1995), p. 79.
이후 작품의 인용은 위 책의 페이지만을 표시하는 것으로 대신한다.

게 되는 과정을 그리고 있다. 아홉 살 때 공부를 위하여 절간으로 보내졌던 욱이는, 전통적인 무속신앙을 믿는 어머니 모화와는 달리 서구의 종교인 기독교인이 되어 10년만에 홀연히 돌아온다. 굿을 믿지 않는 욱이의 등장은 지금까지 한번도 굿이나 신령님의 영험을 의심한다거나 부정해 보지 않았던 모화나 마을 사람들에게 하나의 충격이요 적대적인 존재의 출현이 아닐 수 없다. 그러나 이 단락에서 모화와 욱이의 종교적인 갈등은 母子간의 사랑, 욱이의 일시적인 가출 등으로 인하여 잠정적으로 해소되는 양상을 보인다.

넷째 단락은 이 작품의 정점에 해당하는 부분으로, 전통적인 무속신앙과 서구의 기독교가 정면으로 종교적 대결을 벌이고 있다. 밤이 되면 욱이의 목덜미나 가슴패기로 뛰어드는 낭이의 미묘한 태도가 생긴 뒤부터 점점 얼굴빛이 창백해지던 욱이는 또 한 번의 가출을 한다. 그리고 욱이가 평정을 되찾은 모습으로 다시 돌아온 날 밤, 모화와 욱이의 종교적 대립은 마침내 표면화된다. 즉 무당과 기독교인 사이에 자신의 신앙을 건 대결이 벌어진 것이다. 그 대결에서 욱이의 성경책은 불살라지고, 수국용신의 상징인 모화의 신성한 물그릇은 엎어지며, 마침내 모화가 아들 욱이의 등을 칼로 찌르는 극한 상황을 맞는다.

다섯째 단락은 앓아 누운 욱이 대신에, 마을에 나타난 교회의 선교단과 무당 모화가 대립하고 있는 새로운 양상을 그리고 있다. 여기서 그들은 직접적으로 대면하거나 부딪치는 상황에 이르지는 않는다. 단지 무속 신앙에 의지해 살아온 마을 사람들이 점점 기독교를 믿기 시작함으로써 상대적으로 무당인 모화의 입지가 작아지고 힘이 약화되는 변화가 나타난다. 더욱이 모화는 욱이를 칼로 찌른 후부터 神明이 풀린 듯하고, 굿도 거절한다.

여섯째 단락은 욱이의 죽음을 그리고 있다. 어머니 모화의 극진한 간호에도 불구하고 점점 병이 악화되던 욱이는 마침내 성경책을 가슴에 안고 죽는다. 여기서 욱이의 죽음은 순교적 의미를 띠고 있다. 욱이의 적극적인 노력과 철저한 신앙심의 결과로, 고향 마을에 기독교가 급속하게 전파되었기 때문이다.

마지막 일곱째 단락은 여섯째 단락과 대칭적 구도를 이룬다. 즉 여섯째 단락이 새로운 종교인 기독교를 위한 순교로서 욱이의 죽음에 초점을 맞추고 있다면, 이 단락은 신흥 종교에 밀려나는 전통적 무속신앙의 마지막 추앙자로서 모화의 죽음에 초점을 맞추고 있다. 모화는 예기소에 빠져 죽은 부잣집 며느리의 넋을 건지는 마지막 굿을 벌인다. 그리고 스스로 강물 속으로 들어가는 죽음을 선택함으로써 무속신앙에 대한 절대적 믿음을 증명해 보인다. 왜냐하면 그녀의 행동은 자신이 신봉하는 水國龍神의 세계로 스스로 나아가고 있는 상징적 의미를 지니기 때문이다. 이로써 모화의 죽음은 무속신앙의 소멸이 아니라 무속신앙의 완성, 신화화에 기여하고 있다.

이상의 <무녀도>의 구조는 神話的 사고는 항시 대립에 대한 인식으로부터 시작하여 그 대립의 해소로 진전되어 간다[10]는 레비 스트로스의 구조주의 신화학 이론을 그대로 드러내고 있다. 이에 이 작품의 구조를 대립의 심화와 해소과정이라는 측면에서 분석해 보면, 다음과 같다.

---

10) 레비 스트로스, "구조주의 신화학", 김병욱 외 3인 편역, 앞의 책, p. 267.

<무속신앙(A)과 기독교(B)의 대립 및 힘의 역학 관계>

```
둘째 단락              셋째 단락              넷째 단락
  모화               어머니/무당            무당(모화)
  낭이    ⟶          ─가출→                    ─대결→
마을사람            아들/기독교인          기독교인(욱)
 ( A )              ( A 〉B )              ( A = B )


다섯째 단락                    여섯째 단락
  무 당                        욱의 죽음 ⟶ 기독교의 전파
         ─ 마을사람의 ⟶            ( B )
교회전도사       변화
 ( A 〈 B )                    일곱째 단락
                               모화의 죽음 ⟶ 그림 '무녀도'의
                                ( A )              탄생
```

위에서 볼 수 있듯이 액자소설 중 내부 스토리에 해당하는 둘째 단락에서 일곱째 단락까지는 무속신앙의 세계에 새로운 기독교 신앙이 침투함으로써 야기되는 종교적 대립과 헤게모니의 변화, 그리고 그 과정에서 초래된 주인물들의 죽음을 다루고 있다. 이것은 개화기의 한국 사회가 서구의 근대사상과 과학문명을 받아들이면서 겪게 되는 정신적 혼란과 기존 가치의 붕괴 현상을 종교의 측면을 통하여 드러내고 있는 것에 다름 아니다.

그러나 작가는 변화의 주체이자 서구 종교인 기독교에 일방적인 종교적 승리를 안겨 주고 있지는 않다. 물론 위의 구조 분석에서 여섯째 단락까지는 토속신앙이 쇠퇴하고 기독교의 전파가 확산되는 과정을 대칭적, 인과적으로 전개시킴으로써 작가가 변화의 당위성을 강조하고 있는 것처럼 보인다. 하지만 작가는 일곱째 단락을 첨가시킴

으로써 이러한 흐름에 제동을 걸고 있다. 즉 작가는 모화의 죽음을 종교적 신비와 믿음의 절대성을 보여주는 가장 극적이고 감동적인 사건으로 처리함으로써 독자에게 무속신앙에 대한 강렬한 이미지를 심어놓고 있다.

실제로 작가는 <무녀도>의 창작 과정을 설명하는 글에서 과학의 한계와 동양적 신비의 중요성을 다음과 같이 토로한 바 있다.

> 그러나 <신(神)>과 <피안(彼岸)>과 <신비(神秘)>를 잃은 근대인이 이에 대체될 만한 어떤 정신적 구경(精神的究竟)을 갖지 못하게 된 것은 예기하지 못했던 새로운 비극이 아닐 수 없다. 왜 그러냐 하면 <신>과 <피안>과 <신비>에 대체된 <기계>와 <지상(地上)>과 <과학>은 <인생>의 필수조건인 <무한(無限)>에의 통로를 막아 버렸기 때문이다. <인간>은 일면에 있어 <과학적>인 구명(究明)을 요구하지만 다른 일면에 있어서는 그 <생(生)>이 <무한>과 결부되기를 <본질적>으로 원하는 존재인 것이다.[11]

요컨대 이 작품에서 작가는 인간이 아무리 과학적 사고에 길들여지고 문명화된 삶을 살고 있을지라도, 인간의 원형심상인 무한에의 지향을 외면할 수 없음을 강조한다. 따라서 토착신앙인 무속의 세계에 순응하는 모화의 삶과 죽음을 통하여 神과 정신적 구원에 대한 지향이 여전히 우리들의 영혼 및 심성에 내재하고 있음을 드러내고 있다.

## 3. 모화의 신화적 이미지 및 재생적 죽음

모화는 본질적으로 현대적 인물이기보다는 신화의 공간에 살고 있는 인물이다. 우선 모화가 살고 있는 집은 "뱀같이 길게 늘어진 지렁

---

11) 김동리, "창작과 과정과 방법 :<무녀도>편", 『신문예』(1958. 12), p. 6.

이와 두꺼비같이 늙은 개구리들이 구물거리고 움칠거리며 항시 밤이 들기만 기다릴 뿐으로, 이미 수십 년 혹은 수백 년 전에 벌써 사람의 자취와는 인연이 끊어진 도깨비굴 같기만"12)한 곳이다. 그 음침하고 어둡고 암울한 집은 모화가 현실의 공간에서 벗어나 자기만의 靈的이고 신비한 삶을 유지하게 만드는 탈현실적인 공간이다.

노드롭 프라이는 밝음과 어둠의 상징성을 다음과 같이 설명한 바 있다.

　사람이 깨어 있을 때와 꿈꾸고 있을 때의 주기는 밝음과 어둠의 自然 주기에 밀접히 부합된다. 그리고 모든 상상적 생활은 아마도 이 상응관계에서 시작한다. 이 상응관계는 대체로 대립의 관계다. 사람이 실제로 어둠의 힘, 곧 失意와 취약에 빠지는 것은 대낮이다. 그리고 <리비도> 또는 정력적인 영웅적 自我가 깨어나는 것은 자연의 어둠 속에서다.13)

바로 '음침하고 어둡고 암울한' 신화의 공간에서 살고 있는 모화에게 있어서도 밝음과 어둠, 낮과 밤은 현실의 시간과 신화의 시간을 구분하는 분명한 경계가 된다. 즉 무당으로서 모화의 신통력이나 신명이 살아나는 시간은 밤이다. 그래서 낮 시간에 모화는 신화의 공간인 집에서 나와 현실의 세계에 머문다. 즉 "날이 새기가 무섭게 성 안으로 들어가면 언제나 해가 서쪽 산마루에 걸릴 무렵에야 돌아오곤"14) 하는 것이다. 그 때 집으로 돌아오는 모화의 모습은 술이 얼큰한 채 청승 가락을 뽑거나 춤을 추는 모습으로 묘사되어 있다. 즉 "굿을 할 때 이외에는 대개 주막에 가 있"15)는데, 그것은 취기를 통

12) p. 79.
13) 노드롭 프라이, "문학의 원형", 김병욱 외 3인 편역, 앞의 책, p. 72.
14) p. 80.
15) p. 81.

해 낮과 밤, 밝음과 어둠 사이의 몽환적 상태를 유지함으로써 현실세계와 일정한 거리를 두기 위한 것이다. 따라서 욱이가 돌아온 후 "밤이면 오직 컴컴한 어둠과 별빛만이 차 있던 이 헐려 가는 기와집 처마 끝에도 희부연 종이등불이 고요히 걸리"[16]게 되었다는 것은 신화적 시·공간이 현실의 시·공간으로 전이되고 있음을 암시한다. 그것은 다른 말로 모화의 권능이나 신통력이 神 혹은 우주적 리듬과 교섭할 공간을 상실하기 시작했음을 의미한다.

또한 모화의 푸닥거리나 푸념은 대부분 노래[17] 혹은 詩的 리듬으로 불려진다. 이러한 노래는 모화의 춤과 어우러지면서 원시의 언어처럼 신비한 주술적 능력을 획득하고 있다.

> 원시언어가 詩인 이유는 의식의 자연스러운 표현이 우리가 말하는 의미에서 넓게는 아주 신화적이기 때문이고, 원시언어 특히 구어체의 원시언어가 詩的이라거나 또는 시와 자연스런 유대관계가 있다고 생각하는 데는 두 가지 근거가 있다. 첫째 그 말의 사용법에 있어서 리듬과 <유포니(euphony)>가 그렇고, 둘째는 모든 것을 포괄하는 <신비>의 여러 측면을 지칭하는 연관성의 풍부함과 오묘함에 있어서 그렇다. 결국 원시언어는 리듬과 은유를 동시에 사용한다.[18]

즉 위에서 휠라이트의 언급처럼, 노래로 표현되는 모화의 푸닥거리는 집단 심성을 드러내기 위한 율동적인 언어이자 종교적 주술성을 지닌 신화적 언어로서의 특질을 지닌다. 바로 신화적 공간에서 리듬과 상징의 언어를 통해 신과의 교감을 유지하며 살고 있는 것이 무당

---

16) p. 82.
17) 노래로 된 모화의 푸념은 p. 80, 87, 91, 93, 94, 97, 100, 103 등 소설 전체를 통하여 나타나고 있다.
18) 필립 휠라이트, "詩, 神話, 그리고 現實", 김병욱 외 3인 편, 앞의 책, p. 138.

으로서의 모화의 이미지라 할 수 있다.

이처럼 신화적 공간을 살고 있는 무당으로서의 이미지와 함께, 모화는 강한 모성애를 지닌 어머니로서의 이미지 역시 뚜렷하게 보여준다.

먼저 그녀의 모성애는 귀머거리인 낭이를 수국용신의 딸 꽃님으로 신비화하는 것에서 엿볼 수 있다. 이것은 심하게 앓다가 귀머거리가 된 낭이를 위로하고자 만들어낸 이야기라고 할 수 있다. 즉 모화는 낭이가 귀를 먹은 것과 복숭아를 유난히 좋아한다는 것, 그리고 그 아비가 동해변에서 해물가게를 한다는 것 등 현실적인 정보들을 신화적인 상징으로 전이시키고 있다. 그럼에도 불구하고 신비화된 낭이의 이미지는 모화가 神과 人間의 중개자인 무당이라는 점에서 결코 거짓으로 치부하기 어려운 진실성을 획득하고 있다. 결국 낭이는 현실적인 차원에서는 사생아이자 신체적 불구자에 불과하지만, 모화의 종교적 차원에서는 하늘에서 적강(謫降)한 신화적 인물로 승격되고 있다.

또 십 년만에 돌아온 아들 욱이는 어머니와 무당이라는 모화의 역할 모두에 흠집을 냄으로써 이중의 고통과 좌절을 안겨 주는 인물이다. 모화에게 있어 욱이는 어머니의 입장에서는 진정 사랑하는 아들이지만, 무당의 입장에서는 자신의 종교적 영역을 위협하는 위험한 존재이다. 그래서 욱이를 향한 모화의 태도는 언제나 복합적인 양상을 띤다. 어머니로서 아들 욱이를 대할 때는 "긴 두 팔을 벌려 흡사 무슨 큰 새가 저희 새끼를 품듯 뛰어들어"[19] 욱이를 껴안는다. 그러나 무당으로서 기독교인인 욱이를 대할 때는 대단히 적대적이고 공격적인 반응을 보인다. 이렇게 욱이에 대한, 어머니와 무당이라는 결코

---

19) p. 83.

화해할 수 없는 두 역할 사이에서 혼란과 갈등을 겪던 모화는, 결국 아들 욱이의 등을 찌름으로써 두 역할 모두에서 위기를 맞는 극한 상황을 초래한다. 그 후 시름시름 앓던 아들 욱이는 죽고, 그 죄책감과 상실감에 젖어 있는 사이, 마을사람들이 점점 기독교를 믿기 시작했기 때문이다.

이러한 변화는 모화에게 어머니로서도, 무당으로서도 그 존재 가치를 상실하게 만든다. 그리하여 남의 한을 풀어주며 살아온 무당 모화는 마지막으로 자신을 구원하기 위한 굿을 준비한다. 예기소에 빠져 죽은 읍내 부잣집 며느리의 넋을 위로하기 위한 굿이 그것이다. 마을사람들 사이에는 "모화가 이번 굿에서 딸(낭이)의 입을 열게 할 계획이라는 소문"20)이 돌고, 또 "모화가 오늘밤 새로운 귀신이 지핀다고들 수군거리"21)는 가운데 모화는 巫舞를 추기 시작한다.

> 그녀의 음성은 언제보다도 더 구슬펐고 몸뚱이는 뼈도 살도 없는 율동으로 화한 듯 너울거렸고…… 취한 양, 얼이 빠진 양 구경하는 여인들의 숨결은 모화의 쾌자 자락만 따라 오르내렸다. 모화의 쾌자 자락은 모화의 숨결을 따라 나부끼는 듯했고, 모화의 숨결은 한 많은 김씨 부인의 혼령을 받아 청승에 자지러진 채, 비밀을 품고 조용히 굽이 돌아 흐르는 강물(예기소의)과 함께 자리를 옮겨가는 하늘의 별들을 삼킨 듯했다.22)

祭儀가 인간의 에너지와 자연의 에너지를 일치시키려는 의지의 명확한 표현23)이라 할 때, 바로 이 순간은 종교적 엑스터시(ecstasy)의 순간이다. 즉 그녀는 역사적 현실에서 벗어나 자연의 율동과 合一을 이

---

20) p. 101.
21) p. 102.
22) p. 102.
23) 노드롭 프라이, "문학의 원형", 앞의 책, p. 68.

루면서 신화의 시간 혹은 영원의 문턱을 넘고 있는 것이다.

그 다음 모화는 춤과 노래를 부르며 스스로 검은 강물 속으로 들어가 잠겨버린다. 모화가 물에 빠져 죽는 행위는 俗의 세계에서 벗어나 聖의 세계 속으로 들어가기 위한 일종의 통과제의(rite of the passage)[24]의 과정에 다름 아니다. 즉 세속적이고 괴로움으로 가득 찬 이 세계를 이탈하여 신성하고 영원하며 중심의 세계로 나아가기 위해서는 육체의 죽음이라는 해체의 과정, 무형에로의 복귀가 필요하다. 다른 말로 해체와 혼돈(카오스)의 상태를 거쳐야만 영원한 질서와 창조의 세계인 코스모스 세계로의 재생이 가능한 것이다.

모화의 죽음이 이러한 재생적 의미를 띤다는 것은 여러 부분에서 확인된다. 먼저 모화가 신봉하는 神이 물 속에 살고 있는 水國龍神이라는 점이다. 바로 모화의 죽음이 물에 잠기는 행위로 그려지고 있는 것은, 그녀가 자신이 신봉하는 神의 세계로, 영원한 안식의 세계로 갔으리라는 재생적 의미를 분명하게 암시한다. 또한 떠돌던 소문대로 낭이가 말을 하는 이적이 나타난 것도 모화의 죽음에 신성한 의미를 부여하고 있다.

더욱이 달의 주기로 보더라도 마지막 굿이 벌어지던 밤은 재생의 시간에 해당된다. 일반적으로 달은 우주 창조 행위를 끊임없이 반복하고 있는 순환적 再生의 상징으로 일컬어진다. 즉 달은 항상 변한다. 초승달에서 반달로, 보름달로, 하현달로 그 모습을 달리한 뒤 어느 순간 사라진다. 그 후 사흘 동안 달이 뜨지 않는 어두운 밤이 흐른 뒤, 달은 초승달로 그 모습을 다시 드러낸다. 이때 달이 사라진 그 사흘 동안의 시간은 재생의 시간[25]이다. 끊임없는 순환 속에서 달은 그 사

---

24) M. 엘리아데, 『우주의 역사』(현대사상사, 1984), pp. 35 - 36 참조.
25) N. 프라이 / 임철규 역, 『비평의 해부』(한길사, 1985), p. 221.

흘 동안에 소멸했다가 새롭게 재생하는 통과제의를 치르고 있기 때문이다. 모화의 마지막 굿이 벌어지던 날 밤, 달은 뜨지 않았다. 즉 소설의 어느 부분에도 달에 대한 묘사는 나오지 않는다. 예컨대 그림 '무녀도'를 설명하고 있는 이 작품의 첫 문장이 "뒤에 물러 누운 어둑어둑한 산, 앞으로 폭이 널따랗게 흐르는 검은 강물, 산마루로 들판으로 검은 강물 위로 모두 쏟아져 내릴 듯한 파아란 별들, 바야흐로 숨이 고비에 찬 이슥한 밤중이다."26)라고 자연 배경을 세심하게 묘사하고 있음에도 불구하고 달에 대한 언급은 없다. 바로 모화는 재생의 시간에 자신의 "춤의 <율동>과 그 물의 <율동>과 천지의 <율동>이"27) 함께 어우러진 상태에서 영원한 聖의 세계로 나아가고 있는 것이다. 결국 모화는 재생적 죽음을 통해 죽어도 죽지 않음을 보임으로써 자신의 존재 의미를 신화적 공간에서 완성하고 있으며, 아울러 신앙에 대한 그녀의 절대적 믿음을 통해 무속신앙의 신비와 초월적인 아름다움을 드러내고 있다.

## 4. 탐색영웅으로서의 욱이의 행동과 상징성

무당 모화와 대립하는 인물이자 기독교의 복음을 전하다가 죽음을 맞이한 욱이의 일생은 서구의 탐색영웅의 신화를 그 원형을 찾을 수 있다. 서구의 영웅, 특히 기독교의 탐색영웅은 완전히 폐허가 된 세계, 곧 완전히 타락한 세계를 표상하는 용 또는 리바이어던을 물리치는 임무를 맡는다. 그는 온갖 모험과 시련 속에서 마침내 그 용을 퇴치한 뒤, 폐허가 된 황야에 에덴을 세움으로써 하나님의 세계로 변모

---

26) p. 77.
27) 김동리, "창작의 과정과 방법", 앞의 책, p. 12.

시킨다.[28]

이 작품에서 욱이는 이러한 탐색영웅의 역할과 행동을 그대로 재현하고 있다. 바로 욱이는 가족과 고향 사람들이 무속신앙이라는 미혹의 세계에 빠져 있음을 발견하고, 그들을 그 세계에서 구원하는 일이 자신의 임무라고 생각한다. 따라서 그는 그들이 하나님의 세계 속으로 들어 올 수 있도록 기독교의 탐색영웅으로서의 소명의식을 가지고 惡의 제거에 목숨을 담보한다.

N. 프라이가 영웅의 행동양상을 사계절의 상징성과 대비하여 설명한 바 있다. 즉 식물은 여름 내내 자연의 시련 속에서도 꽃과 열매를 키우다가, 가을이 되면 수확과 동시에 죽음을 맞이한다. 그리고 겨울동안 모습을 감추고 있다가, 봄이 오면 다시 소생한다. 식물에서 볼 수 있는 이러한 사계절의 순환적 주기는 그대로 온갖 시련과 위기를 극복하고 승리 혹은 부활을 이루는 영웅적인 삶의 과정과 닮아 있다.

<무녀도>에서 주목할 사실은 욱이의 일련의 행동들이 사계절의 순환 속에서 전개될 뿐만 아니라 그 사계절의 원형적 상징과 적절히 결합되고 있다는 점이다. 아울러 그의 행동은 탐색 영웅의 행동 양상을 그대로 구현하고 있다.

이에 욱이의 탐색 영웅적 행동 양상과 사계절의 순환적 상징성을 도식화하면 <도표1>과 같다.

위 도표를 설명하면, 먼저 욱이는 열 아홉 살 되던 해 여름, 아름다운 얼굴과 품위 있는 모습을 하고 고향으로 돌아온다. 현 목사 집에서 "명랑한 찬송가 소리와 풍금 소리와, 성경 읽는 소리와, 모여 앉아 기도를 올리고, 빛난 음식을 향해 즐겁게 웃는"[29] 얼굴들 속에서

---

28) N. 프라이 / 임철규 역, 앞의 책, p. 271 참조.

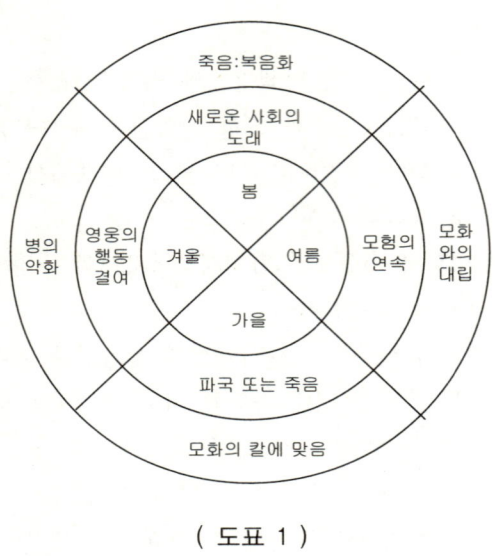

( 도표 1 )

기독교인으로 살아온 그에게 모화의 집은 놀라움과 충격 그 자체이다. 퍼런 버섯과 개구리, 지렁이들이 꾸물거리는 도깨비굴 같은 집과, 무당 귀신이 들린 어머니와 귀머거리 귀신이 들린 누이의 모습 등은 악귀가 우글거리는 지옥의 한 장면처럼 느껴진다. 따라서 욱이는 하나님께 열심히 기도를 드림으로써 그들을 구제하고, 고향 마을에 하나님의 말씀을 전파하기로 결심한다.

그러나 욱이는 무당인 어머니와의 종교적인 대립, 누이 낭이의 근친상간적인 접근 등으로 인하여 자신의 사명을 실천하는 데 여러 번의 위기를 맞는다. 그때마다 그는 바깥의 예수교인들에게 새로운 힘과 용기를 얻은 뒤 집으로 돌아온다. 그러던 어느 날, 어머니가 자신의 성경책인 『신약전서』를 불태우는 것을 보고, 이에 저항하면서 어

---

29) p. 90.

머니 모화와 정면대결을 벌이게 된다.

　　이때, 모화는 분명히 식칼로 욱이의 면상을 겨누어 치려 하였다. 순간,
욱이는 모화의 칼날을 왼쪽 귓전에 느끼며 그의 겨드랑이 밑을 돌아 소반
위에 차려놓은 냉수 그릇을 들어 모화의 낯에다 그릇째 끼얹었다. 이 서슬
에 접시의 불이 기울어져 봉창에 붙었다. 욱이는 봉창에서 방안으로 붙어
들어가는 불길을 잡으려고 부뚜막 위로 뛰어올랐다. 그러자 물그릇을 뒤집
어쓰고 분노에 타는 모화는 욱이의 뒤를 쫓아 칼을 두르며 부뚜막으로 뛰
어올랐다. 봉창에서 방안으로 붙어 들어가는 불길을 덮쳐 끄는 순간, 뒷등
허리가 찌르르하여 휙 몸을 돌이키려 할 때 이미 피투성이가 된 그의 몸은
허옇게 이를 악물고 웃음 웃는 모화의 품속에 안겨 있었다.[30]

　즉 성경책이 불타고 있는 것에 격분한 욱이는, 사탄과 같은 존재인
어머니 모화의 신성한 물그릇을 엎은 뒤, 이성을 잃은 모화에 의해
등허리를 칼로 찔리고 만다.

　그 후 욱이의 상처는 <u>가을 · 겨울</u>이 깊어갈수록 점점 악화된다. 기
독교를 전파하겠다는 그의 영웅으로서의 역할을 제대로 할 수 없는
무력한 상황만 계속된다. 그리고 마침내 이듬해 <u>봄</u>, 욱이는 현 목사가
준 성경책을 품에 안은 채 죽는다.

　모화에 의해 칼에 찔린 후 시름시름 앓다가 죽어간 욱이의 모습은
결코 영웅적으로 다가오지 않는다. 그러나 그의 죽음은 무당인 모화
와의 현실적인 대결에서 기독교가 완전한 승리를 거두는 데 결정적인
역할을 하고 있다. 왜냐하면 그의 적극적인 노력으로 인하여 기독교
가 고향 마을에 급속하게 확산되고 있기 때문이다.

　　양 조사는 긴장된 침묵을 깨뜨리려는 듯이 입을 열었다.

---

30) p. 95.

「경주에 교회가 이렇게 속히 서게 된 것은 이분의 공로올시다」

　　그리하여 그의 말을 들으면 욱이는 평양 현 목사에게 진정을 했고, 현 목사께서는 욱이의 편지에 의하여 대구 노회에 간청을 했고, 일방, 경주 교인들은 욱이의 힘으로 서로 합심하여 대구 노회와 연락한 결과 의외로 속히 교회 공사가 진척되었다는 것이라 하였다.[31]

　　바로 우상 숭배와 미신이 만연하던 그 타락한 고향 마을에 점점 복음이 전해지고, 기독교인이 증가하게 된 것은 모두 욱이의 숨은 공로였던 것이다. 따라서 욱이의 죽음은 기독교가 정착할 수 있는 현실적 기반을 마련하고 있다는 점에서 순교로서의 의미를 지닌다. 다시 말해 욱이는 기독교의 세계 안에서 재생 혹은 부활하고 있다.

## 5. 자연의 정령 혹은 침묵의 목격자로서의 낭이

　　이 작품에서 모화의 딸이자 욱이의 여동생인 낭이는 가장 신비적인 요소가 많은 인물이다. 귀머거리이자 벙어리로서 말을 할 수 없는 신체적 결함, 수국용신의 딸이라는 소문, 언제나 와들와들 떨고 있는 창백한 표정, 그리고 오빠에 대한 근친상간적인 미묘한 행동 등으로 인하여 그녀는 현실보다는 신화적인 세계에 더 밀착된 인물로 다가온다.

　　특히 낭이는 어머니 모화와 오빠 욱이가 극심한 대결 양상을 보이는 때에도, 그리고 두 사람이 비극적 죽음을 맞게 되는 순간에도, 한 번도 정면에 등장하여 그 상황에 개입하는 일이 없다. 즉 그녀는 그 자리에 있으면서도 자신의 존재를 좀처럼 드러내지 않는다. 이런 점에서 그녀는 자연의 정령들이나 아니면 자연의 정령을 암시하는 존재들의 원형에 가깝다.[32] 즉 그녀는 어머니와 오빠 사이에서 자연이라

---

31) p. 99.

는 중간 세계가 갖는 도덕적 중립성을 줄곧 유지하고 있는 것이다. 아울러 때로는 보이는 듯하면서 결코 보여지지 않고, 가까이 접근하면 더 멀리 물러서는 안개처럼 쉽게 규정하기 어려운 모호함을 지니고 있다.

이렇게 자연의 정령처럼 자신의 존재를 드러내지 않고 침묵 속에 살고 있는 낭이가 딱 두 번 자신의 감정 혹은 정서를 표현하는 부분이 있다.

> 욱이가 이 지방 예수교인들을 두루 만나보고 집으로 돌아온 뒤로부터 야릇하게 변한 것은 낭이의 태도였다. 그 호리호리한 몸매와 종잇장같이 희고 매끄러운 얼굴에 빛나는 굵은 두 눈으로 온종일 말 한 마디 웃음 한 번 웃는 일 없이 방구석에 틀어박혀 앉은 채 욱이가 하는 양만 바라보고 있다가, 밤이 되어 처마 끝에 희부연 종이등불이 걸리고 하면, 피에 주린 모기들이 미친 듯이 떼를 지어 울고 날아드는 마당 구석에서 낭이는 그 얼음같이 싸늘한 손과 입술로 욱이의 목덜미나 가슴팍으로 뛰어들곤 했다.[33]

> 낭이는 방에서 부엌으로 난 봉창 구멍에 눈을 대고, 숨소리를 죽여 오랫동안 어미의 날뛰는 양을 지켜보고 있다가 별안간 몸에 한기가 들며 아래턱이 달달달 떨리기 시작하였다. 그녀는 미친 것처럼 뛰어 일어나며 저고리를 벗었다. 치마를 벗었다. 그리하여 어미는 부엌에서, 딸은 방안에서 한 장단, 한 가락에 놀 듯 어우러져 춤을 추곤 했다. 그러한 어느 새벽, 낭이는 (정신을 차리고 보니) 발가벗은 알몸뚱이로 방바닥에 쓰러져 있는 그녀 자신을 발견한 일도 있었다.[34]

위의 인용에서 볼 수 있듯이 낭이의 행동이 전경화되고 있는 곳은 오빠 욱이에게 적극적인 애정 표현을 하는 부분과, 어머니 모화의 제

---

32) N. 프라이, 앞의 책, p. 274.

33) p. 90.

34) p. 92.

의적인 춤에 종교적 감응과 동화를 경험하고 있는 부분이다. 이 두 장면은 평소의 靜的인 낭이의 이미지와 대조되면서 강렬한 인상으로 다가온다. 하지만 낭이가 욱이에게는 異性的인 애정을, 모화에게는 종교적인 교감을 동시에 드러내고 있다는 점에서, 그녀의 태도는 여전히 중립적이다.

그러나 이러한 自然兒的인 면, 즉 사건에 대한 중립적 태도를 보이던 낭이는 모화의 죽음을 계기로 무속 신앙의 세계로 기울어진다. 낭이는 모화와 욱이의 종교적 대결에 개입하고 있지는 않지만, 사실상 사건의 현장에 있었던 목격자이자 사건의 전달자이다. 그런데 낭이는 침묵 속에서 지켜보았던 어머니와 오빠 사이의 많은 충격적이고 비극적인 사건들 가운데서 오직 하나의 장면을 그림이라는 예술로 형상화한다. 그것이 바로 '巫女圖'이다. 다시 말해 어머니 모화가 "청승에 자지러져 뼈도 살도 없는 혼령으로 화한 듯"[35] 춤을 추던 그 모습, 그 종교적 엑스터시의 순간이 낭이에게 가장 강렬하고 인상적인 장면으로 각인되었던 것이다. 따라서 모화는 죽었지만 모화가 신봉했던 무속의 세계는 낭이의 그림 속에서 정신적인 아름다움과 신비한 진실을 발하면서 영원히 존재하게 된 것이다.


## 6. 나오기

지금까지 김동리의 소설 <무녀도>를 대상으로 구조 및 인물들에서 발견되는 신화적 상징성을 신화비평의 관점에서 분석해 보았다.

먼저 이 작품은 무속신앙과 기독교 사이의 종교적 대립이 주된 갈

---

35) p. 77.

등구조를 이룬다. 그런데 그 갈등과 대립은 신화적인 차원에서 해소되고 있으며, 힘의 역학관계는 순환적 구조를 보인다. 즉 종교적 대결에서 작중인물들은 현실적으로는 죽고 신화적으로는 재생하고 있다. 또한 종교적 권위와 힘이 점차 무속신앙에서 기독교로 넘어가다가 다시 무속신앙으로 흘러드는 양상을 보인다. 이러한 힘의 역학관계를 볼 때, 작가는 서구의 기독교보다는 동양적인 신비를 간직한 무속 신앙에 더 경도되어 있음을 알 수 있다.

모화는 살고 있는 집의 음침함, 신화의 시간인 밤에 대한 애착, 詩的 리듬으로 된 푸닥거리, 그리고 주술적 능력 등 신화적인 요소를 많이 지닌 인물이다. 아울러 그녀는 무당으로서, 그리고 어머니로서의 전형을 보여 주는 인물이기도 하다. 그녀의 위대함은 이 두 역할에 끝까지 철저했다는 데 있다. 마지막 굿에서 그녀의 죽음이 재생적 의미를 띠는 이유는, 자신이 신봉하는 水國龍神이 살고 있는 물의 세계로 스스로 나아감으로써 신앙에 대한 절대적 믿음을 증명하고 있기 때문이다.

욱이는 그의 행동과 기독교의 전파 과정을 연결시켜 볼 때, 서구 기독교의 탐색영웅 신화에서 그 원형을 찾을 수 있는 인물이다. 아울러 그의 영웅적 행동과 죽음은 사계절의 순환적 상징과 결합되면서 순교 및 부활의 의미를 획득하고 있다.

귀머거리이자 벙어리인 낭이는 오빠 욱이의 죽음과 어머니 모화의 죽음을 목격한 사람이자 사건의 전달자이다. 그럼에도 불구하고 그녀는 그 사건들에 전혀 개입하지 않은 채 관찰자의 입장을 취하고 있다. 그런 면에서 낭이는 항상 그 자리에 존재해 있고 또 사건을 목격하지만 결코 사건에 개입하는 일이 없는 자연 혹은 자연의 정령을 연상시킨다. 그러나 줄곧 도덕적 중립성을 유지하던 낭이도 모화의 신비한 죽음을 목격하고 나서는 그림 '巫女圖'로써 그 감동을 예술적으로 형상화하고 있다.

결론적으로 김동리는 이 작품에서 현대인의 잠재의식 속에 내재해 있는 동양적인 신비주의에 대한 동경과 정신적인 초월의식을 신화적 모티프를 통하여 형상화하고 있다고 하겠다.

## 참고문헌

구수경, "김동리 소설의 신비화 방식 고찰", 『인문논총』제3호, 건양대학교 인문과학연구소, 1999.

김동리, "신세대의 정신", 『문장』, 1940. 5.

--------, "창작의 과정과 방법 : <무녀도>편", 『신문예』, 1958. 12.

김병욱 외 3인 편역, 『문학과 신화』, 대방출판사, 1982.

김열규, 『恨脈怨流』, 주우, 1982.

김용성·우한용 편, 『한국근대작가연구』, 삼지원, 1985.

김우종, "김동리와 순수문학의 지향", 전광용 외, 『한국현대소설사연구』, 민음사, 1984.

김치수, "김동리의 <무녀도>", 이재선·조동일 편, 『한국현대소설작품론』, 문장, 1981.

박종홍, "<구경적 생의 형식>의 서사화 고찰", 유기룡 박사 송수기념논총 간행위원회, 『김동리문학연구』, 살림, 1995.

서종택, 『한국근대소설의 구조』, 시문학사, 1985.

염무웅, "<무녀도> 작품 해설", 『월간문학』, 1970. 6.

우한용, "김동리 소설의 담론 특성", 유기룡 박사 송수기념논총 간행위원회, 『김동리문학연구』, 살림, 1995.

정영자, 『한국문학의 원형적 탐색』, 문학예술사, 1982.

정한숙, "현미경과 돋보기", 『현대한국작가론』, 고려대학교 출판부, 1986.

천이두, "허구와 현실 : 김동리론(上·下)", 『현대문학』, 1978. 9~10.

--------, 『한국현대소설론』, 형설출판사, 1983.

M. 엘리아데, 『우주와 역사』, 현대사상사, 1984.

N. 프라이, 『비평의 해부』, 한길사, 1985.

# III. 황순원 소설의 이중담화 양상
## — 화자와 작중인물의 담화가 혼합된 유형을 중심으로 —

## 1. 서 론

본 연구의 목적은 시점이론을 통하여 황순원 소설의 미학 원리와 그것의 주제와의 관련성을 구명하는 데 있다.

황순원의 소설은 현실인식이나 역사의식이 겉으로 드러나 있는 것이 아니라 '내재화'[1] 혹은 내면화됨으로써 문학 고유의 방법으로 시대적 진실에 다가가고 있는 특성을 보인다. 이것은 소설의 기법을 꾸준히 탐색하는 작가의 장인정신이 성취해 낸 독특한 창작 방법이라 할 수 있다. 이에 본고는 작가 황순원이 자신의 메시지를 독자에게 전달하는 데 있어서 어떠한 수사학적 방법을 활용하고 있는가를 화자의 서사방식과의 관련성을 통하여 살펴보려고 한다.

시점(point of view)은 한 허구 서사물에서 스토리를 독자에게 전달하는 데 있어서 작가에 의해 설정된 양식 또는 관점이다. 이 시점의 문제는 작가에게 주요한 창작원리로서 작용하며, 시점 이론에 의한 작품의 분석은 작가의 의도나 주제를 파악하는 데 유용하다.

작가는 텍스트에서 스토리를 화자를 통하여 독자에게 전달한다. 이

---

1) 김병익, 「純粹文學과 그 歷史性」, 『黃順元全集(12)』, 문학과지성사, 1985, p. 25.

때 송신자인 화자는 스토리를 전달하기 위하여 두 가지의 告知 경로를 선택할 수 있다. 하나는 화자 자신의 말과 생각·지각을 통하여 전달하는 방법이고, 다른 하나는 작중인물의 言行·생각·지각을 통하여 전달하는 방법이다. 대부분의 서사물은 전자의 화자의 담화와 후자의 작중인물의 담화가 적절히 섞여 있는 양상을 띤다. 그런데 때로는 화자의 담화와 작중인물의 담화가 한 문장 속에 혼합되어 있어 누구의 담화인지 분명하게 구분하기 어려운 형태로 나타나기도 한다.

본 논문은 이러한 스토리의 告知 경로 중에서, 화자의 담화와 작중인물의 담화가 혼합된 형태로 나타나는 담화의 양상을 황순원의 소설을 중심으로 고찰하려고 한다.

이러한 고찰은 문학을 다른 언어행위와 마찬가지로 '송신자(작가·화자)—텍스트(전언)— 수신자(독자)'의 관계로 이루어진 하나의 소통 행위로 간주하는 話行理論(Speech Act Theory)에 그 이론적 기초를 두고 행해진다. 화행이론가인 J. L. 오스틴은 하나의 발화는 적어도 세 가지 언어행위, 즉 언표행위(locutionary act), 언표내적 행위(illocutionary act), 언향적 행위(perlocutionary act)[2]를 한다고 주장한다. 즉 하나의 발화는 다양한 차원에서 다양한 의미를 표현하고 있으며, 아울러 수신자에게 다양한 효과를 유발할 수 있다는 것이다. 이러한 화행이론은

---

2) ·言表 행위 : 전통적인 감각에서의 '의미(meaning)'를 말한다.
  ·言表內的 행위 : 언표행위를 함에 있어서 만들어지는 다른 가능한 행위를 뜻한다. 예를 들어 "저 옷은 예쁘다"라는 말은 발화의 문맥에 따라 판단, 주장 또는 칭찬의 언표내적 행위를 하게 된다.
  ·言響的 행위 : 청자나 독자 또는 타인의 느낌·사상·행동 위에 관례적으로 기대되는 효과를 만들어 내는 것을 말한다. 예를 들어 내가 "그 옷이 참 예쁘구나."하고 칭찬을 할 때, 나는 상대방에게 기쁨의 효과를 만들어 내기 위한 언향적 행위를 한 것이다.
  (Susan S. Lanser, *The Narrative Act*, Princeton : Princeton Univ. Press, 1981, pp. 70-73 참조.)

텍스트에서 수신자가 누구인가에 따라 화자의 담화와 작중인물의 담화를 구별하는 유용한 원리를 제공해 준다. 또 텍스트 내에서 발화자의 역할 및 발화 내용의 효과를 구명하는 데 유용한 분석틀을 제공한다. 즉 순전히 語法的인 국면인 담화의 분석을 통하여 황순원 소설의 창작원리를 밝혀내고, 아울러 주제의 효과적인 전달을 위하여 어떻게 기능하고 있는지를 밝히려는 것이 본 논문의 목적이라 할 수 있다.

## 2. 화자의 담화에 미치는 작중인물의 영향

우스펜스키는 화자의 담화에 작중인물의 말씨 특성이 포함될 수도 있고, 반대로 작중인물의 담화에 화자의 말이 참여할 수도 있다고 주장한다.3) 이것은 화자의 담화와 작중인물의 담화가 여러 가지 형태로 결합될 수 있음을 말한다. 이러한 혼합된 담화의 유형들은 순수한 작중인물 혹은 화자의 목소리와는 달리 해석적인 장치나 매개물을 내포하고 있다.4) 먼저 화자의 담화에 작중인물의 담화가 포함된 것에는 모방성 간접화법과 심리서술의 두 유형이 있다.

### 1) 모방성 간접화법

모방성 간접화법은 직접화법과 간접화법, 두 가지의 중간적 형태이다. 즉, 두 명의 다른 발화자인 화자와 작중인물의 담화가 각각 자신의 특성을 유지하면서 단일 문장 내에 결합되어 있는 경우이다.

---

3) Boris Uspensky, *A Poetics of Composition*, Berkeley : Univ. of California Press, 1973, pp.17-18 참조.

4) S. Chatman, *Story and Discourse*, Ithaca and London : Cornell Univ. Press, 1983, p.197 참조.

모방성 간접화법은 황순원의 소설에서 그의 독특한 서술 기법으로 많이 사용되고 있다. 즉 대화가 서술 문장 속에 내재화되어 있는 문체적 특성을 보이는 <별>, <황소들>, <불가사리>, <소리> 등의 작품에서 주로 나타난다.

(가) 아이는, 그럼 우리 오마니가 뉘터럼 생겠단 말이가? 하고 당나귀가 알아나 듣는 것처럼 소리를 질렀다.[5] (<별>)

(나) 그러나 이날 아이는 누이가, 우리 누가 많이 쌍둥이를 만드나 내기 할까? 하는 것을 단박에, 싫어! 해버렸다.[6] (<별>)

(다) 어둠 속에서 오쟁이의 낮은 목소리로, 아직 열시가 멀었나, 하고 혼 잣말 같이 하는 말소리가 들린다. 다 됐을텐테, 춘보의 떨리는 듯한 역시 나지막한 목소리다.[7] (<황소들>)

(라) 남편되는 사람만이, 저년이 또 무슨 실없는 수작을 지껄이노, 하고 침을 한번 내뱉으며 외면할 뿐 다른 사람들은 모두 소리내어 웃었다.[8] (<불가사리>)

(마) 옆에 있는 김중사가 히힝 하고 예의 독특한 웃음을 터뜨리면서, 이 겁보야 죽은 사람을 처음 보나? 그리고 한다는 소리가, 사람의 모가지란 저렇게 편리한 거야, 산 사람이거나 죽은 사람이거나 모가지만 잡아매어 끌면 쉽게 끌리거든, (…)[9] (<소리>)

위에서 작중인물의 대화는 인용 부호 속에 따로 분리되어 있지 않

---

5) 『黃順元全集(1)』, 문학과지성사, 1980, p. 215.
6) 위의 책, p. 217.
7) 『황순원전집(2)』, 문학과지성사, 1982, p. 130.
8) 『황순원全集(3)』, 문학과지성사, 1981, p. 210.
9) 위의 책, pp. 322~323.

고 화자의 서술적 담화 속에 삽입되어 있다. 하지만 대화 문장이 콤머에 의해서 서술 문장과 구분되어 있기 때문에 간접화법과는 달리 쉽게 확인할 수 있다.

이처럼 화자의 담화와 작중인물의 담화가 서술 문장 속에 함께 들어 있게 되면 서사성이 강조하는 효과를 낳게 된다. 즉, 스토리 자체보다는 스토리를 서술하는 화자의 존재를 지속적으로 환기시키게 되는 것이다. 그 결과 독자는 스토리를 전달하는 화자의 서술 속도, 문체, 재현방식 등에 관심을 기울이면서 소설을 읽어나가게 된다.

황순원의 초기 단편들은 이러한 모방성 간접화법 또는 간접화법으로 서술되는 경향이 두드러진다. 따라서 이것은 작가의 초기의 문학적 특성을 설명해 주요한 요소이다. 초기에 황순원은 현실과 떨어져 있는 토속적인 소재나, 아직 감정이 미분화된 어린이들의 세계를 소재로 한 작품을 많이 창작하였다. 그때 작중인물들의 성격 창조보다는 소설 전체를 관류하는 서정적인 분위기의 창출에 보다 진력하는 창작 경향을 보였다. 바로 모방성 간접화법에서의 대화의 내재화는 이러한 효과를 거두는 데 유용한 문체라고 하겠다.

## 2) 심리 서술

심리 서술은 3인칭 화자가 특정 작중인물의 감정과 사고를 자신의 언어로 바꾸어 보고하는 것이다.[10] 즉, 작중인물의 사고나 감정이 화자의 의식을 통하여 여과되어 전달된다. 이것이 화자의 단순한 해석과 다른 점은 그 작중인물의 공간적·시간적 시점은 그대로 유지된다는 것이다.

---

10) Susan S. Lanser, 앞의 책, p. 186.

황순원의 소설에서 심리 서술은 작중인물의 마음이나 생각을 분석, 전달함으로써 그것이 어떻게 작중인물의 행동이나 태도를 유발하는가를 독자에게 알려주고 있다.

(가) 아이는 인형을 꺼내 들었다. 그러나 지금 아이는 이 인형의 여태까지 그렇게 이쁘던 얼굴이 누구의 얼굴이냐처럼 미워짐을 어쩔 수 없었다. 곧 아이는 인형을 내다버려야 한다는 걸 느꼈다.[11] (<별>)

(나) 그런데 그즈음 쉿네의 마음에 한가지 걸리기 시작한 게 있었다. 남편이었다. 그러나 그것은 여태까지의, 돌아오면 어쩌나 하는 남편으로서가 아니라, 돌아와줘야 할 텐데 하는 그런 남편으로서였다. 쉿네 저로서도 모를 일이었다.[12] (<기러기>)

(다) 황노인은 가슴 속 한구석에 어쩌지 못할 공허감을 느껴야만 했다. 그것은 어머니로 해서 생기는 공허감과는 또 다른 공허감이었다.[13] (<황노인>)

(라) 큰아버지의 죽음을 듣고도 인철은 별로 이렇다할 충격이 오지 않았다. 그것을 알리는 기룡의 무감동한 억양과도 같이 도리어 이젠 무언가 한가지 정리를 보았다는 생각이 앞섰고, 굳이 서로의 혈연관계를 부인하는 사촌형과도 이로써 아주 남남이 되는 마지막 자리로 삼으리라 했다. 그런 이 자리가 감정과 기분의 소통없이 딱딱하고 거북하기만 했다.[14] (<日月>)

(마) 미아리행 버스를 타고 가면서 인철은 비로서 자기가 사촌형 기룡을 찾아가는 이유가 뭣인지 알 것 같았다. 사촌형 기룡이면 피한다는 자의식 없이 대할 수 있을 것이었다.[15] (<日月>)

---

11) 『황순원全集 1』, 앞의 책, p. 215.

12) 위의 책, p. 271.

13) 위의 책, p. 309.

14) 『황순원全集 8』, 문학과지성사, 1984, pp. 289~290.

<별>에서 인용한 (가)는 누이에 대한 반발의 감정으로 인해 사물을 바라보는 마음마저 변화되어 가는 아이의 심리 상태를 서술하고 있다. 즉, 누이가 만들어준 예쁜 각시인형조차 이제는 밉게 느껴지는 것이다. 이렇게 누이와 관련되어 있는 것들에 대한 아이의 무조건적인 증오는, 모든 면에서 마음 속의 어머니상과 닮았지만 얼굴은 미운 누이에게서 느끼게 되는 혼란된 감정을 제거하려는 아이의 안간힘이다. 아이의 이러한 심적인 갈등은 심리서술의 형태로 이 작품 전체에 드러나 있으며, 독자가 아이의 반항적 행위의 동기를 파악하는 데 유용한 정보를 제공하고 있다.

(나)는 <기러기>의 후반부로 쇳네의 심리변화에 대한 서술이다. 즉 남편이 무섭고 싫어서 만주에서 돌아오지 않기를 바랐던 기존의 마음과는 달리 점점 남편이 기다려지게 된 것이다. 그것은 아이를 낳고 키우면서 애에게만은 애비 없는 자식이란 소리를 듣게 하고 싶지 않은 모성애에서 비롯된 감정의 변화이다. 쇳네는 아이를 낳아 기르면서 남편의 존재를 새롭게 인식하고 비로소 한 가족의 일원이라는 동질감을 갖게 된 것이다. 이러한 심리서술은 작품의 후반부에서 길게 이어지고 있는데, 정신적으로 성숙해진 쇳네의 의식세계를 전달하는 기능을 하고 있다. 즉, 처음에는 그녀의 감정이 분석 없이 제시되다가 후반부로 갈수록 심리서술의 형태로 분석을 가하고 있는 것은 현재 그녀의 내면 세계가 단순하지 않고 여러 복합적인 감정과 사고가 교차되고 있으며, 따라서 해석이 불가피함을 암시하고 있다.

(다)는 환갑을 맞이하여 아내의 부재를 실감하는 황노인의 허전한 마음을 서술하고 있다. 북적대는 잔치 분위기와는 달리 자꾸 엄습하

---

15) 위의 책, p. 394.

는 황노인의 공허감은 이 세상에 없는 어머니, 아내, 친구들에 대한 안타까운 그리움에서 나오는 것이지만 그 느낌은 조금씩 다르다. 어머니와 친구가 어린 시절과 연결되며 떠오르는 그리움의 대상이라면, 아내는 함께 늙어가면서 서로 의지하던 시절의 그리움의 대상이다. 그러한 느낌의 차이를 섬세하게 분석해 내고 있는 것이 바로 (다)의 심리서술인 것이다. 특히 공허감이란 단어가 어머니의 회상이나 친구의 회상에서도 반복해서 사용되고 있음에도 불구하고, 각 문맥에서 내포적 의미가 달라지고 있음을 보려주는 이러한 심리서술은 황노인의 깔끔하고 세심한 성품이 감정의 흐름에서도 그대로 나타나고 있음을 암시하는 기능을 하고 있다.

　<日月>에서 인용한 (라)는 본돌 영감의 죽음에 대한 인철의 심적 반응을 서술하고 있는 부분이다. 인철은 본돌 영감의 죽음을 접하며 자신을 짓누르고 있던 중압감이 한풀 덜어지는 심정과 함께, 이 참에 사촌형인 기룡과도 관계를 끊을 생각에 젖고 있다. 이 작품에서 본돌 영감의 죽음은 인철이 느끼고 있는 안도의 심정처럼, 백정의 후예라는 운명적 조건을 감수하며 살아온 사람들에게 그로 인한 죄의식과 고통을 해소하는 역할을 하고 있다. 따라서 같은 백정의 후예인 기룡과의 관계도 사실상 그 다음의 술좌석에서 끝맺는다. 그러나 이후 인철과 기룡은 다시 친근한 관계로 만남을 계속하게 되는데, 그것은 친척으로서가 아니라 인간적인 동질의식-각자 숙명적인 외로움을 느끼며 살고 있다는-의 발견에서 형성된 관계인 것이다. 바로 인철과 기룡은 신분적 조건이 주는 소외감을 넘어서서, 자신들을 둘러싸고 있는 근원적인 고독감을 상대방의 모습에서도 발견함으로써 서로 마음을 열고 있다고 할 수 있다. (마)는 기룡을 향한 인철의 그러한 감정이 잘 나타나 있는 심리서술 부분이다. 그들은 타인에게서 느끼게 되

는 어쩔 수 없는 이질적인 감정들을 서로에게는 느끼지 않게 된다. 그것은 외로움을 참고 견디는 각자의 삶을 무너뜨리지 않는 상태에서의 만남이기 때문이다. 이처럼 <日月>에서 작중인물들의 심리서술은 작중인물의 내면세계의 분석을 통하여 스토리의 중요한 사건을 해석·설명해 주는 기능을 하고 있다. 위 인용 내용의 경우, 본돌 영감의 죽음에 대한 인철의 심리 분석이 한 가지 갈등이 해소되면서 또 다른 국면으로 접어드는 전환의 역할을 하고 있다면, 기룡을 찾아가는 인철의 마음에 대한 서술은 기룡 이외의 사람들에게는 언제나 불편한 마음에 싸여 진솔해질 수 없는 인철의 심리 상태를 설명해 주는 역할을 하고 있다.

## 3. 작중인물의 담화에 미치는 화자의 영향

### 1) 진술된 독백

'陳述된 獨白'이란 명칭은 '진술된'이 간접적 자질인 3인칭과 선행시제를 설명하고 있는 반면에, '독백'은 바로 작중인물의 말을 듣고 있다는 느낌을 전달하고 있다.16) 즉, "표현된 생각, 말, 지각 등은 작중인물의 것이나 그 구문은 화자의 것"17)인 담화를 말한다. 바로 진술된 독백은 화자의 목소리와 작중인물의 목소리가 분리할 수 없게 융합되어 있는 형태라 할 수 있다. 따라서 우리가 작중인물의 목소리로부터 그의 감정을 인지하는 동안 우리는 지속적으로 화자의 '억양'을 듣게 된다.18)

---

16) S. Chatman, 앞의 책, p. 203.
17) Susan S. Lanser, 앞의 책, p. 186.
18) B. Uspensky, 앞의 책, p. 42.

(가) 종내 남편이 그런 일까진 저질렀구나![19]  (<기러기>)

(나) 이런 때 남편이 있어주었으면! 자기는 아무래도 좋았다. 열일곱에 벌써 생과부가 됐다는 말도 참을 수 있었다. 단지 애에게만은 아비 없는 자식을 만들어서는 안될 것 같았다.[20] (<기러기>)

(다) 그 무서운 총소리인 것 같다. 뒤이어 사람들의 아우성소리 같은 것이 들린다. 그 속에 쓰러져 넘어지는 아버지의 모양이 떠오른다. 큰일이다, 큰일이다. 왜 자기는 빨리 어른들을 쫓아가지 못했을까. 바보같은 것, 바보같은 것.[21] (<황소들>)

(라) 아니 꼬맹이와? 거 재미있다. 하늘 높은 줄 모르고 땅 넓은 줄만 알아, 키는 작고 똥똥하기만 한 꼬맹이. 무던히 새침떼기였다. 그것이 얄미워서 덕재와 자기는 번번히 놀려서 울려주곤 했다. 그 꼬맹이한테 덕재가 장가를 들었다는 것이다.[22] (<鶴>)

(마) 그러면 어째서 저쪽에서는, 내겐 사촌이 없습니다. 내겐 친척이라군 하나두 없습니다. 하고 부인하고 드는 것일까. 인철이 여태까지 자기에게 큰아버지가 있고 사촌이 있다는 걸 모르고 있었듯이 그도 모르고 있는 것일까. 그럴리 없다.[23] (<日月>)

(바) 결국 자기는 그동안 나미와 만나는 것을 피해온 셈이다. 그럴 필요가 있었을까. 만나자. 자기가 집에 없는 새 나미한테서 여러번 전화가 왔다는 말을 하녀에게서 들었으면서도 그네와의 대면을 피해왔던 것이다. 전처럼 만나자. 그리고 다혜가 그처럼 권했지만 자기 과거의 이야기는 말자. (…)[24] (<日月>)

---

19) 『황순원全集 1』, p. 270.
20) 위의 책, p. 271.
21) 『황순원全集 2』, p. 132.
22) 『황순원全集 3』, p. 67.
23) 『황순원全集 8』, p. 156.

이상의 예에서 알 수 있듯이 진술된 독백은 전지적 시점으로 서술된 소설에서 화자가 작중인물의 사고를 보다 직접적으로 전달하려 할 때 주로 사용된다. 이것은 화자의 목소리를 약화시키는 반면에 작중인물의 사고를 직접적으로 전달함으로써 서술의 객관성을 획득하는 효과를 주고 있다.

<기러기>에서 발췌한 (가)와 (나)는 쇳네의 생각이 진술된 독백으로 서술되고 있는 부분이다. 여기서 진술된 내용은 쇳네의 생각이지만, 그 구문은 3인칭 대명사인 '자기'가 쓰인 점으로 보아 화자의 입장에서 쓰여지고 있다. (가)는 남편의 행동에 대한 불안한 예감이 현실로 나타나고 있음을 알게 된 쇳네의 독백이다. 여기에는 남편에 대한 진정한 애정이 결여된 채 무심하게 내뱉는 쇳네의 소극적인 감정 상태가 잘 드러나고 있다. 반면에 (나)는 자식에 대한 모성애로 인해 남편의 존재를 새롭게 인식하는 쇳네의 사고내용을 서술하고 있다. 여기에는 쇳네가 타인에 의해서가 아니라 자신의 삶의 변화 속에서 가족 및 남편의 소중함을 스스로 터득해가는 정신적인 성숙과정이 실감나게 제시되고 있다.

(다)는 <황소들>에 나오는 바우의 독백으로 그의 지각과 사고가 3인칭으로 서술되고 있다. <황소들>은 동네 사람들이 지주 김대통 영감과 경찰서 등을 밤에 습격한 사건을 소년인 바우의 눈과 의식을 통하여 그리고 있는 단편이다. 이 때 사건에 대한 바우의 순수한 해석과 아직 어린 데서 생기는 불확실한 추측은 서술의 아이러니를 낳고 있다. 또한 스토리 외적 화자의 감정 절제에 의한 객관적인 서술은 현실적인 주제를 문학적으로 형상화하는 데 중요한 역할을 한다. 특

---

24) 위의 책, p. 375.

히 (다)의 예처럼 아버지를 걱정하는 바우의 순박한 마음을 수시로 드러내는 서술방식은 스토리의 흐름을 유연하게 하는 동시에 정치 권력과 지주에 의한 농민 수탈의 문제를 간접적으로 드러내는 효과를 낳고 있다. 바로 황순원은 시대적인 모순이나 삶의 부조리와 같은 문제의식이 강한 내용을 작품화할 때, 그것을 겉으로 들추어내어 고발하는 것이 아니라 문학적 장치를 통한 예술적 형상화를 통하여 간접적으로 드러내는 작가라 할 수 있다.

(라)는 <鶴>에서 성삼이가 덕재의 아내가 된 꼬맹이에 관하여 회상하는 내용이다. 이러한 회상은 서로 이념이 다른 성삼과 덕재가 옛 친구로서 동질감을 회복하는 계기가 되고 있다. 둘이서 늘 놀려주던 꼬맹이에 대한 즐거운 추억과, 그녀가 덕재의 아내가 되었다는 사실이 주는 놀라움은 성삼이를 개인적으로 묘한 감흥에 젖게 하고 있는 것이다. 이러한 성삼이의 회상은 다른 여러 가지 회상과 함께 화해의 결말을 가져오는 촉매가 된다.

<日月>에서의 (마)는 기룡이 인철과의 관계를 부인한 사실에 대해 반추하고 있는 인철의 독백이고, (바)는 그 동안 나미를 피해온 자신의 행위에 대한 분석과 앞으로의 행동에 대한 확고한 결심을 다지고 있는 독백이다. 이러한 인철의 진술된 독백들은 내적 독백과 함께 인철이 주어진 상황을 어떻게 이해하고, 또 어떻게 대처해 나가려 하는가를 보여 주는 주요한 정보가 되고 있다.

주로 자유 간접 문체로 나타나는 이러한 진술된 독백은 독자에게 공감적 효과를 가져온다. 즉, 작중인물과 화자가 그만큼 밀접하게 결합되어 있음을 함축하는 서술방식으로, 둘 사이의 친밀함은 독자로 하여금 전달자로서 화자의 권위 및 서술된 정보에 대해 신빙성을 갖도록 유도하고 있다.

## 2) 간접 화법

간접 화법은 작중인물의 말이나 사고를 화자가 보고하는 형태로 쓰여진 것을 말한다. 이 때 화자는 작중인물의 본래의 발화의 양식이나 형식을 무시하고 화행(話行)의 내용만을 전달하게 된다.[25] 이 경우 화자는 작중인물의 담화를 보고하면서 긴 내용을 압축할 수도 있고, 자신의 해석을 어느 정도 첨가할 수도 있다. 따라서 진술된 독백보다 화자의 보다 많은 개입이 전제된다.

(가) 마침 동네 반수 영감이 그 앞을 지나다가, 그 닭 어서 잡아나 먹어야지 그렇지 않았다가는 이제 뱀이 돼 나갈 거라고 했다. 소년은 얼른 닭의 목에서 손을 떼었다. 반수 영감은 얼굴에 주름을 잡으며, 아마 이제는 울지도 못할 것이라고 알아맞히고 나서, 벌써 목은 뱀허리 같이 되지 않았느냐 하고는 뒷짐을 지고 가버렸다.[26]  (<닭祭>)

(나) 동네 사람들은 이를 두고, 호랑이가 그만 스라소니를 낳았다는 말들을 했다.[27]  (<기러기>)

(다) 동네 사람들은, 역시 호랑이 영감이 겉으로는 전과 다름없는 것같지만 속으론 한풀 늙은 게 분명하다고들 했다.[28]  (<기러기>)

(라) 앵두나뭇집 할머니와 단둘이 되자 송영감은 눈을 감으며, 요전에 말하던 자리에 아직 애를 보낼 수 있겠느냐고 물었다. 앵두나뭇집 할머니는 된다고 했다. 얼마나 먼 곳이냐고 했다. 여기서 한 이삼십 리 잘 된다는 대답이었다.[29]  (<독 짓는 늙은이>)

---

25) S. 리몬-케넌,『소설의 詩學』, 최상규 역, 문학과지성사, 1985, p. 161.
26)『황순원全集 1』, p. 137.
27) 위의 책, p. 265.
28) 위의 책, p. 266.
29) 위의 책, pp. 375~376.

(마) (…) 그리고는 말하는 것이었다. 아무리 준이를 따라가고 싶어도 자기는 육지로 나가지 못할 몸이라는 것이다. 그래서 자기는 어느 때고 준이가 육지로 나가는 날은 잠자코 보내주리라 마음먹고 있었다는 것이다.[30] (<비바리>)

이상 <닭祭>, <기러기>, <독 짓는 늙은이>, <비바리>등의 예에서 볼 수 있듯이, 간접 화법은 이 작품들을 서술하는 주요한 기법으로 작품 전체를 통해 나타나고 있다. 이때 간접 화법은 작중인물의 말을 행해진 그대로 직접 전달하기보다는 그 핵심내용만을 요약해서, 혹은 해석을 가한 형태로 전달한다. 따라서 스토리 진행을 빠르게 하고, 전달하려는 내용을 분명하게 밝혀주는 역할을 한다. 반면에 간접 화법을 접한 독자는 작중인물의 말을 대신 전달해 주는 화자가 존재하고 있다는 느낌을 갖게 됨으로써 스토리와의 일정한 거리감을 유지하게 된다.

<닭祭>에서 인용한 (가)에는 화자가 간접 화법을 통해 자신의 해석을 삽입하고 있는 형태를 취하고 있다. "아마 이제는 울지도 못할 것이라고 알아맞히고 나서"와 같은 경우가 그것이다. 또 <기러기>에서 인용한 (나)와 (다)의 동네 사람들 사이에 회자된 말의 간접적 보고는 사실상 화자의 서술태도를 객관화하려는 의도적 장치라고 할 수 있다. 즉, 화자의 논평을 가능한 한 제한한 채, 동네 사람들의 말과 해석을 통해 사건의 의미를 드러내고 있는 것이다. 이것은 화자의 지나친 개입에서 오는 부자연스러움을 보완하고, 서술의 객관성을 지향하는 효과를 낳고 있다. 또한 "말들을 했다", "분명하다고들 했다"와 같은 반복적 의미의 문장은, 작중인물들에 의해 여러 번 행해진 유사

---

30) 『황순원全集 3』, p. 319.

한 행동들을 한 번에 압축하여 전달해 주는 요약의 기능을 하고 있다. <독 짓는 늙은이>에 나오는 (라)와 같은 간접 화법은 작중인물인 앵두나뭇집 할머니와 송영감의 대화를 요약적으로 보고하는 형태이다. 이 때 우리는 작중인물의 감정이나, 발화 형태를 통한 심리적 추이를 직접 감지할 수 없다. 다만 대화의 내용만을 전달받게 되며, 따라서 스토리 중심의 독서를 하게 된다. (라)와 <비바리>의 (마)에서 간접 화법의 사용은 스토리의 내용이 너무 감상적이거나 비극적으로 흐르는 것을 막는 기능을 하고 있다. 직접화법으로 전달될 경우 문장 표현과 어조를 통해 드러날 수 있는 작중인물의 심리태도와 정서를 완전히 배제시킨 채 발화내용만을 압축해서 전달하고 있기 때문이다.

## 4. 결 론

이상으로 시점이론의 한 국면인 스토리가 화자에게서 독자에게로 전달되는 告知 경로의 연구를 통하여 작가 황순원의 창작원리를 규명해 보았다. 이러한 語法的인 면의 연구가 황순원 문체의 특성을 밝히고, 아울러 그것이 주제를 드러내는 데 어떻게 기여하는가를 밝히는 유용한 분석틀이 될 수 있음을 확인할 수 있었다.

한 마디로 황순원은 작품을 창작함에 있어 전달하고자 하는 주제, 독자에게 미치는 언향적 효과, 구조적 긴밀성, 작품의 분위기 등을 고려한 치밀한 계산 하에 하나 하나의 기법을 사용하는 장인의식이 강한 작가이다. 그의 문체 역시 이러한 원칙에서 벗어나지 않고 있는데, 전체적으로 서술적 특성을 높이고, 서정적인 분위기를 창출하는 방향으로 그의 문체는 형성되고 있다. 황순원 소설의 문체 중 화자의 담화와 작중인물의 담화가 혼합된 형태로 나타나는 담화의 유형들을 주로 분석한 본 논문에서도 모방성 간접화법과 심리서술, 진술된 독백, 간접화법 등이 모두 이야기의 내용보다는 이야기를 전달하는 화자의 서술 행위를 의식하게 만드는 서술문체적 특성을 보인다. 또한 인물들의 생각이나 대화 내용이 직접 제시되는 것이 아니라 화자에 의해 한 번 걸러져 처리됨으로써 독자는 생동감 있는 인물보다는 대상화된 인물로서 작중인물을 만나게 된다. 아울러 그것은 소설 세계를 정적이고 순화된 분위기로 조성하는 데 결정적인 역할을 하고 있다.

결론적으로 독자를 감응시키는 황순원의 서정적인 문체는 문장 하나에도 작가적 엄격성을 보이는 장인의식과 문학적 형상화의 방식을 늘 탐색했던 예술가 의식에 근거하여 만들어진 것이라 할 수 있다.

## 참고문헌

Ⅰ. 자 료

『黃順元全集』(1∼8), 문학과지성사, 1980∼1985.

Ⅱ. 연구 논저

김병욱 편・최상규 역, 『현대소설의 이론』, 대방출판사, 1984.

김병익, 「순수문학과 그 역사성」, 『황순원전집 12』, 문학과지성사, 1985.

김상태, 『문체의 이론과 해석』, 새문사, 1984.

김용성・우한용, 『한국근대작가연구』, 삼지원, 1985.

김윤식, 『한국현대문학사』, 일지사, 1976.

김종구, 「한국소설의 서술시점 연구」, 서강대학교 대학원, 1975.

박해경, 「황순원 소설의 미학」, 이화여자대학교 대학원, 1971.

이재선, 『한국현대소설사』, 홍성사, 1984.

조기원, 「현대단편소설의 문체론적 연구」, 고려대학교 교육대학원, 1982.

천이두, 『한국현대소설론』, 형설출판사, 1983.

황순원, 『말과 삶과 자유』, 문학과지성사, 1985.

S. 리몬-케넌, 『소설의 詩學』, 최상규 역, 문학과지성사, 1985.

웨인 C. 부우드, 『소설의 수사학』, 최상규 역, 새문사, 1985.

퍼어시 러보크, 『소설기술론』, 송욱 역, 일조각, 1960.

Chatman, S., *Story and Discourse,* Ithaca and London : Cornell Univ. Press, 1983.

Lanser, Susan S., *The Narrative Act,* Princeton : Princeton Univ. Press, 1981.

Uspensky, Boris, *A Poetics of Composition*, Berkeley : Univ. of California Press, 1973.

# Ⅳ. 시대 상황의 내재화와 우회적 비판
## ― 황 순 원 론 ―

## 1. 들어가는 말

황순원은 모범답안과도 같은 소설가이다. "그림의 소재가 우선 물감이듯이 글의 소재가 우선 말"이라고 「말과 삶과 자유」에서 본인이 말한 바 있듯이 그는 우선 문학이 언어예술이라는 상식을 알고 있는 작가이다. 그에게 있어 언어적 표현에 골몰하고 문장을 다듬는 행위는 단순히 수사적 차원을 넘어서서 세계 이해의 지평을 끌어올리는 정신과정을 포함한다. 또한 황순원은 자신의 상상력을 과장하거나 정신적 우월성을 자랑하지 않아 좋다. 그저 주변의 타인들과 눈 높이를 같이 한 채 그들의 고통이나 상처를 외면하지 않고 오히려 그 특유의 섬세한 감성 때문에 더 아파하는 사람, 그리하여 마침내는 그들을 위한 위안의 공간을 창조해 내는 작가가 바로 황순원이다. 그의 소설에 유난히 아이들과 노인들을 소재로 한 작품이 많은 것은 자신의 삶을 감당하는 방법을 아직 터득하지 못했거나 이미 그 능력을 잃어버린 자들에 대한 그의 순결한 연민에서 비롯된다.

그러나 무엇보다도 그를 가장 소설가다운 소설가로 생각하게 만드는 것은 소설 이외의 잡문을 거의 쓰지 않는 그의 작가로서의 결벽성이다. 황순원은 신문이나 잡지, 대중매체에 거의 자신의 존재를 드러내지 않는다. 오직 소설을 통해서만 독자와 만나고 자신의 내면의 밀실을 보여준다. 대부분의 사람들은 살아가면서 어쩔 수 없이 본업 이외의 다른 일에 손을 대는, 소위 외도란 것을 하곤 한다. 그것은 대개 자신이 하고 있는 일에 대한 확신이 없거나, 혹은 다른 방식으로 자신을 확인하고 싶은 욕구가 일 때 이루어진다. 따라서 황순원이 소설가로서의 자기 영역을 일탈하지 않는 것은 일종의 자기 확신의 표현이요, 부단히 노력하는 장인정신의 엄격함이라고 하겠다.

그래서 황순원의 경우 다른 작가에게서 흔히 경험하는 소설 속에서 만난 작가와 현실에서 접한 작가--수필이나 신문 컬럼, 대담 등--사이의 괴리감과 그에 따른 실망감에 대해 걱정할 필요가 없다. 우리는 단지 소설에서 만난 내포작가 황순원의 깔끔한 심성, 생에 대한 외경적 자세, 타인을 향한 따스한 시선만을 언제까지나 기억하면 되기 때문이다. 더욱이 황순원은 자신의 경험적 현실을 소재로 삼을 때조차도 문학적 장치를 통하여 개인적 체취를 희석시키는 방법을 지향한다. 이것은 실제작가와 내포작가의 이미지가 같을 수 없듯이, 문학은 일상적 현실이 작가의 렌즈를 통하여 작품 속의 현실로 굴절될 때 비로소 탄생된다는 그의 창작관에서 비롯한다.

이 글은 황순원의 단편소설에 나타난 창작기법을 중심으로 그의 소설의 미학을 규명해 보려고 한다. 황순원의 작품은 앞에서도 언급했듯이 특이한 소설적 소재나 작가의 탁월한 상상력에 바탕을 두고 있지 않다. 오히려 그의 소설은 자신이 체험한 현실내용이나 역사적 사건, 혹은 오래 전부터 전해 내려 온 이야기에서 그 소재를 빌려오고 있다. 그런데 일단 그러한 소재들이 작가의 창작공간으로 들어오면 어느새 현실인식이니 역사의식이니 하는 생경한 관념의 옷은 벗어버리고 문학 고유의 방법으로 시대적 진실을 드러내거나, 인간의 본질 혹은 생의 터전으로서의 세계의 조건을 문제삼게 된다. 이것은 다른 말로 경험적 현실의 문학적 간접화라고 표현할 수 있다. 따라서 이 글에서는 작가로서의 창작기법이 돋보이는 <황소들>, <몰이꾼>, <곡예사>를 중심으로 경험적 현실의 문학적 간접화 방식이 각각 어떻게 나타나고 있는지 구체적으로 검증해 보고자 한다.

## 2. 시대 상황의 내재화 : 〈황소들〉

<황소들>(1946)은 지주와 관리의 횡포로 궁핍한 생활난에 시달리던 농민들이 더 이상 견디지 못하고 지배계층에 대항하여 적극적 행동을 취하게 되는 과정을 그리고 있다. 즉 공출관계로 농사꾼들이 대거 붙들려가자 동네 사람들이 마침내 합심하여 지주 김대통 영감네집과 경찰서를 한밤에 습격하여 불을 지르는 사건을 다루고 있다.

그런데 일종의 소작쟁의라고 할 수 있는 이 사건을 독자가 접하게 되는 방식은 아버지와 동네사람들의 행렬을 몰래 뒤쫓고 있는 열세살 소년 바우의 눈과 의식을 통하여서다. 즉 이 작품에서 마을 사람들이 동네를 떠나 충주 김대통 영감집으로 몰려가고 마침내 불을 지르는 전 과정은 바우의 눈에 목격된 상황의 객관적 묘사와 그 상황에 대한 바우 나름의 해석이 교차되면서 서술된다. 이때 사건에 대한 바우의 해석은 그의 제한된 지식, 순진함으로 인해 불확실하고 때로는 사실에서 빗나가 있다. 예를 들어 도중에 바우가 동네사람들이 지금 어딘가로 가고 있는 것이 낟알도둑을 잡기 위한 것이라거나 논물 대는 문제로 흰바윗골 사람들과 싸우러 가는 것이라고 추측하는 것은 진실과는 상당한 거리를 보인다.

그러나 대개의 경우 바우의 눈과 의식을 통한 세계의 해석은 어른

세계의 부조리와 갈등 양상을 전경화하는 데 대단히 효과적으로 기능한다.

> 그러는 아버지와 동네사람들의 눈에 빛나는 게 있었다. 눈물이었다. 그리고는 모두 꿈틀거린다. 마치 지렁이도 밟히면 꿈틀거린다는 듯이. 그리고 모두 울부짖는다. 이대루 가단 아무래두 다 굶어죽을 목숨여. 누가 공출을 안 하겠다는 건 아니여, 공평하게 해달라는 거지.[1]

> 마침 안뜰 광으로부터 귀동이가 무엇이 가득 든 자루를 메고 나오는 것이 보인다. 그리고 귀동이가 닫으려고 하는, 어른들의 주먹보다도 큰 자물쇠통이 달린 광문 안에 가득 쌓여있는 낟알섬이 눈에 띄자 바우는 못볼 것이나 본 것처럼 얼른 고개를 돌리고 만다.[2]

초점화자인 바우에 의해 현재적 감각으로 묘사되고 있는 위의 인용들은 농사꾼인 아버지와 동네사람들은 일년 내내 힘들게 농사를 짓고도 공출도 제대로 못내 잡혀가고 굶어죽을 형편인데, 지주 김대통 영감네는 넓은 광에 낟알섬을 가득 쌓아놓고도 동네사람들에게 공출을 또 요구하고 있는 현실을 암시한다. 이것은 사회적, 경제적 관계가 복잡하게 얽혀 있는 어른들의 세계를 이해하지 못하는 바우에게는 대단히 혼란스런 양상이 아닐 수 없다. 결국 바우는 공출로 아버지와 춘보가 매를 맞거나 마을 사람들이 끌려간 것, 그리고 귀동이가 부모님과 떨어져 김대통 영감네에서 심부름꾼으로 일할 수밖에 없는 현실을 목격하며 세상이 어딘가 잘못 돌아가고 있다고 막연하게 인식하기에 이른다. 따라서 바우가 "아무래도 마음이 안 놓인다. 이밤 안으로 아버지에게 꼭 무슨 일이 일어날 것만 같다."고 직관적으로 느끼는

---

1) 『황순원전집(2)』, 문학과지성사, 1981, p. 122.
2) 위의 책, p. 128.

것은 부당한 현실과 그 전복의 필연성을 감지할 만큼 세계를 보는 눈이 성숙해졌음을 암시한다.

이 작품에서 바우의 정신적 성숙은 열한 살에서 열세 살로 자란 성장의 질을 의미한다. 즉 열한 살 때의 바우의 행동과 열세 살이 된 바우의 행동은 여러 가지로 대비된다. 이 두 기간은 역사적 시간으로 보면 해방 전 해와 해방 다음 해이며, 바우 개인적으로 보면 아버지가 끌려갈 때 무서워 동구 밖까지도 따라가 보지 못했던 때와 아버지를 보호하기 위해 한밤의 충주행을 뒤쫓게 된 때 사이의 간격이자, 그때 산 황송아지가 이제 황소가 된 변화만큼의 거리이다. 이러한 대비는 시대가 바뀌었어도 소작인들의 삶은 여전히 열악하다는 사실을 암묵적으로 보여 준다. 반면에 어른 세계에 대한 바우의 이해와 대응 방식은 보다 의연하고 적극적으로 변했음을 의미한다.

특히 바우가 아버지와 동네사람들이 묵묵히 걸어가는 뒷모습에서 황소의 이미지를 발견하고 있는 것은 대단히 상징적이다.

> 아버지와 동네사람들은 아무 말들이 없다. 발소리만 들릴 뿐. 그것은 사람이 여럿 가는 것이 아니고 뒷사람은 앞사람을 묵묵히, 앞사람은 그 앞사람을 또 묵묵히 따라 마치 소들끼리 줄지어 밤길을 가는 것만 같다. 그것도 다른 소 아닌 황소들끼리.[3]

아버지와 동네사람들이 황소들 같다는 바우의 생각은 호랑이로부터 주인총각을 구한 황소이야기와 자연스럽게 이어지면서 그들의 힘에 대한 신뢰감이 반영되어 있다. 한때는 순사에게 매를 맞고 비굴하게 끌려가던 어른들이었지만, 부당한 요구에 적극적으로 대항하러 가고 있는 오늘만은 그들이 자신을 무서움에서 지켜주고 자신의 세계를

---

3) 위의 책, p. 117.

보호해 줄 존재로 여겨지는 것이다.

마침내 여러 마을에서 모인 소작인들이 경찰서를 불지른 뒤 김대
통 영감네를 쳐들어 갔고, 바우는 먼 곳에서 달도 별도 없는 밤에 한
무더기의 별처럼 빛나던 김대통 영감네가 촛불마저 꺼지고 암흑으로
변하는 광경을 목격한다. 이 마지막 장면은 바우에게 있어서 허위로
가득 찬 세계가 사라지고, 정의로운 세계의 도래를 암시하는 일종의
통과제의의 순간이다.

> 김대통 영감은 비로소 생각난 듯이 촛불을 입 앞에 당기어다가 헉헉거리
> 는 입김으로 분다. 늘어진 코끝이 마지막으로 빛나고 껌벅 불빛과 함께 어
> 둠 속으로 사라진다. 거기에는 다시는 그 흔들거리는 손도 그 크디큰 대통
> 도 없었다.4)

마을사람들로부터 자신의 위치를 숨기기 위해 촛불을 끄고 있는
김대통 영감은 이제 더 이상 미닫이 유리창 너머로 쩌렁쩌렁하게 고
함을 지르고 크디큰 대통을 휘두르던 강자나 권력자가 아니다. 오직
목숨을 부지하기 위해 자신의 모습을 감추는 가련한 약자이자 도망자
일 뿐이다. 비로소 바우는 순박하고 성실하게 살아가는 동네사람들의
세계와 돈과 권력으로 그들을 착취하던 김대통 영감의 세계 사이의
모순, 약자의 비굴함과 강자의 음험함 속에서 느끼던 정신적 혼란스
러움에서 벗어나 정상적인 삶의 질서와 진실을 확인하고 있다.

이처럼 <황소들>은 농민들의 소작쟁의라는 사회적이고 시대적인
문제를 소재로 선택하고 있으면서도, 그것을 직접적으로 제시하지 않
고 세상에 대한 호기심을 지닌 열세 살 난 아이의 눈과 의식을 통해
간접적으로 그리고 있다. 이것은 대상세계와의 감정적 거리를 적절히

---

4) 위의 책, p. 136.

유지하면서 사회적 모순을 오히려 부각시키는 독특한 서사효과를 낳고 있다. 왜냐하면 어른 세계의 부조리와 모순은 현실과 타협할 줄 모르는 순수한 아이의 시각에서 보다 명확하게 노출될 수 있기 때문이다.

이처럼 황순원은 시대적인 모순이나 현실의 폭력성과 같은 사회의식이 강한 소재를 소설화할 때조차도 그것을 목소리 높여 비판하거나 고발하는 방법을 취하지 않는다. 대신에 작가 고유의 문학적인 장치를 이용한 예술적 형상화를 통해 간접적인 방법으로, 하지만 보다 효과적으로 주제를 드러내는 데 주력하는 작가인 것이다.

## 3. 군중심리의 가학성에 대한 우회적인 비판 : 〈몰이꾼〉

〈몰이꾼〉(1948)은 남의 집 물건을 훔쳐내기 위해 그 집과 통하는 하수도 구멍으로 들어가는 아이들을 사람들이 목격하게 되고, 다른 아이들은 이미 도망간 상황에서 미처 하수도에서 빠져 나오지 못한 한 아이를 혼내주기 위해 구경꾼들이 기다리고 있는 상황을 그리고 있는 단편이다. 표면적인 이야기를 좇아가다 보면, 이 작품에서 작가는 거리의 아이들의 영악하고 범죄적인 행태를 고발하고 있는 것처럼 보인다. 하지만 꼼꼼히 읽어보면, 작가 황순원이 실제로 문제 삼고 있는 것은 구경꾼들의 무책임하고 무분별한 군중심리이다. 표면 스토리와 실제 의도된 주제 사이의 이러한 불일치는 이 작품 전체를 아이러니한 분위기로 이끌고 있다.

이러한 서술의 아이러니를 보이는 데 결정적인 역할을 하는 것이 화자의 신뢰할 수 없는 서술태도[5]이다. 〈몰이꾼〉의 화자는 서두를 다음과 같이 시작한다.

애놈 셋이 청계천 속에 들어가 허리를 구부리고 돌아가고 있다. 검은 개천물처럼 땟국에 절은 누더기옷들을 걸쳤다. 누가 봐도 첫눈에 거리의 애들이 분명했다.6)

이러한 화자의 단정적 진술은 객관적인 정보라기보다는 구경꾼들의 선입견을 대변하는 서술이다. 화자의 이러한 서술은 독자로 하여금 그들을 일방적으로 거리의 애들로 간주하도록 유도한다. 하지만 이것은 정확한 정보가 아닐 수 있다. 왜냐하면 화자의 단정이 단지 그 아이들의 "땟국에 절은 누더기옷들"에서 도출되고 있기 때문이다. 따라서 그 아이들이 하수도 구멍을 놀이터로 삼고 있는 순진한 동네 아이들일 가능성도 얼마든지 있다. 결과적으로 이러한 화자의 무책임한 판단은 스토리 속에 등장하는 구경꾼들의 태도와 엮이면서 상황을 점점 아이러닉하게 몰고 간다.

아이가 나오기를 기다리며 구경꾼들은 남의 집 물건을 도둑질하고, 거리에서 소매치기를 하며, 양키물건을 훔쳐낸다는 거리의 아이들에 대한 얘기를 주고 받는다. 그 과정에서 그들에 대한 일반화된 분노는 하수도 안에 있는 아이에 대한 분노로 전이되고, 그 아이를 혼내주어야 한다는 집단 심리는 증폭된다. 마침내 화자는 거리의 아이들을 비난하는 구경꾼들의 말투를 흉내내어 그 아이를 '깍쟁이놈'으로 부르고, 이러한 화자의 서술태도까지 가세하여 이 소설은 그 아이를 완전히 흉악한 범죄자로 몰고 간다. 특히 화자는 작중인물들의 내면세계를 들여다 볼 수 있는 전지적인 화자임에도 불구하고, 하수도 속에

---

5) 일반적으로 화자의 신뢰할 수 없는 서술의 원인은 화자의 제한된 지식, 그의 개인적 연루관계, 그리고 화자의 문제성 있는 가치기준 등에 있다. (S. 리몬-케넌,『소설의 시학』, 최상규 역, 문학과지성사, 1985, p. 149 참조)

6)『황순원전집(3)』, 문학과지성사, 1981, p. 105.

있는 아이의 입장이나 도망간 아이들의 상황을 전혀 알려주지 않는다. 대신에 구경꾼들의 시각과 군중심리를 보다 합리화시켜주는 데에만 충실한다.

마침내 구경꾼들은 아직도 하수도 속에서 나오지 않는 아이를 끌어내기 위해 잔인한 방법들을 강구하기 시작한다.

  --저 간나새끼 놀라서 게바라나오게(기어나오게) 빈 총이래두 한방 탕하
니 쐈으믄 좋겠다.
  아마 카빈총이라도 생각한 것이리라.
  거기 모인 청년들도 참 저놈의 하수도 구멍에다 대고 총을 한 방 요란하
게 쏴봤으면 멋이 있으리라는 생각들을 해본다.[7]

이렇게 잔인한 말과 생각을 하고 있는 구경꾼들은 그 잔혹성을 의식하지 못한 채 막연한 호기심과 흥미만을 증폭시키고 있다. 자신과 직접 관련되지 않은 문제에, 더욱이 집단적으로 행해지는 가학에 대해 무책임하고 비인간적인 반응을 보여주고 있는 것이다.

"쏜다, 안 나오믄!" 하고 호령치는 구경꾼들의 관심은 이제 그 아이를 끌어내 나쁜 버릇을 혼내주겠다는 도덕적 동기를 넘어선다. 그 속에 있는 아이가 어떤 아이든 상관없이 그 아이를 끌어내는 문제 자체에만 관심과 흥미가 집중되는 것이다. 그 결과 그 아이를 끌어내기 위하여 그들이 선택한 방법이 하수도 속으로 물을 흘러내리는 것이다. 하지만 "하수도 구멍 안의 구정물이 씻기어 아주 말짱한 물이 그대로 쏼쏼 쏟아져"[8] 나올 때까지도 그 아이의 옷가지만 흘려내려 왔을 뿐 그 아이는 나오지 않는다. 그러자 구경꾼들의 심리는 더욱 잔

---

7) 위의 책, pp. 110~111.
8) 위의 책, p. 111.

인한 흥미에로 이끌린다. 그 아이를 끌어내리려는 자신들의 잔인한 방법과, 끝까지 버티고 있는 아이의 '영악함'과의 한 판 대결이라는-.

　　그러자 문득 사람들의 마음도 변하고 만다. 여지껏은 이제 깍정이놈이 하수도 구멍으로부터 기어나오고야 말리라는 데 흥미와 호기심을 일으켜온 대신에, 이번에는 깍정아 영악하려거든 끝까지 영악해서 한번 죽는 한이 있더라도 나오지 말아보아라 하고, 좀더 오래오래 견디라는 데 흥미를 붙이는 것이었다.[9]

　이제 구경꾼들에게 있어서 아이는 하수도에 갇힌 채 겁에 질려 있는 어린아이가 아니다. 그들의 방법이 잔인해지면 질수록 더욱더 자신의 생존을 위해 영악해 질 수 있는 기괴한 괴물—그리하여 그들의 잔인성을 부추기는—로 간주된다. 하지만 구경꾼들의 흥미와 호기심이 절정에 다다를 즈음 아이는 시체가 되어 하수구에서 떠내려온다. 실제 그들이 떠들어댄 것처럼 아이는 깍정이도, 영악한 아이도 아니었고, 궁지에 몰린 상황을 벗어날 엄두조차 못낸 한갓 겁 많은 어린아이에 불과했던 것이다.

　결국 작가는 <몰이꾼>이라는 제목에서도 암시하고 있듯이, 사태를 제대로 알지도 못하면서 단순한 호기심과 군중심리에 편승하여 저지른 구경꾼들의 무분별한 행동이 어떻게 한 소중한 생명을 죽음으로 몰아가는가를 드라이한 문체로 그리고 있다. 이 작품의 결말이 더욱 충격적으로 받아들여지는 것은, 구경꾼들의 시각과 사고를 중심으로 서술하고 있는 화자의 정보 및 서술태도가 사실은 신뢰할 만한 것이 아니었다는 것을 독자는 나중에야 알아채게 되기 때문이다. 다시 말해 독자는 이 작품을 읽는 내내 구경꾼과 동일시되어 하수구 안의 아

---

9) 위의 책, pp. 115~116.

이를 협박하고, 가학하며, 마침내 죽음으로까지 몰아간 공범자였다는 결말에서야 깨닫게 된다. 바로 이러한 신뢰할 수 없는 서술은 이 작품의 비극성을 강화하는 데 결정적인 역할을 하고 있다.

## 4. 분노를 감싸안는 정신의 곡예 : 〈곡예사〉

황순원은 역사적인 사건이나 현실적인 제재를 선택하더라도 그것을 이념적, 사회적인 시각으로 다루지 않고 대개 인간 본성의 해명에 초점을 맞춤으로써 역사적 성격을 희석시키는 수법에 능한 작가이다. 그런데 그런 일반적 경향에서 벗어나 6·25 한국전쟁 당시의 피난살이의 어려움을 본격적으로 다룬 작품이 있는데, 그것이 바로 전쟁이 초래한 비극적인 삶을 폭로하고 있는 단편 <曲藝師>(1951)이다.

"<곡예사> 이것을 쓰면서 나는 나 개인의 반감, 증오심, 분노 같은 것을 억제하기에 저으기 노력해야만 했다"[10]고 후기에서 고백하고 있듯이, 이 작품은 작가 자신의 체험담을 소설화했다는 차원을 넘어서서, 황순원이라는 작가 이름이 작중인물의 이름으로 그대로 등장하고 있다. 이것은 피난 체험 시기와 창작된 연대 사이에 시간적 거리가 거의 나지 않는 점으로 보아 '미학적 거리'[11]를 유지하기가 쉽지 않았음을 짐작하게 만든다. 아마도 작가는 피난지에서 겪은 비참한

---

10) 『황순원전집(2)』, 앞의 책, p. 318.
11) '미학적 거리'는 독자나 관객이 작품의 인공성을 잊어버리고 그 속에 몰두할 수 있는 정도를 가리키는 용어이다. 예컨대 독자나 관객으로 하여금 자신이 현재 접하고 있는 것은 美的 대상이지 실인생이 아니라는 것을 의식하게 해주는 것은 무엇이건 미학적 거리를 넓혀 놓는다. (웨인 C. 부우드, 「거리와 시점」, 김병욱 편/최상규 역, 『현대소설의 이론』, 대방출판사, 1984, p. 343 참조)

체험과 인간적 분노를 삭이고, 자신의 마음을 다스리는 방법으로 피난체험의 소설화를 시도한 것이 아닌가 싶다.

<곡예사>는 피난 와서 어쩔 수 없이 얹혀 사는 '나'의 가족들에 대한 주인집 식구들의 비인간적인 박대와 굴욕적인 취급이 몇 가지 에피소드를 통하여 점층적인 색채를 띠며 그려진다. 하지만 얹혀 사는 가족의 가장이자 스토리 내적 화자이기도 한 '나'는 주인집의 몰인정하고 야비한 행동들에 대해 감정적으로 폭발하거나 비난하지 않는다. 대신에 반어적인 도덕적 논평을 통해 원망과 분노를 속으로 삭이는 역설적인 태도를 보인다.

> (...) 역시 그때 그 신발 한 짝은 이댁 셰퍼드란 놈이 물어다 팽개친 것임에 틀림없다. 그처럼 날을 받아 절에 가서 불공을 드리는 노파가 사는 이댁에서, 그같은 몰인정한 짓이야 꿈엔들 할까보냐.[12]

> 실은 이 점이 이 노파로 하여금 자신이 말한 인간은 인간다운 행실을 해야한다는 것을 몸소 실천해 뵈는 대목이 아닌가 한다. 왜냐하면, 거기다 거적닢을 치게끔 분부를 해놓았으니, 진드기 아닌 우리가 오줌똥을 안 눌 수는 없고, 실로 면목이 없는 행실이나 거기 대소변을 보지 않을 수 없었다는 걸 잊지 않은 점에서. 그리고 한걸음 더 나아가 지금 우리가 들어있는 곳이 실은 사람이 살 방이 아니라, 구공탄이나 들일 헛간이란 걸 밝혀준 점에서.[13]

> 그저 문제는 바로 그날로 방을 비워달랬다는 사실인데, 이것은 그 날짜들이 우연히 합치된 것으로 보는 게 온당할 것 같다. 그만한 분이 처제가 안면을 빈 분의 인사 이동으로 말미암은 앞으로의 자기 직업적인 이해타산만을 생각하여 조급하고도 노골적인 그런 행동으로 나왔다고는 볼 수 없는 까닭에.[14]

---

12) 『황순원전집(2)』, 앞의 책, p. 256.
13) 위의 책, p. 257.

위의 예들은 주인집 딸의 병이 '나'의 딸 선아에게 옮아가라고 선아의 신발 한 짝을 주인집에서 가져간 사건, 그리고 '나'의 가족들이 살고 있는 방을 헛간으로 쓰기 위해 당장 비워달라고 한 사건 등에 대한 '나'의 해석과 논평이다. 여기에는 주인집 식구들에 대한 직접적인 비난이나 감정적인 표현은 거의 나타나지 않는다. 오히려 그들의 행동을 몰인정하고 비인간적으로 해석할 수밖에 없는 상황이 제발 오해이기를 바라는 마음으로 가득 차 있다. 한 마디로 '나'는 분노해야 할 상황에서조차 분노의 대상에 대한 이해를 끝까지 포기하지 않는 정신적 자세를 견지한다. '나'의 이러한 정신적 대응은 자신의 분노를 다스리기 위한 방편이자 인간에 대한 신뢰를 포기하고 싶지 않는 마음에서 비롯된다. 바로 작가 황순원의 정신적 기질을 그대로 상기시켜주는 부분이다. 이 작품이 신변 체험의 개인적 이야기에 머물지 않고 진한 문학적 감동을 안겨주는 것은 이처럼 '나'와 가족들이 보여주는 삶의 긍정적인 자세와 건강한 웃음 때문이다.

한편 서술기법의 측면에서 보면 이것은 화자가 소설세계와의 심리적 거리를 유지하려는 객관적 태도의 산물이다. 작중인물이기도 한 화자는 개인적으로 연루되어 있기 때문에 자칫하면 소설 속의 사건들에 대한 주관적인 해설자로 머물기 싶다. 즉 가족들의 입장에 서서 주인집의 횡포를 고발하고 성토하는 데만 매달릴 수 있다. 하지만 화자인 '나'는 아내에게서 들은 주인집 식구들의 몰인정한 행동에 대해 시종일관 반어적인 도덕적 논평으로 대응함으로써 자신의 분노와 증오심, 반감 등을 최대한 억제하는 객관적인 서술태도를 유지하고 있다.

'나'가 이렇게 자신의 감정을 억제하고 거꾸로 주인집 식구들을

---

14) 위의 책, p. 258.

옹호하려 할 때 일어나는 효과는 독자로 하여금 대신 주인집 식구들에 대해 분노하고 증오하게 만든다는 것이다. '나'의 생각과 가족들의 태도가 정중하면 할수록 주인집 식구들의 몰지각한 행동은 상대적으로 더 깊은 분노와 환멸감을 독자에게 불러일으킨다. 그 결과 피난살이의 어려움과 주인집의 비인간적인 행태는 보다 생생하게 독자에게 전달되고 있는 것이다.

그럼에도 불구하고, 이 작품에는 신산한 피난살이 속에서도 인간에 대한 신뢰와 긍정적인 삶의 자세를 포기하지 않는 작가 황순원의 따스한 시선이 고스란히 담겨 있다. 특히 피난살이의 비정상적이고 아슬아슬한 삶을 '곡예'에 비유하고 있는 마지막 부분은 문학적 상상력의 탁월함과 함께 마음의 평정을 잃지 않는 정신적 자세를 엿볼 수 있게 함으로써 독자에게 진한 문학적 감동을 안겨주고 있다.

> 그러다가 문득 나는 곡예사라는 말을 떠올렸다. 오라, 지금 나는 진아를 어깨에 올려놓고 곡예를 하고 있는 것이다. 그러고 보면 진아도 내 어깨 위에서 곡예를 하고 있고, 선아는 나비의 곡예를 했다. 남아는 자전거 곡예를 했다. 이 남아는 이제 몇 센트의 군표를 위해 그 꼬마와 같은 지랄을 해야 하는 것도 일종의 슬픈 곡예인 것이다. 그리고 동아의 풀리즈 쌜투미도 그런 곡예요, 이들이 가슴이나 잔등에서 또는 허리춤에서 담배보루며 껌꽉을 재빨리 꺼내고 넣는 것도 훌륭한 곡예의 하나인 것이다. 이렇게 해서 이들은 황순원곡예단의 어린 피에로요, 나는 이들의 단장인 것이다.[15]

작품의 결말 부분에 나오는 위의 내용은 피난살이의 어려움을 곡예단의 곡예로, 가장으로서 느끼는 무력감을 초라한 곡예단의 단장의 비애로 비유적으로 표현하고 있다. 여기서 '나'는 자식들이 동요를 부

---

15) 위의 책, p. 271.

르며 즐겁게 뛰노는 모습과 밖에 나가 껌과 담배를 팔며 상술을 익혀야 하는 비정상적인 현실을 대비시키며 그것이 한순간의 삶의 곡예로 끝나기를 희구하고 있다. "그저 원컨대 나의 어린 피에로들이여, 너희가 이후에 각각 자기의 곡예단을 가지게 될 적에는 모쪼록 너희들의 어린 피에로들과 더불어 이런 무대와 곡예를 되풀이하지 말기를 바란다"는 '나'의 독백은 시대적 불행과 타인에 의한 고통을 가장인 자신의 탓으로 돌리고자 하는 정신적 순결성을 그대로 보여준다.

그런 점에서 <곡예사> 역시 전쟁으로 인한 피난살이의 고충을 리얼하게 묘사하고 있지만, 그를 바라보고 해석하는 작가의 눈과 의식은 타자로 인한 피해의 폭로보다는 자신을 시험하고 자기 성숙을 꾀하고자 하는 작가의 부단한 정신적 대결의지와 연결되고 있다.

## 5. 나오는 말

이상 해방 후 몇 년 사이에 창작된 작품들을 중심으로 황순원의 창작기법과 작품 세계를 살펴 보았다.

황순원은 "작품다운 작품을 쓰지 못할 바에는 오히려 안 쓰는 편이 낫다는 작가적 양심이 그저 쓰고 싶다는 욕심 앞에 제발 무릎을 꿇지 않기를" 바란다고 창작에 임하는 자신의 자세를 피력한 적이 있다. 이는 다른 말로 소설 속의 메시지는 문체, 화자의 서술방법, 플롯 구조 등 문학적 장치를 통하여 예술적 감동으로 승화되어야 함을 의미한다. 그렇기 때문에 그에게 있어 특정 작품에서의 소설적 형상화의 방법은 더 이상 다른 작품의 형상화 방법이 될 수 없다. 그는 끊임없이 새로운 방법, 새로운 예술적 장치들을 추구하고 실험하는 장인이기 때문이다.

그럼에도 불구하고 다양한 소재, 새로운 창작원리를 통해 그가 구현하고자 하는 주제는 한 범주로 묶여진다. 개인의 진실과 정신적 가치에 손상을 입히는 현실의 은밀한 음모들에 대한 발견과 폭로이다. 그러나 그 발견과 폭로는 하나의 과정일 뿐, 작가가 궁극적으로 지향하는 주제는 인간으로서의 양심과 타인에 대한 연민, 소망스런 삶의 공간의 회복이다.

결론적으로 황순원은 그냥 지나치기 쉬운 일상의 사건 속에서 인생의 참된 진실을 건져내는 혜안을 지닌 작가이며, 역사적 사건을 다루더라도 그것을 개인적인 차원으로 끌어내려 역설적으로 그 비극성을 실체화시키는 작가라 할 수 있다. 이러한 그의 문학적 특질이 작가로서의 철저한 장인의식, 자신에 대한 엄정한 태도, 타인의 불행에 대한 참된 연민을 바탕으로 하고 있음은 물론이다. 그러기에 우리는 작가 황순원의 작품에서 모난 세상을 섬세한 감성으로 둥글리는 한 匠人의 이미지를 발견하게 된다. 그래서 그의 소설을 덮는 순간 우리의 가슴에는 따스한 감동이 피돌기를 타고 내리고 오래오래 달뜨게 되는 것이 아닌가 생각해 본다.

## 참고문헌

I. 자 료

『黃順元全集(2)』, 문학과지성사, 1981.

『黃順元全集(3)』, 문학과지성사, 1981.

## Ⅱ. 연구 논저

김병욱 편·최상규 역, 『현대소설의 이론』, 대방출판사, 1984.

김병익, 「순수문학과 그 역사성」, 『황순원전집(12)』, 문학과지성사, 1985.

김상태, 『문체의 이론과 해석』, 새문사, 1984.

김용성·우한용, 『한국근대작가연구』, 삼지원, 1985.

김윤식, 『한국현대문학사』, 일지사, 1976.

김종구, 「한국소설의 서술시점 연구」, 서강대학교 대학원, 1975.

박해경, 「황순원 소설의 미학」, 이화여자대학교 대학원, 1971.

이재선, 『한국현대소설사』, 홍성사, 1984.

조기원, 「현대단편소설의 문체론적 연구」, 고려대학교 교육대학원, 1982.

천이두, 『한국현대소설론』, 형설출판사, 1983.

황순원, 『말과 삶과 자유』, 문학과지성사, 1985.

S. 리몬-케넌, 『소설의 詩學』, 최상규 역, 문학과지성사, 1985.

웨인 C. 부우드, 『소설의 수사학』, 최상규 역, 새문사, 1985.

퍼어시 러보크, 『소설기술론』, 송욱 역, 일조각, 1960.

Chatman, S., *Story and Discourse,* Ithaca and London : Cornell Univ. Press, 1983.

Lanser, Susan S., *The Narrative Act,* Princeton : Princeton Univ. Press, 1981.

Uspensky, Boris, *A Poetics of Composition*, Berkeley : Univ. of California Press, 1973.

제
3
부

근대성의
탐색과
장르혼합적
양상

# Ⅰ. 주체의 자율화와 서사기법의 근대성 탐색

— 《혈의 루》 와 《추월색》, 《무정》 을 중심으로 —

## 1. 들어가는 말

한국문학의 근대성에 대한 논의는 신문학이 처음 형성된 한 세기 전부터 지금까지 지속적으로 이어지고 있다. 조동일·조병기·서연희 [1]는 근대문학에 대한 논의가 크게 네 가지 방향으로 진행되어 왔다고 지적한다. 첫째, 신문학 또는 현대 문학이라는 이름으로 거론된 근대 문학이 과거의 문학과는 아주 다르다는 점을 강조하기 위해서, 둘째, 이식 문학론을 극복하고, 국문학의 지속적인 전개에서 근대 문학이 자생적으로 생겨나고 형성되었음을 논증하기 위해서, 셋째, 아직까지 근대 문학이 확립되지 않았다는 명제를 들어서 오늘날의 문학을 비판하려는 입장으로, 근대 문학을 실현하기 위한 실천적인 활동이 요구된다고 주장하기 위해서, 그리고 넷째는 근대 문학의 한계를 인식하면서 그 다음 단계의 문학에 관심을 돌리기 위해서도 근대 문학의 특징과 형성 과정을 명확하게 파악할 필요가 있다는 시각이 그것이다.

위의 네 가지 연구 방향은 한국의 근대문학을 바라보는 학자들의

---

1) 조동일·조병기·서연희, 「한국 근대문학 형성 과정론 연구사」, 한국고전문학연구회 편저, 『近代文學의 形成過程』, 문학과지성사, 1983, pp. 34-35 참조.

인식의 변화과정을 그대로 반영한다. 지금까지 근대성 논의는 전통단 절론 및 이식문학론에서 자생적 근대화론으로, 그리고 한국의 근대문 학에 대한 비판적 성찰로 이어져 왔다. 거기에 활발히 전개된 탈근대 성의 담론에 힘입어 최근에는 근대의 내부에서 근대의 모순을 발견하 고, 근대의 외부에서 근대의 특질을 규정하려는 연구가 풍성하게 이 루어지고 있다. 이것은 한국의 근대성 혹은 근대문학이 지닌 특수성 과 보편성을 총체적으로 탐색하려는 의도에 다름 아니다.

이 과정에서 1900년대를 전후한 개화기가 새로운 연구 대상[2]으로 떠오르고 있다. 그것은 근대가 처음 시작된 '기원의 공간'으로서, 그 시기의 문학과 사회·문화적 코드에 대한 연구가 선행되지 않고서는 한국의 근대성을 규명하기 어렵다는 연구자들의 공통된 인식에서 비 롯된다. 이러한 인식의 변화는 그 과도기적 특성으로 인하여 고전문 학에서도, 현대문학에서도 관심의 대상에서 제외됐던 개화기 문학이 근대문학의 기원으로서 새로운 문학사적 가치를 획득하게 되었음을 보여준다.[3] 이는 최초의 근대 장편소설로 간주되는 이광수의 《無 情》조차, 작품에서 제시한 "이상주의적 이념이 진정한 산문 정신에 토대로 한 게 아니라 문학청년 이광수의 감상적 정열의 반영에 불 과"[4]했고, "계몽적 설교가로서의 이광수 자신의 모습이 너무 지나치

---

2) 이 시기에 대한 연구 성과로는 다음과 같은 것이 있다.
　· 최혜실, 「개화기 근대 정신과 자유 연애 결혼 : 『혈의 누』와 『추월식』을 중심으로」, 『현대문학이론연구』제10집, 현대문학이론학회, 1999.
　· 권영민, 『서사양식과 담론의 근대성』, 서울대학교 출판부, 1999.
　· 고미숙, 『한국의 근대성, 그 기원을 찾아서 : 민족·섹슈얼리티·병리학』, 책세상, 2001.
　· 권보드래, 『한국 근대소설의 기원』, 소명출판, 2002.
3) 고미숙은 개화기 혹은 애국계몽기로 불려지던 1894년에서 1910년까지의 시 기를 근대 계몽기로 지칭함으로써 그 시기의 근대적 성격을 강조한다.(고미 숙, 위의 책, pp. 10-11 참조)

게 작중의 표면에 노출되고 있다"[5]는 이유로 근대소설로서의 적격 여부를 의심받았던 기존의 연구 풍토를 생각할 때, 다소 당혹스럽기조차 하다.

하지만 서구의 근대문학을 잣대로 하여 한국의 근대문학을 규정하려 했던 기존의 태도에서 벗어나, 20세기 초 한국이라는 특수한 공간에서 형성된 근대문학의 특질을 규명하고자 할 때, 전대(前代)문학과 변별되는 장르적 특성 및 사회적 기능을 보여주는 개화기 문학에 관심을 갖게 되는 것은 당연한 현상이다. 다양한 계승, 단절, 도약의 과정을 보여 주었던 개화기 문학의 특질을 심도 있게 분석할 수 있을 때 "전통단절론과 자생적 근대화론의 편향성을 넘어서는 역동적이고 탄력적인 시각을"[6] 획득할 수 있기 때문이다. 아울러 근대성을 "상충되는 요소들이 갈등과 화해를 반복하면서 끝없이 운동해 가는 역동성과 개방성"[7]을 지닌 것으로 이해할 때, 한국 문학에서 나타나는 근대성의 아이러니 및 특수성을 올바로 해명할 수 있다.

개화기는 일제의 침략으로 국권 상실의 위기에 처하여 이를 극복하기 위한 자주독립의식과 외세에 대한 저항의식을 고취시키려는 애국운동이 활발히 전개된 시기이다. 아울러 조선조 봉건사회의 모순과 병폐가 드러나고 서구 문화의 충격이 더해지면서 새로운 근대문화의 수립이 시대적 과제로 요구되던 시기이기도 하다. 이처럼 애국과 계몽이라는 서로 상충되는 두 개의 이념이 절대절명의 시대적 과제로 떠오르면서 당대의 지식인 계층은 그 두 가지 중의 하나를 자신의 시

---

4) 천이두, 『한국현대소설론』, 형설출판사, 1983, p. 86.
5) 위의 책, p. 88.
6) 나병철, 「한국문학 근대성 논의의 성과와 전망」, 『현대문학이론연구』제10집, 현대문학이론학회, 1999, p. 20.
7) 위의 논문, p. 24.

대적 사명으로 선택해야 했다. 그 과정에서 일본이 주도하고 친일적 양반 계층에 의하여 진행된 근대적 개혁 및 제도화는 결과적으로 반일 · 반외세적인 애국 세력을 반근대적 보수 쪽에 서게 하는 모순을 낳게 된다. 즉 "애국주의와 근대화 운동과의 괴리는 <反帝救國>과 <개화>와의 불상용의 관계를 가져왔고, 결과적으로 보수 세력과 민족주의를 야합시켰고, 새로운 사대주의와 근대화 세력을 야합시켜 서로의 대립을 더욱 심화"[8]시키는 결과를 낳았다.

이러한 양상은 당시의 개화기 문학에도 그대로 적용된다. 개화기 소설의 경우, 외세에 대한 저항 및 자주독립의식을 고취시키고자 했던 작가들은 역사 · 전기소설류를 주로 창작했고, 문명개화 및 근대의식을 지향했던 작가들은 소위 신소설류를 창작했다. 그 결과 전자에 해당되는 신채호의 <이순신전>(1909), 우기선의 <강감찬전>(1909) 등 자주독립이라는 시대정신을 담아낸 역사 · 전기류의 소설들은 조선조의 '列傳'이나 '傳'의 양식을 그대로 차용함으로써 형식면에서는 전대소설의 영향을 벗어나지 못하고 있다. 반면에 후자에 해당되는 이인직의 《血의 淚》(1906), 《鬼의 聲》(1906), 이해조의 《鬢上雪》 (1908), 최찬식의 《秋月色》(1912) 등의 신소설은 '新'이라는 접두사가 붙은 장르 명칭에서 예견되듯이 내용이나 형식 모두에서 새로운 면모를 보여 준다. 즉 자유결혼, 남녀평등, 풍속개량 등 근대적 이념을 드러낼 뿐만 아니라, 형식면에서도 도식화된 플롯이나 서술방식에서 탈피하고, 소재의 현실성이 강조되는 등 전대소설과는 뚜렷한 차이를 나타낸다. 결국 과거의 풍속과 제도를 비판하는 데는 열의를 보이면서도 정작 자주 독립을 위협하는 외세의 침략에 대해서는 무감

---

8) 황패강, 「한국 문학사와 근대 : <근대>의 기점 설정을 위한 시고」, 한국고전문학연구회 편저, 『近代文學의 形成過程』, 문학과지성사, 1983, p.66.

각한 태도를 보인 "정신적 불건강성"9)에도 불구하고, 문학 내부에서 볼 때 근대문학의 기원을 열은 주체는 신소설 작가들인 셈이다.

　본 논문의 목적은 한국문학의 근대성을 소설의 서사기법을 중심으로 고찰하는 데 있다. '무엇을 말하고 있는가'가 아니라 '어떻게 표현되고 있는가'를 분석함으로써 근대적 서사기법이 형성되는 과정을 추적하려는 것이다. 이 경우 예술가로서의 자의식은 근대작가의 주요한 요건으로 부각된다. 즉 작가가 스토리 세계를 효과적으로 표현, 전달할 수 있는 다양한 서사기법을 '의도적'으로 선택, 시도하고 있는가, 시도하고 있다면 그 기법은 구체적으로 어떤 것인가에 분석의 초점이 맞추어진다. 따라서 근대적 서사기법의 형성 과정을 추적하는 작업은 예술가로서의 자의식이 결여됐던 조선조 소설과는 달리 새로운 시대정신을 담기 위해 새로운 형식을 추구하기 시작한 신소설부터 고찰하게 될 것이다. 구체적으로 이인직의 《血의 淚》 및 최찬식의 《秋月色》, 그리고 이광수의 《無情》을 주요 텍스트로 하여, 조선조 소설과의 대비를 통해 서사기법의 근대성을 구명하게 될 것이다.

## 2. 소설의 서두와 문체의 변화

　근대의 개념을 규정할 때 전제되어야 하는 것은 먼저 "근대는 時差와 지역적 특수성에 따라 상당한 변이를 거쳐 온 동적 개념이므로 서구의 과거 완료형 근대像에 비추어 정태적으로 파악되어서는 안 된다"10)는 점이다. 아울러 근대는 "사회의 모든 측면에서 각기 상이한

---

　9) 위의 논문, p. 68.
　10) 김명호, 「근대 문학론의 기본 쟁점 : 일반 이론의 측면에서 본」, 한국고전문학연구회 편저, 앞의 책, p. 82.

방식으로, 그러면서도 상호 연관적으로 일어난 변화를 집약한 총체적 개념"11)이므로, 그 중의 어느 한 모멘트만을 중시해서는 안 된다는 것이다. 따라서 한국문학의 근대성을 탐색함에 있어서도 "근대 사회의 총체적 구조 속에서 문학이 문학 이외의 현실과 맺고 있는 상호관계, 환언하자면 문학 내적 근대성과 문학 외적 근대성의 대응 양상을 역사 발전의 동적 시각에서 조명"12)하려는 태도가 요청된다

문학은 삶의 구체적인 경험을 구체적인 언어로써 포착하려는 의식 활동이다. 구체성이 중요한 것인 한에 있어서, 경험 자체가 추상적이거나 언어의 발달에 있어서 구체적인 언어의 마련이 없을 때에 경험의 문학화는 불가능한 것이다.13) 한국문학의 근대화 과정에서 작품으로서의 미성숙한 면모를 접하게 되는 것은 작가 자신의 역량의 한계라기보다는 국민의 구체적인 삶이 근대적인 성장을 이루지 못한 데 기인하는 것으로, 즉 문학의 조건의 미성숙으로 이해해야 할 것이다. 중요한 것은 부분적이나마 미학적 효과를 창출하기 위하여 전대의 창작기법과는 다른 새로운 기법을 추구하고 있는가 하는 점이다.

이러한 인식을 전제로 조선조 소설과 신소설, 이광수의 《無情》 사이에 나타나는 서사기법의 변별성을 검토해 보기로 한다. 먼저 소설의 서두를 볼 때 전대(前代)소설과 신소설 이후의 작품은 분명한 차이를 드러낸다.

　㉮ 화설, 조선 인조대왕(仁祖大王) 시절에 한양 안국방(安國坊)에 한 명사가 있으니, 성은 이(李)요, 이름은 득춘(得春)이요, 자는 문채(文采)니, 대대(代代) 명문거족(名門巨族)으로, 일찍이 용문(龍門)에 올라 벼슬이 이조참판(吏曹

---

11) 위의 논문, p. 82.
12) 위의 논문, p. 87.
13) 김우창, 「韓國 現代小說의 形成」, 『궁핍한 시대의 詩人』, 민음사, 1985, p. 75.

參判)·홍문관(弘文館) 부제학(副提學)에 이르니, 공의 위인(爲人)이 충효(忠孝) 공겸(恭謙)하고 인후(仁厚) 활달(豁達)하니, 명망이 일국에 진동하더라.[14]

㉯ 일청전장의 총쇼리는 평양 일경이 떠느가는 듯ㅎ더니 그 총쇼리가 긋치미 사룸의 쥬취는 쓰너지고 샨과 들에 비린 씌끌쑨이라
평양성 외모란봉에 써러지는 져녁볏은 누엿누엿 너머가는디 져희빗을 붓드러미고시푼 마음에 붓드러미지는못ㅎ고 숨이 턱에 단드시 갈팡질풍ㅎ는 흔 부인이 나히 삼십이 되락말락ㅎ고 얼골은 분을 짜고 넌 드시 힌 얼골이느 인졍업시 쓰겁게 느리쪼이는 가을볏에 얼골이 익어셔 션잉의 빗이 되고 거름거리는 허동지동ㅎ는디 옷은 흘러느려서 졋가슴이 다드러느고 치마쯔락은 싸혜 질질 쎨려서 거름을 건는 디로 치마가 발피니 그 부인은 아무리 급흔 거름거리를 ㅎ더리도 멀리 가지도 못ㅎ고 허동거리기만 흔다[15]

㉰ 경성학교 영어교사 이 형식은 오후 두 시 사년급 영어시간을 마치고 내리쬐는 유월 볕에 땀을 흘리면서 안동 김 장로의 집으로 간다. 김 장로의 딸 선형(善馨)이가 명년에 미국 유학을 가기 위하여 영어를 준비할 차로 이 형식을 매일 한 시간씩 가정교사로 초빙하여 오늘 오후 세 시부터 수업을 시작하게 되었음이다.[16]

위의 인용의 ㉮에서 보이듯이 조선조 소설의 서두는 삼국지나 기타 중국소설에서 차용한 표현으로 여겨지는 '화설(話說)' 등의 상투어로 시작한다. 그리고 공간적·시간적 배경 및 주인공의 성과 이름 등에 관한 정보 내용만이 다를 뿐 그것을 전달하는 방식은 한결같이 '시간적 배경→공간적 배경→작중인물의 성과 이름→가문→벼슬→명성을 떨침'이라는 도식적인 순서를 보인다. 즉 작가 전지적 시점으로

---

14) <朴氏傳>, 장덕순·김기동 共編, 『古典國文小說選』, 정음문화사, 1984, p. 279.

15) 이인직, 《혈의 루》, 『新小說·飜案(譯)小說(1)』, 亞細亞文化社, 1978, p. 3.

16) 이광수, 《無情》, 『新韓國文學全集(1)』, 어문각, 1976, p. 3.

서술되는 조선조 소설은 천편일률적인 상투적 표현으로 시작되며 따라서 화자의 개성적인 어조와 독창적인 서사행위를 거의 만나보기 어렵다.

반면에 최초의 신소설로 거론되는 ⓘ에 오면, 서두의 분위기는 확연히 달라진다. 똑같이 전지적 시점의 화자임에도 불구하고 여기서는 화자의 독창적인 서술방식이 발견된다. 우선 일청전쟁으로 아수라장이 된 평양의 모습을 원거리로 조망한 뒤, 옷매무새가 흐트러지고 몹시 허둥대는 한 여인의 행동을 객관적으로 세밀하게 묘사한다. 거기에 뜨겁게 내리쬐는 가을볕과 해가 뉘엿뉘엿 넘어가는 저녁 무렵이라는 시간적 배경이 자연스럽게 스며듦으로써 여인이 처한 위기상황을 강화하는 효과를 주고 있다. 한 마디로 신소설에 오면, 상투적이고 추상적인 방법으로 배경 및 작중인물에 대한 정보를 제시하던 전대소설과는 달리, 작중 상황에 대한 독자의 호기심을 유발할 수 있는 방식으로, 아울러 보다 구체적이고 극적인 상황을 창출할 수 있는 방식으로 서두가 제시되는 변모를 보여 준다.

《無情》의 서두인 ⓘ는 세련되고 안정된 문체와 함께 정보의 사실성을 강조하는 특성을 보여 준다. 영어교사 이형식, 김장로의 딸 선형, 미국 유학을 위한 영어 공부 등 당대의 근대적 지식인들의 삶의 일상을 짧은 문장 속에 압축적으로, 그리고 현실감 있게 제시하는 수법은 보통의 수준을 넘어선다. 특히 '오후 두 시', '오후 세 시'와 같은 과학적이고 세분화된 시간 관념의 제시는 현실 묘사의 리얼리티를 획득하는 데 중요하게 작용하고 있음을 알 수 있다. 하지만 서두의 서사기법은 위에서 확인할 수 있듯이 조선조 소설에서 신소설로의 변모에 비하면, 신소설에서 《無情》으로의 변모는 정도의 차이에 지나지 않는다.

또 위에서 발견되는 중요한 요소의 하나가 서술 문체의 변화이다. ㉮의 조선조 소설이 '-더라'체의 종결형을 주로 사용하고 있다면, ㉯의 신소설에 오면 '-더라', '-이라' 등 전대소설의 종결형 외에 '-다', '-ㄴ다'의 종결형이 새롭게 등장하고 있다. 그리고 ㉰의 《無情》에 오면 '-더라', '-이라' 등 전대소설의 종결형은 거의 사라지고, '-다', '-ㄴ다'의 종결형이 보편화되고 있음을 볼 수 있다.

'-더라'를 기본형으로 하는 어투는 직설과 구분되는 회상의 화법이라 할 수 있다. 이때 회상이란 시제상 과거 지향을 함축하는 말이 아니라, 이미 화자의 경험 안에 들어와 있는 일을 지시함을 뜻하는 말이다.[17] 즉 '-더라'체는 모든 일을 이미 알고 있는 화자의 존재를 암시할 뿐만 아니라 모든 사건이 직접 제시되는 것이 아니라 화자의 요약과 논평을 거쳐 전달되고 있음을 드러내는 문체라 할 수 있다. 고전소설의 언문체에서 가장 널리 발견되는 '-더라'체의 종결형은 화자의 단일어조로 모든 담론을 통제하는 데에 효과적이지만, 서사의 공간 안에 배치되는 다양한 인물들이 자기의 개성적인 목소리를 제대로 살려낼 수 없게 하고 모든 언술을 화자의 목소리로 통일시켜 버린다는 한계가 드러난다.[18]

'-다'체는 신소설에서 부분적으로 시도되기 시작한 종결형이다. 당시에는 낯설었던 이 '-다'체는 대개 현장 감각을 강조한 묘사 문장에서 주로 사용되고 있다. 전대(前代)의 관습적 묘사가 약화되고 현실적인 묘사를 활용하기 시작한 것이 신소설의 특징 중 하나였다면 '-다'체는 바로 이 특징과 직결되어 있다. 이때 신소설의 화자는 자신의 전지적 능력을 뒤로 숨긴 채, 현장 목격자 혹은 객관적 관찰자의 입

---

17) 권보드래, 『한국 근대소설의 기원』, 소명출판, 2002, p. 237.
18) 권영민, 『서사양식과 담론의 근대성』, 서울대학교 출판부, 1999, p. 214.

장을 견지한다. 즉 제한된 시·공간에 갇혀 있는 존재로서, 그 시·공간에서 벌어지는 광경을 보여지는 대로 재현하는 역할만을 담당하게 된다. 이 경우 독자는 사건에 대한 정보는 제한적이지만 구체적이고 사실적인 묘사를 통해 사건에 대한 리얼리티와 호기심을 느끼게 된다.

반면에 《無情》에 오면 '-다', '-ㄴ다'의 종결형이 특정한 효과를 위한 것이 아니라 현대적 서술 문체로서 정착되고 있음을 알 수 있다. 여기에 위의 인용에는 나오지 않으나 현대 소설의 기본적인 문법 형태인 '-었(았)다'의 종결형도 본격적으로 나타나고 있다. 예를 들면 "영채는 눈을 감고 얼른 머리를 차 안으로 끌어들였다. 그리고 손에 들었던 명주 수건으로 눈을 씻었다. 그러나 석탄가루는 나오지 아니하고 눈물만 흐른다. 눈이 몹시 아팠다."19)에서처럼 '-다'체와 '-었(았)다'체가 자연스럽게 혼용되고 있다. 다만 현대 소설에서 인물 및 행동을 묘사할 때는 현재시제의 '-다', '-ㄴ다'의 종결형이 사용되고, 사건을 서술할 때는 과거시제의 '-었(았)다'체가 주로 사용되는 양상과는 달리, 《無情》의 경우 그러한 일정한 기준이 없이 무작위로 혼용되고 있는 점이 다르다. 더욱이 현재성과 생동감을 높이려는 작가의 의도가 승한 때문인지 '-다', '-ㄴ다'의 종결형이 현대소설보다도 더 빈번하게 사용되고 있는 것이 특징이다.

## 3. 객관적인 대화 재현 방식의 지향

소설의 언어는 화자의 서술 언어와 작중인물의 언어—독백, 대화, 일기, 편지 등—로 이루어진다. 이때 스토리가 누구의 언어를 통해 전달되느냐에 따라 정보의 구체성 및 객관성에 있어서 다양한 스펙트럼

---

19) 이광수, 《無情》, 앞의 책, pp. 158-159.

로 적혀 있을 날짜를 화자가 인용하는 과정에서 적당히 은폐하고 있다. 그런 점에서 조선조 소설에서의 작중인물의 대화는 순수한 장면화의 기법으로 제시되는 것이 아니라 화자에 의해 요약되고 변용된 형태로 전달되는 특징을 보인다.

반면에 ㉯에서 확인할 수 있듯이 신소설에 오면, '-말하기를', '-가로되' 등 대화를 예고하는 선행동사가 현저히 줄어들고 대신에 서술과 대화를 구분하는 형태가 일반화된다. 특히 대화를 인용하는 경우 독자의 혼란을 피하기 위하여 발화자를 앞에 명시하고 있다. 이는 작중인물의 대화를 통한 스토리 전달의 중요성을 자각하기 시작했음을 보여 준다. 대화와 서술의 엄격한 구분은 소설을 읽는 독자에게 스토리 해독의 편리함과 간편함을 주기 위한 것이라 생각된다. 독서행위에 대한 이러한 배려는 인용된 대화문장 앞에 발화자를 명시하는 신소설의 독특한 기법을 낳고 있다. 이것은 대화장면의 현장감도 획득하고 스토리의 전달도 명확하게 하려는 신소설 작가들의 세심한 배려의 결과라고 볼 수 있다.

그런데 이러한 서술기법의 창안은 희곡적 요소를 수용함으로써 가능했으리라 생각된다. 당시에 "開化小說이 평민층 대상의 문예형식이었다면 연극은 주로 개화담당 계층을 위한"25) 문예형식으로서 지식인들 사이에 대단히 활성화되어 있었다. 따라서 서구의 연극을 모방한 新劇을 접하면서, 신소설 작가들은 작중인물들의 성격을 입체적으로 제시해 줄 수 있는 대화의 중요성을 인식하게 되었을 것으로 짐작

---

24) 金萬重 作 / 朴晟義 註解, 《九雲夢·謝氏南征記》, 정음문화사, 1984, p.184.

25) 특히 이인직은 개인적으로 1908년 7월에 관객 600명 정도를 수용할 수 있는 극장 圓覺社를 창설하여 같은 해 11월에 自作 新劇 <銀世界>를 상연함으로써 한국 현대 희곡사에서도 개척자적인 위치를 차지하고 있다. (유민영, 『韓國現代戲曲史』, 홍성사, 1982, p. 15 참조.)

된다. 그 과정에서 희곡적인 대화 제시 방식을 신소설의 대화 재현 기법으로 차용하게 된 것이다. 그런데 신소설에서 발화자의 명시는 희곡에서보다 훨씬 섬세한 면모를 보인다. 즉 대화 장면 내의 인물 곧 대화 상대자와의 관계 및 독자에게 제공된 정보의 정도에 따라 동일 인물에 대한 명명이 수시로 달라지는 합리성을 보이고 있는 것이다. 위의 ㉯에서도 정임의 외삼촌은 화자의 설명이 있기 전까지는 '어떤 사람'으로 지칭되다가 그 사람이 정임이의 외삼촌이라는 설명이 있은 후에는 '외삼촌'으로 명시된다. 이러한 발화자의 합리적인 명시는 당대 삶의 문학적인 재현이 상당 부분 비논리적이고, 화자의 주관적 서술이 여전히 압도적인 신소설의 전반적인 특성을 고려할 때 대단히 특이한 현상이다.

그런데 《無情》에 오면, 여학생과 영채와의 대화를 인용한 ㉰처럼 '-말하기를', '-가로되' 등 대화를 예고하는 선행동사도 없고, 발화자가 명시되어 있지도 않다. 오직 작중인물들끼리 주고 받은 대화내용만이 순차적으로 인용, 제시되고 있다. 하지만 독자는 교체 반복에 의한 발화의 제시, 그리고 문맥을 통해 발화의 주체를 충분히 추측할 수 있기 때문에 스토리의 이해에 전혀 불편함을 느끼지 않는다. 아마도 《無情》 이후 정착된 현대적인 대화 재현 기법이 독자의 혼란을 야기하지 않은 채 일반화될 수 있었던 데는 신소설의 기여가 컸으리라 짐작된다. 독자들은 논리적이고 독자를 배려한 대화 제시 방법을 보여준 신소설을 통해 대화 재현 문장을 해독하는 법을 친절히 학습 받았기 때문이다. 요컨대 현대적인 대화 재현 기법이 현대의 독자에게 보편적인 문학적 관례(convention)로 자리잡게 된 데에는 논리적으로 발화자를 명시했던 신소설의 역할이 보이지 않게 작용했으리라 생각된다.

## 4. 인물 묘사 및 성격 창조의 변모 양상

조선조 소설과 신소설, 이광수의 《無情》은 인물 묘사 및 성격 창조에 있어서도 그 차이를 드러낸다. 이것은 소설의 인물을 독창적으로 창조하려는 작가의 의지가 있는가, 없는가에 따라 인물의 리얼리티 및 인물에 대한 정보의 구체성이 얼마나 다양한 편차를 보일 수 있는가를 여실히 증명해 주고 있다.

㉮ (…) 소저를 자세히 보니, 옥안주순(玉顔朱脣)에 천태만염(千態萬艶)이 요요작작(夭夭灼灼)하여 절대가인(絶代佳人)이라.[26]

㉯ 그 녀학싱은 나히 열팔구세짐 된듯ᄒ며 신션ᄒ 조화로 머리를 장식ᄒ고 자지빗 하가마를 단정ᄒ게 입엇ᄂᆫ디 그 온화ᄒ 티도가 어느모로 뜻어보던지 쳔싱귀인의 집 규중에셔 고이 기른 자근아씨더라[27]

㉰ 고개를 숙였으매 눈은 보이지 아니하나 난대로 내어버린 감은 눈썹이 하얗고 넓적한 이마에 뚜렷이 춘산을 그리고 기름도 아니 바른 까만 머리는 언제 빗었는지 흐트러진 두어 올이 불그레한 복숭아 꽃 같은 두 뺨을 가리어 바람이 부는 대로 하느적하느적 꼭 다문 입이 몽롱하게 비치며, 무릎 위에 걸어놓은 두 손은 옥으로 깎은 듯, 불빛에 대면 투명할 듯하다.[28]

조선조 소설에서 인물 묘사는 각 소설마다 다른 것이 아니라 몇 가지의 상투적인 표현이 반복적으로 나타난다. 예컨대 ㉮에서 볼 수 있듯이 여주인공을 묘사하는 경우, '옥안주순', '천태만염', '요요작작', '절대가인', 그리고 '경국지색(傾國之色)' 등 몇 개의 상투적인 표현이

---

26) <朴氏傳>, 장덕순·김기동 共編, 앞의 책, p. 296.
27) 최찬식, 《秋月色》, 앞의 책, p. 4.
28) 이광수, 《無情》, 앞의 책, p. 7.

사용된다. 또 남자 주인공은 '명문거족(名門巨族)', '충효겸비(忠孝兼備)', '현명정직(賢明正直)' 등의 상투적인 표현으로 묘사된다. 따라서 각 소설의 작중인물들은 변별성을 보이지 않은 채 완벽한 아름다움과 품성, 능력을 갖춘 인물이라는 동일한 이미지로 독자에게 다가오고 있다. 더욱이 묘사의 표현도 사실적이고 구체적인 것이 아니라 '경국지색', '충효겸비' 등 지극히 추상적인 언어로 되어 있어 독자가 상상력을 통하여 그 대상을 그리는 데 전혀 도움을 주지 못한다. 그런 면에서 조선조 소설에서의 상투적인 표현은 단지 인물의 선·악과 미·추, 신분의 상·하만을 알려주는 기표일 뿐이다.

그런데 신소설에 오면 상투적인 표현이 사라지고 작가에 의해 독창적인 묘사가 시도되기 시작한다. ㉯에서 보듯 나이와 머리 모양, 입은 옷과 자태 등이 구체적이고 사실적으로 묘사되고 있는 것이다. 이러한 특징은 《血의 淚》의 서두에서 전쟁통에 옷매무새가 흐트러지고 가족을 찾아 허둥대는 한 여인을 묘사하는 부분에서도 뚜렷하게 나타나고 있다. 특히 화자가 관찰자적 입장에서 외양만을 객관적으로 묘사하고 있는 것은 성과 이름, 가문, 인품 등을 모두 알고 있는 상태에서 인물을 묘사하는 조선조 소설의 화자와는 분명히 다른 양상을 보인다. 하지만 조선조 소설처럼 작중인물의 품성과 능력을 미화하고 과장하는 경향이 여전히 나타나고 있는 것은 신소설의 한계라 할 수 있다. 예를 들어 《血의 淚》와 《秋月色》에서 외국으로 유학간 작중인물들이 단시일에 능숙한 외국어 실력과 탁월한 성적을 거두게 되었다고 서술하고 있는 부분은 개연성을 잃고 있다.

《無情》에 오면 작중인물의 외양 묘사는 보다 구체적이고 사실적으로 이루어지고 있다. ㉰에서 확인할 수 있듯이 눈과 눈썹, 이마와 머리 모양, 두 뺨과 입, 두 손 등 묘사의 대상도 아주 세부적이고, 표현도 독창적인 시각적 이미지를 동원하여 독자가 그 인물의 모습을 구체적으로 상상할 수 있도록 배려하고 있다. 물론 ㉯에서 여성인물 선형에 대한 묘사가 지나치게 미화되어 있는 것은 사실이다. 하지만 이것은 젊고 아름다운 신여성을 처음으로 가까운 위치에서 접하면서 이성(異性)을 향한 미묘한 설레임을 체험하고 있는 형식의 시각에 의해 묘사된 문장이라는 점에서, 화자에 의해 묘사된 신소설과는 다른 의미를 지닌다. 선형에 대한 미화된 묘사는 주관적으로 도취된 형식의 내면을 암시해 주는 역할을 하고 있기 때문이다. 다시 말해 인물 묘사를 통해 그 인물에 대한 초점화자 형식의 태도까지 전달하고 있다는 점에서 보다 세련된 묘사 방법이라 할 수 있다.

작중인물의 성격을 창조할 때 외적 행동의 묘사보다는 내면 세계를 보여주는 것이 훨씬 효과적이다. 그런데 인물의 내적 세계를 묘사함에 있어서도 조선조 소설과 신소설, 이광수의 《無情》은 뚜렷한 차이를 나타낸다.

㉮ "(…) 밤은 짚퍼 삼경(三更)인듸 안자쓴들 임이 올가, 누워슨들 잠이 오랴. 임도 잠도 안이 온다. 이 이를 어이하리. 아미도 원수로다. <흥진비래(興盡悲來)>, <고진감래(苦盡甘來)> 예로부텀 잇건만은 지달임도 적지 안코 기룬 제도 오러건만 일촌 간장(一寸肝腸) 구부부 미친 한을 임 안이면 뉘라 풀고. 명천(明天)은 하감(下鑑)하사 수이보게 흐옵소서. 미진 인정(未盡人情) 다시 만나 빅바(白髮)리 다 진(盡)토록 이별 업시 살고지거."29)

㉯ 「늬가 집을 바리고 멀니 써느셔 늙은 부모의 걱졍을 시기니 이런 죄악을 왜 아니 당홀리 잇느 그럿치만은 늬가 부모를 바린 것이 아니오 즁더혼 의리를 직힌 일이니 아모리 엇더혼 죄를 둥홀지라도 조곰도 신명에 부쓰러올 것은 업셔 늬가 어려서 부모의게 귀홈밧고 영창이와 갓치 자랄 쩍

에 신세가 이 지경 될줄 누가 아랏던가[30]

㉯ 형식은 어찌할 줄을 몰랐다. 평양도 가야 하겠지마는, 김장로의 집 만찬에 참예하는 것이 더 중한 것 같기도 하였다. 그러나 지금까지 영채의 시체를 찾아가기로 결심하였던 것을 버리고 금시에 선형에게 취하여 「네」하기는 제 마음이 부끄러웠다.

선형과 나와 약혼한다는 말은 말만 들어도 기뻤다. 영채가 마침 죽은 것이 다행이다 하는 생각까지 난다. 게다가 미국 유학! 형식의 마음이 아니 끌리고 어찌하랴. 사랑하던 미인과 일생에 원하던 서양 유학! 이 중에 하나만이라도 형식의 마음을 끌 만하거든, 하물며 둘을 다! 형식의 마음 속에는 내게 큰 복이 돌아왔구나 하는 소리가 아니 발할 수가 없다.[31]

위에서 ㉮는 춘향이 이도령과 이별한 날 밤, 홀로 누워서 자신의 외로운 신세를 한탄하고 있는 긴 독백의 뒷부분이다. 그런데 독백을 하는 과정에서 세월이 갑자기 흐르고 있음을 알 수 있다. 즉 밑줄 친 부분에서 확인할 수 있듯이 기다림도 적지 않고 그리워한 지도 오래되었건만 님에게서는 소식 한 장 없다는 것이다. 특정한 시간 때의 심경 고백이, 이별 후 계속된 그리움과 기다림의 심경 고백으로 전이되고 있는 것이다. 이렇게 조선조 소설에서는 작중인물의 내적 독백이 사실적, 객관적으로 제시되는 것이 아니라 시·공간이 해체되고 내용의 일관성이 파괴됨으로써 순수한 의미의 장면제시의 기법이 아니다. 바로 화자에 의해 적당히 요약되고, 변형된 것이다. 거기에 4·4조의 반복으로 이루어진 문장들은 그 어휘조차 화자에 의해 조작되고 있음을 짐작하게 만든다.

위의 ㉯에서 신소설의 내적 독백은 신세 한탄을 주된 내용으로 하

---

30) 최찬식, 《秋月色》, 앞의 책, p. 55.
31) 이광수, 《無情》, 앞의 책, p. 140.

고 있다는 점에서는 조선조 소설과 다를 바 없다. 하지만 그 내용이 일관성을 유지하고 있다는 것, 그리고 자신에게 주어진 불행에 대해 숙명적으로 받아들이기보다는 의지적으로 대응하는 심적 태도를 보여 주고 있다는 점에서 양상을 달리하고 있다. 즉 이런 내적 독백을 통해 어떤 역경 속에서도 영창을 향한 사랑을 포기하지 않는 의지적인 여성으로 정임의 성격은 창조되고 있다.

《無情》에서 인용한 ㉰는 자신의 내적 욕망과 영채에 대한 의리 사이에서 갈등하고 있는 형식의 심리를 서술하고 있는 부분이다. 여기서 형식은 영채의 시체를 찾으러 평양에 가겠다는 방금 전의 생각과는 달리, 선형과의 약혼과 미국 유학에 대한 기대로 흥분된 심리상태를 보여 준다. 한 마디로 영채에 대한 의무감보다는 현실적 욕망에 이끌리고 있는 것이다. 바로 《無情》의 가장 큰 미덕은 형식처럼 선·악의 이분법을 넘어선 사실적인 인물을 창조한 것이다. 인격적으로 완벽하고, 정신적으로 성숙한 인물이 아니라, 현실적 욕망에 쉽게 이끌리고, 의식의 변화가 심하며, 자기 합리화에 능한 지식인의 연약한 모습을 이 작품만큼 적나라하게 그려낸 것이 흔치 않다. 바로 《無情》에 이르러서 독자는 자신의 내면을 닮은 평범하고 사실적인 인물을 만나볼 수 있게 된 것이다.

## 5. 개성적인 서술방식의 창조

### 1) 시간의 역전과 흥미 유발적 구성 : 《추월색》

신소설이 조선조 소설의 특성을 상당 부분 계승하고 있는 것은 부인할 수 없는 사실이다. 스토리 세계에 대해 모든 것을 알고 있는 듯한 전지적인 설명적 서술, 공간적 거리감을 전혀 느끼지 않은 채 일본, 미국, 평양을 한 문장 안에서 넘나드는 공간 이동의 초월성, 판소리 사설을 연상시키는 화자의 才談的 서술 등이 그 대표적인 요소이다. 하지만 변화된 시대적 분위기와 개화의식을 문학이라는 그릇 속에 담아내려는 신소설 작가들의 선구자적 욕구는 소설의 형식에 있어서도 새로움을 지향하게 만들고 있다. 그 과정에서 신소설의 작가들은 저자 미상의 조선조 소설과는 달리 스토리와 플롯, 혹은 파불라(fabula)와 수제트(sujet)의 차이를 인식하기 시작한다. 러시아 형식주의에 의하면, 파불라는 작품 안에서 사건들이 실제로 일어난 자연적 순서에 의해 배열된 것을 의미하고, 수제트는 작품 자체에서 요구하는 미학적 필요성에 의해 사건들이 시간적 순서를 무시하고 새롭게 배열된 것을 의미한다.[32] 즉 수제트란 작가에 의해 새롭게 형성된 사건의 질서로, 작품의 예술적 형식을 일컫는다.

그런데 조선조 소설의 경우, 파불라와 수제트의 경계가 분명하게 나타나지 않는다. 대부분의 작품이 자연적 시간 순서에 의해 사건을 서술하고 있고, 화자의 말투나 서술방식은 상투적이고 도식화되어 있기 때문이다. 한 마디로 조선조 소설은 '어떻게 표현할 것인가'라는 미학적인 문제에는 무관심했다고 할 수 있다.

하지만 신소설에 오면 상황이 달라진다. 먼저 스토리 현재 시간의 사건이 먼저 제시되고, 과거의 사건이 나중에 서술되는 시간 역전의 사건 서술이 나타나기 시작한다. 이것은 이인직의 《鬼의 聲》, 이해조의 《鬢上雪》, 최찬식의 《秋月色》 등 많은 소설에서 발견된다. 이러한 신소설의 구조적 특성을 권영민은 다음과 같이 설명한다.

---

32) 츠베탕 토도로프 편, 『러시아 형식주의』, 김치수 역, 이화여자대학교 출판부, 1983, pp. 20-21 참조.

신소설은 행위의 선후를 시간적 순차구조에 따라 배열하는 것이 아니라 인식의 논리에 의해 구성한다. 이때 서사구조의 변형이 일어나고 이야기 구조의 재질서화가 가능해진다. 신소설의 서술자는 특정 정보에 대한 제시를 유보시켜 두거나 소급하기도 할 수 있을 정도로 서사의 틀을 구조화한다.[33]

즉 신소설은 "서사 내적 시간의 변형과 재구성이 가능해진 최초의 서사양식"[34]이라는 것이다. 이것은 신소설이 주인공의 일생을 다루는 전대소설과는 달리, 일정 기간 동안 주인공이 겪은 고난의 내용을 중심 사건으로 다루는 스토리 세계의 변화와도 관계가 있다. 이때 신소설의 화자는 고난이 시작되는 시점이 아니라 고난의 상황이 무르익은 상태를 먼저 제시한 뒤, 그 원인으로서의 과거를 나중에 제시하는 수법을 사용한다. 그 과정에서 현재의 사건은 상세한 장면 묘사(showing)의 방식으로 제시하는 반면, 과거의 사건은 화자에 의한 요약, 설명(telling)을 통해 전달하는 탄력적인 서사방식을 보인다.

예를 들어 신소설의 후기 작품에 해당되는 최찬식의 《秋月色》(1912)은 서술의 역전과 서두의 장면화, 흥미 유발의 구성이라는 세 가지 요소를 고루 갖추면서 소설적 재미를 극대화한 대표적인 작품이다. 먼저 서두의 상황 설정, 즉 동경 상야 공원에서 한 여학생이 한 남학생의 겁탈 행위에 반항하다 칼에 찔린 사건을 객관적인 장면화의 기법으로 제시하고 있는 것은 독자의 호기심을 자극하는 데 실질적인 효과를 낳고 있다. 작중인물인 남·여학생에 대한 궁금증, 그런 끔찍한 사건이 발생하게 된 배경에 대한 호기심을 자연스럽게 불러일으키고 있기 때문이다. 또한 소설의 전개방식이 서두에 제시된 사건의 피해자와 가해자, 그리고 억울하게 범인의 누명을 쓰게 된 목격자의 정

---

33) 권영민, 앞의 책, p. 220.
34) 위의 책, p. 220.

체, 마지막으로 그들간의 감추어진 관계를 순차적으로 밝히는 추리소설적 구조로 이루어진 점도 특징적이다. 거기에 과거의 스토리가 처음에는 피해자인 정임을 중심으로, 다음에는 목격자이자 범인의 누명을 쓰게 된 영창을 중심으로, 그리고 마지막엔 실제 범인인 강한영을 중심으로 각각 서술되어 오다가, 스토리 현재 시간과 겹쳐지면서 공원 사건의 연루자들로 서로 엮이는 부채꼴형 진행은 그 이전의 작가들에게서는 발견할 수 없는 독창적인 서술방식이다. 한 마디로 신소설의 작가에 이르러 단순히 스토리를 전달한다는 차원이 아니라 독자로 하여금 스토리에 대한 흥미와 호기심, 미적 감동을 불러일으킬 수 있는 효과적인 서술방식에 대한 모색이 나타나고 있다고 할 수 있다.

### 2) 당대 현실의 총체적 재현 : 《무정》

반면에 이광수의 《無情》은 신소설에서 보여준 서사기법 외에 총체적인 장면묘사, 화자와 작중인물의 의식의 분리 등 독특한 서사방식을 사용함으로써 소설적 형상화에 대한 작가의 자의식이 만만치 않았음을 짐작케 한다. 이광수는 「余의 作家的 態度」라는 글에서 <無情>, <開拓者>, <再生>, <群像> 등의 창작 동기를 "그 시대의 指導精神과 環境과 人物의 特色 및 時代의 弱點 등을 폭로 설명하자는 역사적 사회학적 흥미"[35]라고 밝힌 바 있다. 즉 이상적 인물과 세계를 그리는 데 목적이 있는 것이 아니라 당시의 "時代相을 여실히 描寫"하려는 데 그 목적이 있다는 것이다. 이러한 작가의 창작의도는 《無情》에서 총체적인 장면묘사, 그리고 화자와 작중인물의 의식의 분리라는 독특한 서사기법으로 구체화되고 있다.

---

35) 이광수, 「余의 作家的 態度」, 『東光』, 1931년 4월호, p. 179.

먼저 장면 묘사의 총체성이다. 《無情》의 화자는 조선조 소설이나 신소설처럼 특정한 작중인물에 초점을 맞추어 그에 대한 정보만을 전달하려 하지 않는다. 반대로 스토리 세계에 살고 있는 모든 인물들에 관심을 보이면서 그들 사이에 나타나는 상이한 가치관, 지적 능력, 삶의 방식 등을 객관적으로 충실하게 전달하고자 한다. 이것은 스토리 세계를 총체적으로 드러내려는 작가의 의도에 기인한다. 그래서 《無情》의 화자는 인물들의 외적 행동을 묘사하든, 내면 심리를 묘사하든 간에, 특정 공간 안에 있는 모든 인물들을 병렬적으로 묘사하는 것을 서술의 원칙으로 삼고 있다.

⑦ 순애는 치마로 발을 가리우느라고 두어 번 몸을 들먹들먹하여 밑에 깔린 치마를 뺀다. 선형은 이마에 소스락소스락하게 구슬땀이 맺히어 이따금 치마 고름으로 가만히 씻고는 손으로 책상 밑에서 부채질을 한다.
형식은 아침부터 괴로움으로 지내오던 마음 속에 일점 향기롭고 서늘한 바람이 불어옴을 깨달았다.[36]

⑭ 형식은 지금껏 이 비극을 일으킨 것이 다 저 뚱뚱한 더러운 노파라 하여 가슴이 아프고 원망이 깊을수록, 지극히 미워하는 눈으로 노파를 흘겨 보더니, 노파가 심하게 고민하는 양을 보고 「네 속의 졸던 영혼이 깨었구나」 하면서 예수와 함께 십자가에 달리던 도둑을 생각하였다.
그리고 저 노파도 역시 사람이라, 나와 같은, 영채와 같은 사람이라 하는 생각이 나서 노파의 괴로워하는 모양이 불쌍해 보인다. 그러나 형식은, 노파가 아까 자기더러 「나는 누구신 줄도 모르고」 하던 것을 생각하니 금시에 동정하는 마음이 스러지고 아까보다 더 한층 싫고 미운 생각이 난다. 그래서 형식은 한 번 더 노파를 흘겨 보았다.[37]

---

36) 이광수, 《無情》, 앞의 책, p. 49.
37) 위의 책, p. 97.

먼저 ㉮에서 볼 수 있듯이 《無情》의 화자는 한 공간에 있는 모든 인물들의 행동과 모습을 묘사하고 있으며, 그것도 정확하고 섬세한 묘사를 통해 정보의 양을 무한대로 확장시키고 있다. 이러한 광범위한 묘사는 마치 영화의 한 장면처럼 생동감과 구체성을 통해 리얼리티를 강화하고 있다. 이때 독자는 주요 인물에 초점을 맞춘 묘사에서와는 달리 여러 작중인물들에 의해 창출된 한 공간의 전체 분위기를 지각할 수 있기 때문에 스토리 세계를 보다 총체적으로 이해할 수 있게 된다. 이러한 서술의 총체성은 특정 사건에 대한 각 인물들의 의식을 서술하는 경우에도 그대로 나타난다. 예를 들어 영채가 편지를 써놓고 자살하러 평양에 간 사실을 알게 된 후, 영채에 대해 죄책감을 느끼는 노파의 심리, 영채의 행위를 당연한 것으로 여기는 우선의 태도, 그리고 도덕성 때문에 생명을 버리는 것은 잘못된 것이라 생각하는 형식의 사고 등을 화자는 순차적으로 서술하고 있다. 이 경우 각 인물의 교육 정도, 가치관에 따라 세계를 바라보고 해석하는 데 상이한 양상을 띠고 있음으로 객관적으로 제시하는 효과를 낳고 있다.

이러한 묘사의 총체성은 한 인물의 심리세계를 서술하는 데 있어서는 의식의 변화 양상을 총체적으로 드러내려는 서술로 나타나고 있다. 위의 ㉯는 기생집 노파에 대한 형식의 감정이 미움에서 연민으로, 그리고 또다시 미움으로 수시로 변하는 모습을 세밀하게 묘사하고 있다. 이러한 서술은 미움과 연민의 대상인 노파보다는 오히려 양가감정을 보이는 형식의 심리를 전경화하는 효과를 낳는다. 즉 고상하고 인격자인 척 행동하는 겉모습과는 달리 개인적인 미움과 원망을 품고 있는 내적 세계를 보여줌으로써 형식을 훨씬 더 사실적인 인물로 그려내고 있다.

또 작가는 정신적으로 미성숙하고, 확고한 자기 신념을 지니지 못한, 따라서 의식의 혼란을 겪고 있는 당대의 지식인의 초상을 그리는데 상당한 관심을 보인다. 이러한 작가의 의도를 분명하게 드러내고 있는 기법이 화자와 작중인물의 의식을 분리하는 서술방식이다. 《無情》의 주요 작중인물들은 전통적 사고방식과 근대적 개화의식 사이에서 혼란을 겪고 있는 과도기적 지식인들이다. 즉 그들은 문명화된 개화사상을 주장하고는 있지만, 그들이 겉으로 주장하는 것만큼 그들의 의식이 깨어있지도 못하고 개화사상에 대한 지식도 정확하지 못하다. 바로 《無情》의 화자는 작중인물의 말과 의식 수준 사이의 불일치를 폭로하는 심리서술 혹은 논평을 수시로 하고 있다.

㉮ 선형은 책상에 기대어서 눈을 감고 혼자 생각하였다. 형식이가 하던 말이 생각이 난다. 그러나 무슨 뜻인지 모르겠다. 「나를 사랑하느냐」 하는 말을 어떻게 했을까. 부끄럽지도 아니한가. 이러한 말을 부끄럼없이 하는 형식은 암만해도 단정한 남자는 아닌 것 같다. 38)

㉯ 「나는 교육가가 되렵니다. 그리고 전문으로는 생물학(生物學)을 연구할랍니다.
그러나 듣는 사람 중에는 생물학의 뜻을 아는 자가 없었다. 이렇게 말하는 형식도 물론 생물학이란 뜻을 참 알지 못하였다.39)

위에서 ㉮는 선형이 기독교 집안에서 자라고 여학교까지 졸업한 신여성임에도 불구하고 자유 연애에 대하여 부정적으로 반응하는, 즉 전통과 개화가 혼융된 그녀의 의식세계를 분석적 심리서술로 드러내고 있는 부분이다. 그리고 ㉯는 당대의 가장 개화한 인물로서 그려지

---

38) 위의 책, p. 180.
39) 위의 책, p. 224.

는 형식조차도 근대 학문에 대한 명확한 지식을 지니고 있지 못함을 해석적 논평을 통해 폭로하고 있다. 이것은 전통적 유교의식과 개화의식의 교차, 미숙한 현실 인식 위에 배태한 지도자 의식, 서구 문화 및 교육에 대한 막연한 동경 등 당대 지식인 청년들의 과도기적 특성을 사실적으로 드러내려는 작가의 의도가 낳은 기법이라고 할 수 있다.

## 6. 나오는 말

지금까지 조선조 소설과 신소설, 《無情》의 서사기법을 서두와 문체, 대화 재현 방식, 인물 묘사 및 성격 창조, 개성적인 서술방식 등을 중심으로 비교, 분석함으로써 근대적 서사기법의 형성과정 및 특성을 검토해 보았다.

그런데 각 요소의 비교, 분석과정에서 공통적으로 발견되는 것은 조선조 소설의 서사기법에서 신소설의 서사기법으로의 변화가 현격한 양상을 띠는 것에 비하여, 신소설에서 《無情》의 서사기법으로의 변화는 정도 차이에 불과하다는 점이다. 다른 말로 신소설 작가에 이르러 스토리 세계를 효과적으로 표현, 전달할 수 있는 독창적인 서사기법이 '의도적'으로 선택, 시도되고 있다. 즉 신소설에는 전대소설과는 달리 서두의 장면적 서술이 나타나고, 서술과 대화를 분리하는 기법이 본격화되고 있으며, 관찰자적인 인물묘사 및 시간 역전의 서술이 새롭게 시도되고 있다. 반면에 《無情》은 현대적인 서술 문체인 '-다', '-ㄴ다'의 종결형을 정착시키고 있으며, 발화자를 명시했던 신소설과는 달리 대화내용만을 순차적으로 인용, 제시하는 현대적인 대화 재현 기법을 드러내고 있는 점, 그리고 인물 묘사 및 성격 창조에 있어서 보다 구체적이고 감각적인 묘사, 현실감 있는 인물을 그려내고 있다는 점에서 신소설보다 현대적이고 리얼리티가 강화되는 특성을 보인다. 하지만 《無情》의 새로움은 신소설이 이룩한 새로운 서사기법을 한 차원 세련되게 가공하는 정도의 새로움이지 완벽한 변모를 보여주고 있는 것은 아니다. 그런 점에서 지금까지 서사기법의 근대성을 논하면서 《無情》에서 발견한 서사기법의 새로움은 신소설에 그 기원을 두고 있음을 분명히 밝힐 필요가 있다.

아울러 신소설이 조선조 소설의 서사기법을 한편으로 계승하고, 다른 한편으로 부정, 새로운 서사기법을 창조하고 있는 점을 주목할 필요가 있다. 즉 문학 내적인 차원에서 볼 때 전통단절론과 자생적 근대화론의 대립을 극복할 수 있는 해답은 전통적 서사기법과 현대적 서사기법이 서로 충돌하고 조화를 이루면서 독특한 서사공간을 형성했던 신소설에서 찾을 수 있으리라 생각된다. 바로 한국 문학의 근대성이 전통적인 것과 서구적인 것, 익숙한 기법과 새로운 기법이 역동적으로 부딪히고 탄력적으로 융화하는 그 지점에서 형성된 것으로 이해할 때, 근대성 논의는 보다 열린 시각에서 전개될 수 있을 것이기 때문이다.

# 참고문헌

## I. 자 료

장덕순·김기동 共編, 『古典國文小說選』, 정음문화사, 1984.

金萬重 作 / 朴晟義 註解, 《九雲夢·謝氏南征記》, 정음문화사, 1984.

이가원 注釋, 《春香傳》, 정음사, 1972

이인직, 《혈의 루》, 『新小說·飜案(譯)小說(1)』, 亞細亞文化社, 1978.

최찬식, 《추월색》, 『新小說·飜案(譯)小說(7)』, 亞細亞文化史, 1978.

이광수, 《無情》, 『新韓國文學全集(1)』, 어문각, 1976.

## II. 국내외 논저

고미숙, 『한국의 근대성, 그 기원을 찾아서 : 민족·섹슈얼리티·병리학』, 책세상, 2001.

구인환, 『한국현대장편소설연구』, 삼지원, 1990

권보드래, 『한국 근대소설의 기원』, 소명출판, 2002.

권영민, 『서사양식과 담론의 근대성』, 서울대학교 출판부, 1999.

권희영, 「역사적 관점으로 본 '근대성'의 의미」, 『현대문학이론연구』 제10집, 현대문학이론학회, 1999.

김경수, 「현대소설의 형성과 검탈 : 「무정」의 근대성 再論」, 문학사와 비평연구회편, 『한국 현대문학의 근대성 탐구』, 새미, 2000. 5.

김명호, 「근대 문학론의 기본 쟁점 : 일반 이론의 측면에서 본」, 한국고전문학연구회 편저, 『近代文學의 形成過程』, 문학과지성사, 1983.

김우창, 「韓國 現代小說의 形成」, 『궁핍한 시대의 詩人』, 민음사, 1985.

김윤식·김현, 『韓國文學史』, 민음사, 1984.

김현 편, 『이광수』, 문학과지성사, 1986.

나병철, 「한국문학 근대성 논의의 성과와 전망」, 『현대문학이론연구』제10집, 현대문학이론학회, 1999.

백 철, 『新文學思潮史』, 신구문화사, 1986.

윤평중, 「'근대성'의 철학적 성찰」, 『현대문학이론연구』제10집, 현대문학이론학회, 1999.

이광수, 「문단 苦行 三十年」, 『朝光』, 1936. 5.

--------, 「『無情』等 全作品을 語하다」, 『三千里』, 1937. 1.

--------, 「余의 作家的 態度」, 『東光』, 1931. 4.

이재선, 『한국현대소설사』, 홍성사, 1982.

이재선·김학동·박종철, 『開化期文學論』, 형설출판사, 1985.

이혜순, 「비교문학적 관점에서 본 한국 근대 문학의 기점」, 한국고전문학연구회 편저, 『近代文學의 形成過程』, 문학과지성사, 1983.

조동일, 『신소설의 문학사적 성격』, 서울대 출판부, 1983.

조동일·조병기·서연희, 「한국 근대 문학 형성 과정론 연구사」, 한국고전문학연구회 편저, 『近代文學의 形成過程』, 문학과지성사, 1983.

조연현, 『한국현대문학사』, 성문각, 1982.

천이두, 『한국현대소설론』, 형설출판사, 1983.

최혜실, 「개화기 근대 정신과 자유 연애 결혼 : 『혈의 누』와 『추월색』을 중심으로」, 『현대문학이론연구』제10집, 현대문학이론학회, 1999.

황패강, 「한국 문학사와 근대 : <근대>의 기점 설정을 위한 시고」,
한국고전문학연구회 편저, 『近代文學의 形成過程』, 문학과
지성사, 1983.

Booth, Wayne C., 『소설의 수사학』, 최상규 역, 새문사, 1985.

Chatman, Seymour, *Story and Discourse,* Ithaka & London : Cornell Univ.
Press, 1983.

France, Gerald, 『서사학』, 최상규 역, 문학과지성사, 1988.

Lanser, Susan S., *The Narrative Act*, Princeton : Princeton Univ. Press, 1981.

Lubbock, Percy, 『소설기술론』, 송욱 역, 일조각, 1960.

Rimmon-Kenan, Shilomith, 『소설의 시학』, 최상규 역, 문학과지성사,
1985.

Scoles, Robert 외, 『현대소설의 이론』, 김병욱 편·최상규 역, 대방출
판사, 1984.

츠베탕 토도로프 편, 『러시아 형식주의』, 김치수 역, 이화여자대학
교 출판부, 1983.

# Ⅱ. 채만식 희곡의 서사성과 작가의식
— 〈제향날〉과 〈당랑의 전설〉을 중심으로 —

## 1. 서 론

　본고는 채만식의 희곡 <제향(祭饗)날>과 <당랑(螳螂)의 전설>을 고찰함으로써 채만식의 희곡이 지닌 특성과 극작가로서의 그의 위치를 조명하는 것을 목적으로 한다.

　채만식(蔡萬植)은 <태평천하>, <치숙>, <레디메이드 인생> 등의 소설에서 풍자와 아이러니의 기법을 통하여 일제 강점하의 구조적 모순을 비판적으로 드러냈던 1930년대의 대표적인 소설가이다. 그런데 그가 무려 27편[1]의 희곡을 창작한 극작가이기도 하다는 사실을 알고 있는 사람은 많지 않다. 작품 연보에 의하면 채만식은 1927년에 쓰여진 것으로 추정되는 처녀 희곡 <가죽 버선>을 시작으로 1941년의 <대낮의 밤 주막>에 이르기까지 꾸준히 희곡을 창작해 왔다. 특히 그의 희곡 중에는 자신의 소설에서 추구해 온 주제를 희곡으로 새롭게 형상화하고 있는 작품이 많다. 이는 그가 서사 양식과 극 양식의 차이점을 인지하고 각 양식의 효과를 모색했음을 짐작하게 한다.

　희곡은 언어예술로서 문학의 한 장르일 뿐만 아니라 공연예술인 연극의 대본이기도 한 이중적인 성격을 지닌다. 그런데 채만식의 희

---

1) 유민영, 『한국현대희곡사』, 홍성사, 1982, 작품연보 참조.

곡 총 27편 중 무대에 올려진 작품은 <가죽 버선>뿐이고, 그 외의 작품들이 공연되었다는 기록은 찾아볼 수 없다. 물론 그 첫 번째 원인으로, 연극 활동에 실제로 관여하고 있는 전문 극작가의 작품만이 무대에 올려지고, 비전문인이 쓴 희곡은 무대에 올려지기 어려웠던 당시 연극계의 풍토2)를 들 수 있다. 실제로 채만식은 연극 활동에는 전혀 참여하지 않았다.

그러나 채만식의 희곡이 무대에 오르지 못한 주된 원인은 그의 희곡이 지닌 레제드라마적 특성 즉, 상연이 불가능한 비연극적 성격에 있다고 할 수 있다. 이는 희곡의 창작 동기로 다음과 같이 진술하고 있는 그의 말을 통해서도 짐작되는 부분이다.

실상 또 상연을 위한 극본을 쓰느라고 희곡을 쓴 것이 아니라 소설을 쓰는 데 불편한 놈이거드면 희곡의 형식을 잠깐 빌어오군 하기도 한 것이지만.3)

즉 채만식은 희곡을 쓴 이유가 상연을 염두에 둔 것이라기보다는 말하려는 주제를 효과적으로 드러내기 위한 방편으로 극 양식을 선택한 것뿐이라고 말하고 있다. 그래서 그런지 그의 희곡은 극 양식으로서의 요건을 완벽하게 갖추고 있지 못하다. 극의 구조에 있어서 무대 상연상 부적절한 부분이 많고, 구성기법에 있어서도 극 양식에 대한 철저한 인식이 결여된 양상을 보인다. 따라서 상연을 전제로 한 연극 대본으로서의 특성을 충족시키지 못하고 있다.

이에 본고에서는 채만식 희곡의 구체적인 분석을 통하여 그의 희곡의 특성 및 의미를 밝혀 보고자 한다. 이를 위하여 첫째, 그의 희곡

---

2) 위의 책, p. 192 참조.
3) 채만식, 「劇硏座에의 부탁」, 『한국현대문학전집』(7), 삼성출판사, 1981, p. 466.

이 지닌 레제드라마적 특성을 각 작품의 구조 분석을 통하여 고찰할 것이다. 둘째, 그러한 비연극적 요소가 작품의 주제를 전달하는 데 어떤 역할을 하고 있는지를 아울러 고찰할 것이다. 그 결과 채만식의 희곡에 나타난 작가의식 및 창작기법을 구명하는 것이 이 글의 목적이다.

본고의 연구 대상은 채만식의 희곡 중 가장 우수한 작품으로 평가4)되고 있고, 또 극의 양식적 요청에 가장 부합하는 형식인 장막극5)으로 된 <제향날(祭饗날)>(1937)과 <당랑(螳螂)의 전설>(1940)을 그 텍스트로 삼는다.

## 2. 레제드라마적인 구성 방식

### 1) 환상에 의한 극적 구조 : 〈제향날〉

1937년 『조광』에 발표한 채만식의 희곡 <제향날>6)은 19세기말부터 1930년대까지 40여 년에 걸친 민족의 수난사를 한 가족의 몰락 과정을 통하여 보여주고 있는 작품이다.

이 작품은 모두 3막으로 구성되어 있다. 제1막과 제2막은 일흔 살이 된 최씨가 남편의 제사상을 준비하면서 동학란 때 시아버지와 남편을 잃고, 3·1 운동 때 아들과 생이별해야 했던 사연들을 외손자인

---

4) 유민영, 앞의 책.
  서연호, 『한국근대희곡사연구』, 고려대 민족문화연구소, 1984.
  김윤식, 『한국근대소설사 연구』, 을유문화사, 1986.
5) 작중인물 상호간의 갈등 양상을 표현해야 하는 희곡의 변증법적 양식은 단막극으로는 한계가 있다. (우한용, 「희곡의 현실반영방식고」, 『宜民 이두현 박사 회갑기념논문집』, 학연사, 1984, p. 298 참조.)
6) 희곡 <제향날>은 『한국현대문학전집』(7)(삼성출판사, 1981)에 실린 것을 텍스트로 삼았다. 이하 본문 인용은 작품명과 페이지만 기록한다.

영오에게 들려주는 내용으로 이루어져 있다. 그리고 제3막은 사촌형인 상인이 인간에게 최초로 불을 가져다 준 프로메테우스의 신화를 영오에게 들려주는 내용으로 되어 있다.

그런데 형식상 총 3막 7장으로 구성된 이 작품의 경우, 장면 변화가 빈번하여 모두 15번의 장면 전환을 보인다. 그 양상을 장면별로 정리하면 다음과 같다.

前景 : ① 최씨는 영오에게 동학을 하던 외할아버지 즉 남편의 이야기를 들려줌. (현재)
제1막 제1장 : ② 최씨의 남편 성배가 자수를 결심하고 병정에게 끌려감. (43년 전)
　　　③ 외할아버지가 총살당하게 된 상황을 들려줌. (현재)
제1막 제2장 : ④ 射亭 현장에서 의연한 태도를 보이는 성배. (43년 전)
　　　⑤ 최씨는 당시 임신 중이었다는 사실과 외증조 할아버지의 죽음을 들려줌. (현재)
제1막 제3장 : ⑥ 성배가 총살당함. (43년 전)
　　　⑦ 최씨는 아들 영수가 독립운동을 한 얘기를 영오에게 들려줌. (현재)
제2막 제1장 : ⑧ 영수는 장사를 제치어 놓고 친구들과 몰려다님. (18년 전)
　　　⑨ 3·1 운동에 앞장 선 영수가 쫓기는 신세가 되었음을 들려줌. (현재)
제2막 제2장 : ⑩ 영수는 가게 판 돈을 가지고 상해로 떠남. (18년 전)
　　　⑪ 사촌형 상인은 영오에게 프로메테우스 이야기를 들려줌. (현재)
제3막 제1장 : ⑫ 프로메테우스는 인간에게 불을 가져다 줌. (희랍 시대)
　　　⑬ 이에 하나님이 분노한 얘기를 들려줌. (현재)
　　　⑭ 프로메테우스는 영겁의 벌을 받으면서도 결코 후회하지 않음. (희랍 시대)
　　　⑮ 영오는 최씨에게 상인이 사회주의자가 되었음을 말함. (현재)

이상의 장면 요약에서 알 수 있듯이 <제향날>은 크게 세 가지의 구성기법상의 특징을 드러내고 있다. 첫째, 스토리 전달 방식이 본질적으로 서사적 형식을 취하고 있다는 점이다. 즉 이 작품에서 대부분의 스토리는 이야기꾼의 역할을 맡고 있는 할머니 최씨와 사촌형 상인이 영오에게 들려주는 방식으로 관객에게 전달된다. 그리고 몇 개의 장면만이 과거의 시간대로 되돌아가서 당시의 상황을 재현하고 있다. 극 양식의 특성이 "어떤 상황을 묘사하는 것이 아니라 어떤 상황을 제시 혹은 설정하는"[7] 것이라 할 때, 이것은 대단히 비극적(非劇的)인 전달 방식이다. 또한 무대 위에 지속적으로 머물러 있는 인물인 할머니 최씨, 상인, 영오는 중심 스토리의 등장인물이 아니라 그 스토리를 얘기해 주는 화자와 그 얘기를 듣는 수화자의 역할만을 담당하고 있다. 그런 점에서도 이 작품은 스토리 외적 자아의 개입을 특징으로 하는 서사의 형식을 차용하고 있다. 본래 희곡은 등장인물의 말과 행동을 통하여 작중세계를 관객에게 직접 보여줌으로써 "무대와 관객과의 일체감"[8]을 추구하는 장르이다. 때문에 이러한 스토리의 서사적 전달방식의 차용은 희곡의 '직접성'과 '현장성'이라는 양식적 특질을 약화시키는 결과를 낳고 있다.

　최원식은 <제향날>의 이러한 양식적 파탄이 "조선 후기에서 식민지 시대까지 미치는 포괄적 서사 구조를 극 양식으로 전환시킨 무리에서 오는 것"[9]임을 지적한 바 있다. 실제로 채만식 자신도 내용과 양식상의 불일치를 초래하게 된 이유를 다음과 같이 해명하고 있다.

　　이것은 오래 전부터 3부작으로 장편을 쓰려고 뱃 속에서 두루 걸러오던 것인데, 차차로 세정은 不如意하고 손은 미처 돌아가지를 않어 초조하던 끝

---

7) S. W. Dawson, 『劇과 劇的 요소』, 천승걸 역, 서울대 출판부, 1982, p. 27.
8) 양혜숙, 「연극비평의 방법론」, 『예술평론』, 통권2호, 1982, p. 45.
9) 최원식, 「채만식의 역사소설에 대하여」, 김윤식 편, 『채만식』, 문학과지성사, 1984, p. 141.

에, 우선 시험삼어 그러한 형식과 분량으로다가 모형을 만들어 보았던 것이다.[10]

위의 말에 따르면 <제향날>은 하나의 완성된 희곡으로서의 가치보다는 앞으로 써 나갈 장편소설의 골격과 윤곽을 세우기 위한 시험작으로서의 의미를 지닌다. 결국 작가가 상연이나 무대 연출 등 극 양식에 대한 철저한 고려 없이 이 작품을 창작했으리라는 걸 짐작하기는 어렵지 않다.

이런 정황은 작가가 작품의 흐름을 지연시킬 뿐만 아니라 전체적인 구성력을 약화시키는 할머니 최씨의 긴 독백과 회상을 왜 빈번하게 삽입시키고 있는가에 대한 의문을 풀어 준다. 바로 긴 독백은 소설에서의 작중인물의 심리 묘사를 위하여, 과거 회상은 소설에서 사건이 일어날 당시의 시대적 분위기 즉 '대상의 전체성'[11]을 그리기 위하여 의도적으로 삽입하고 있는 것이다. 그 결과 작가는 작중인물의 대화와 행동을 통하여 자아와 세계와의 대결을 보여주는 극 양식에서 이탈하여 작중인물에게 스토리를 요약, 전달하는 화자의 역할을 부여하고 있는 것이다. 이것은 40여 년이라는 긴 기간의 스토리를 시간과 장소, 행동의 제약을 받는 극 양식에 담으려 한 데서 온 불가피한 결과라고 할 수 있다. 하지만 이러한 서사기법의 도입은 극의 직접적 효과를 약화시키는 결정적 요인이 되고 있다.

둘째, 극적 긴장감이 결여된 과거 장면의 재현이다. 이 작품에서

---

10) 채만식, 「自作안내」, 앞의 책, p. 186.
11) 소설에 있어서는 일정한 시대의 특정한 사회적 현실을 시대의 전체적 색조, 특수한 분위기와 함께 묘사하는 것을 목적으로 하는데, 이렇게 세계의 상호작용 속에서 그 시대의 특수한 것을 그린다는 것, 그것이 대상의 전체성이다. (김윤식, 앞의 책, p. 372 참조)

스토리의 현재 시간은 할머니 최씨와 사촌형 상인이 영오에게 이야기를 들려주고 있는 시간이다. 그런데 이야기를 들려주는 중간에 그 이야기 내용의 핵심장면은 과거의 그 시간 때로 거슬러 올라가 당시의 상황이 극적으로 재현된다. 문제는 일곱 번이나 반복되는 과거 사건의 재현이 극적 긴장감을 전혀 불러일으키지 못하고 있다는 점이다. 희곡은 갈등구조를 그 본질로 하고 있다. 즉 어떤 가치를 구현하려는 극중 인물들이 그들과 대립되는 반대 가치를 구현하는 인물들 혹은 세계와의 갈등 및 그 해소과정을 그린다. 극적 액션과 긴장감은 바로 이러한 투쟁에 의한 反轉의 결과이다.[12] 하지만 <제향날>에서 작중 인물들의 대립·갈등과정은 話者的 인물에 의해 요약·설명되는 반면에, 그 갈등이 발생하게 된 배경이나 해소된 뒤의 상황만이 장면 제시로 재현된다. 더욱이 장면 제시로 처리한 부분도 극적 효과를 전혀 고려하지 않아 극적 긴장감이라든가 생동감이 느껴지지 않는다. 예를 들어 장면 ④와 ⑥에서 주인물 성배가 총살을 당하는 긴박한 상황을 성배의 대사는 하나도 없이 총살 현장의 구경꾼들의 모습 및 총살 당하는 성배의 짤막한 묘사로 각각 장면화하고 있는 것, 그리고 프로메테우스가 벌을 받고 있는 장면 ⑭를 단지 프로메테우스의 간단한 독백으로 처리하고 있는 경우가 그 두드러진 예이다. 특히 장면 ⑭는 劇的 공간이라기보다는 "자아와 세계의 대립이 自我로 귀착되어 세계가 自我化된"[13] 詩的 공간의 특성에 가깝다.

　그렇다면 작가가 극적 액션이 결여되어 있을 뿐만 아니라 재현하기도 어려운 부분들을 장면화하고 있는 의도는 무엇일까? 그것은 바

---

12) 아우구스토 보알, 한상철 譯, 「「政治 詩學」- 연극의 社會史」, 「예술 평론」, 통권 제2호, 1982, pp. 122-123 참조.
13) 조동일, 『문학연구방법』, 지식산업사, 1982, p.172.

로 주제와 관련된 문제로서, 자기 행동에 대한 작중인물들의 확고한 신념을 전경화하려는 데 있다. 동학을 하다 잡힌 성배가 총살당하는 마지막 순간까지도 전혀 후회나 공포의 빛이 없이 의연히 죽는 장면이나, 프로메테우스가 하나님의 명령을 거역한 벌로 영겁의 고통을 감내하면서도 義를 이루었으므로 후회가 없다고 독백하고 있는 장면은 민족이나 인간 세상을 위해 자신을 희생하는 삶이야말로 숭고한 삶의 방식임을 강조하려는 작가의 의도를 암묵적으로 드러낸다. 요컨대 극작가 채만식은 작중인물들 사이의 갈등이 첨예화되는 시·공간을 중심으로 인과적으로 장면을 배치하고 있지 않다. 작가가 전달하려는 主題的 意味를 분명하게 드러낼 수 있는 내용을 선택적으로 장면화하고 있는 것이다. 그런 점에서 이들 장면은 마치 소설에서의 화자의 논평처럼 주관적인 성격을 보인다. 문제는 이러한 방법이 인간 상호간의 문제를 인간 內面으로 대치하고, 독백을 통한 情操를 지향함으로써 詩的인 요소[14]가 개입되어 인물 사이의 갈등을 통해 사건을 전개시키는 희곡의 극적 효과를 상실하고 있다는 점이다.

셋째, <제향날>의 빈번한 장면 전환은 작품의 실제 상연을 어렵게 만드는 주 요인이 되고 있다. 앞서 말했듯이 이 작품은 40여 년의 긴 기간을 다루고 있다. 그런데 스토리가 시간적 순서를 따라 제시되고 있는 것이 아니라, 현재의 時點에서 회상을 통하여 과거의 장면으로 옮겨갔다가 다시 현재로 되돌아오는 방법을 반복하고 있다.

이러한 수법은 연극 공연상의 기술적인 문제를 고려하지 않은 것으로 무대화하기가 곤란한 결과를 낳고 있다. 예를 들어 이 작품이 실제 연극으로 올려졌을 때, 제1막 제1장과, 제2막 제1장 및 제2장의

---

14) 우한용, 앞의 책, pp. 301-302 참조.

경우, 같은 場에서 동일한 무대배경인 영오의 집이 순간적으로 깨끗한 새집에서 변색되고 낡은 집으로 바뀌어야 한다. 왜냐하면 43년 전의 과거와 18년 전의 과거에서 현재로 갑자기 장면이 전환되기 때문이다. 하지만 "무대 급히 暗轉. 다시 밝아지면 다시 전경"[15]과 같은 짧은 조명의 조작 동안 무대를 희곡의 내용에 맞게 바꾼다는 것은 불가능하다.

그런데 <제향날>에서 무대의 사실적 묘사는 역사의 변천에 따라 영오네 가족이 점점 몰락해 가는 과정을 보여주는 데 중요한 역할을 한다. 최씨네는 43년 前에는 벼를 천 석이나 거둬들이는 부유한 地主의 집안이었으나 현재는 완전히 빈농으로 전락해 버린 비참한 모습을 보이고 있기 때문이다. 그리고 그러한 변화는 집을 묘사하고 있는 지문을 통해 일차적으로 암시된다. 예컨대 43년 전의 집에 대한 무대지시는 현재의 집과 비교하면서 다음과 같이 묘사된다.

> 대문간과 사랑방 뒷문 앞으로 앞마당을 가리는 차면 하나가 더 있는 외에는 전부 전경과 같으나 집이 황폐하지 아니했고 살림살이 도구도 풍부하거니와 윤기가 흐르고 우물도 폐정이 아니다.[16]

따라서 이 작품을 연극으로 상연함에 있어서 시간 변화에 따른 무대 배경의 섬세한 차이를 무시할 경우, 극작가의 의도를 충분히 살리지 못하는 결과를 낳는다. 문제는 당시에 공간을 순간적으로 여러 번 전환시키는 기법이 현실적으로 불가능했다는 점이다. 그것은 시간적·공간적 구속에서 자유로운 소설이나 영화에서만 가능하기 때문이다. 결국 채만식은 제한된 공연 시간 안에 긴 시간의 사건을 담기 위

---

15) <제향날>, p.436.
16) 위의 책, p. 433.

하여 수시로 회상의 수법을 차용하고 있으나, 그것이 무대 상연상의 많은 어려움을 초래하고 있어서 그의 희곡이 공연되지 못하는 주 요 인으로 작용하고 있다.

이상의 검토를 종합할 때 <제향날>에 나타난 채만식의 드라마투르기는 화자적 작중인물을 통한 스토리 전개라는 서사적 형식의 차용과, 극적인 갈등을 처음부터 배제한 채 과거 회상이나 신화적 환상을 통한 詩的인 공간을 창출하고 있다는 점이다. 그 결과 주인공과 세계의 대립, 갈등 및 그 해소과정을 중심으로 삶을 해석하고 재현하는 극적인 효과를 획득하는 데는 실패하고 있다. 그 원인은 자신의 메시지를 전달하려는 지식인의 욕구가 희곡의 양식적 특성에 충실하려는 예술가적 욕구보다 앞섰던 데서 찾을 수 있다. 그 결과 <제향날>의 환상적인 극적 구조는 이 작품을 레제드라마로서 머물게 하고 있다.

## 2) 극소화된 극적 갈등 : 〈당랑의 전설〉

1940년 『人文評論』에 발표된 <당랑의 전설>17)은 총 3막으로 된 장막극이다. 제1막과 제3막은 박 진사의 집이, 제2막은 인천 미두취인소(米豆取引所)가 그 무대 배경을 이룬다. 이 작품은 이미 집달리의 차압을 하루 앞두고 있는 박 진사네의 경제적 파탄의 위기 상황에서 돈을 구해 오리라 믿었던 장남 원석에로 향한 기대가 좌절되고 마침내 박진사 집안이 몰락하게 되는 비극적인 사건을 다루고 있다.

그 구성상의 특징과 문제점을 살펴보기 위해 <당랑의 전설>에 나타난 주요 에피소드를 중심으로 정리하면 다음과 같다.

---

17) <당랑의 전설>은 첫 발표지인 『人文評論』(1940년 10월 호)에 실린 것을 텍스트로 삼았다. 이하 인용은 작품명과 페이지만 표기한다.

제1막 : ① 며느리들 집안 살림을 걱정함 → 전답은 넘어가고 집은 저당 잡힘.
       ② 며느리들 저녁 양식 걱정함.
       ③ 아이들 수박 사달라고 보챔.
       ④ 형석 등장 → 아버지와 형님 소식 물음.
       ⑤ 형석 논물 댈 걱정, 저녁 끼니 걱정함.
       ⑥ 형석, 정석 → 저당 잡힌 논과 집이 내일이면 넘어간다고 걱정함.
       ⑦ 돈 구하러 간 원석에게서 소식 없음을 불안해 함.
       ⑧ 정석의 세태 분석과 형석과의 의견 대립.
       ⑨ 자식들이 하숙비 때문에 경성에서 쫓겨옴.
       ⑩ 머슴 → 논물을 빼앗겼다고 알려옴.
제2막 제1장 : ⑪ 미두장 풍경 → 미두장이들의 대화.
제2막 제2장 : ⑫ 원석 미두에 실패함 → 노자돈을 빌림.
            ⑬ 미두에 실패한 한 손님이 미쳐가는 광경 묘사.
제3막 제1장 : ⑭ 원석 집에 들르지 않고 군산으로 떠남.
            ⑮ 형석 낙담함.
제3막 제2장 : ⑯ 박 진사 집달리에게 큰 아들 올 때까지만 참아달라고
               애원함.
            ⑰ 집달리 짐을 내오도록 지시함.
            ⑱ 박 진사 베틀을 도끼로 내리찍으며 발악함.

위에서 제1막은 부수적인 인물들의 대화를 통해 劇의 분위기를 조성하는 기능을 하고 있다. 이때 어른들의 대화는 어떻게 경제적으로 이런 판탄지경에 이르게 되었는가의 정보를 제공한다. 또 수박을 사달라고 조르는 어린 자식들과 하숙비를 못 내서 쫓겨온 아이들, 그리고 저녁 양식을 걱정하는 며느리들의 대화는 그들의 궁핍한 사정이 얼마나 심각한가를 보여준다. 아울러 장남 원석이 그 빚을 해결할 방도를 찾아 어디론가 떠나갔다는 정보는 저당 잡힌 집과 논이 내일이면 넘어가게 된 절박한 상황에서 관객에게 스토리가 어떻게 전개될 것인가에 대한 호기심을 불러일으키고 있다. 즉, 이 작품에서 관객은

원석이 과연 집과 논을 구제할 돈을 구해올 수 있을 것인가, 없을 것인가에 대해 일차적 관심을 갖게 된다.

따라서 제1막은 관객이 극중 상황을 파악하고 극적 호기심을 느끼는 데 필요한 일차적인 정보를 제공해 주는 발단에 해당한다. 그런데 발단 부분인 제1막이 극 전체의 절반 이상을 차지하고 있다는 데 이 작품의 한계가 드러난다. 그것은 막과 막 사이의 불균형뿐만 아니라 전체적으로 극적 갈등을 첨예하게 형상화하지 못하는 요인으로 작용한다.

본래 劇的 構造란 여러 상황들이 어떻게 연관성을 가지고 있으며, 또한 그러한 상황들에 우리의 주의가 어떻게 집중되어 그 상황들이 하나의 액션으로 통일되는가[18]를 보여주는 것이다. 그런데 제1막을 구체적으로 고찰해 보면, 주요 장면의 하나인 둘째 형석과 막내 정석의 대화는 그 내용의 진지성에도 불구하고 핵심 사건과의 연관성이 희박한, 따라서 사족에 가까운 장면 설정이다. 주로 정석의 현실인식을 드러내고 있는 이 대화에서 그는 分家論, 경제 구조의 변화, 대가족제도의 문제점 등을 거론한다. 이는 거시적 안목에서 보면 박진사 집안의 문제점을 비판하고 그 개선책으로 分家를 주장하고 있는 것으로 읽을 수 있다. 하지만 당장 내일 집과 논을 차압당할지도 모르는 절박한 상황 앞에서는 전혀 의미가 없는 탁상공론에 불과할 뿐이다. 그 결과 형석과 정석의 대화 장면은 핵심 사건과의 유기적 연관성을 지니지 못하면서 지나치게 길게 제시됨으로써 극적 짜임새를 느슨하게 만드는 역효과를 낳고 있다.

제2막은 박진사네 가족들이 집안을 살릴 유일한 희망으로 믿고 있

18) S. W. Dawson, 앞의 책, pp. 51-52 참조.

는 장남 원석에 초점이 맞춰지고 있다. 무대는 제1장에서 흥정이 한창 진행되고 있는 미두장 광경을 잠시 보여준 뒤, 제2장에서는 흥정이 끝난 뒤의 미두취인점 사무실로 바뀐다. 그 곳 사무원들의 대화를 통해 원석이 미두에서 실패했음이 간접적으로 제시되고, 뒤이어 등장한 원석은 고향에 돌아갈 노자돈을 꾸는 궁색한 행동을 보인다. 그때에 한 미두 손님이 돈 이천 원을 한꺼번에 잃고 어찌할 줄 몰라하는 광경이 벌어지고, 이 손님의 실패담은 원석이 미두로 얼마나 어이없게 재산을 모두 잃게 되었는가를 간접적으로 암시한다.

이처럼 제2막은 관객이 제1막에서 가졌던 연극적 의문, 즉 '원석이 과연 돈을 구해 올 수 있을 것인가' 하는 궁금증을 풀어주고 있다. 원석이 米豆에서 망함으로써 집안을 구하려는 마지막 노력은 실패로 끝난 것이다. 그런데 제2막은 원석이 어떻게 실패하는가 하는 극적 액션을 보여주는 것이 아니라 실패했다는 결과만을 제시함으로써 극적 긴장감을 최소화시키고 있다. 즉 사건이 작중인물들 사이의 갈등을 통하여 직접 제시되어야 함에도 불구하고, 사무원들의 대화를 통해서 간단히 설명되거나 미두손님이라는 부수적 인물의 삽화적 설정을 통하여 간접적으로 암시됨으로써 극적 효과를 전혀 획득하지 못하고 있다. 특히 주인물인 원석이 그 상황의 중심 인물이 되지 못하고 주변 인물로 밀려나 있는 것은 관객의 관심의 초점을 흩트리는 산만한 구성이다. 결국 제2막은 주동인물인 원석의 행동이 배경으로 물러나 있는 반면, 부수적 인물들의 대화와 행동이 전면에 배치됨으로써 극적 긴장감이 약화되는 결과를 낳고 있다.

제2막에서 그려지고 있는 원석의 미두 실패는 제1막에서 가졌던 관객의 호기심을 해소시켜주는 한편, 관객에게 새로운 호기심을 불러일으키는 기능을 하기도 한다. 집안을 구하려는 원석의 마지막 시도가 실패로 돌아간 상황에서, 박진사네 가족들은 앞으로 어떻게 될 것인가에 대한 궁금증이 그것이다. 이에 대한 대답이 제3막의 중심 내용을 이룬다.

제3막은 막내 정석은 이미 제1막에서 집을 나갔고, 큰아들은 온다는 전보 연락만 있었지 아직 도착하지 않았으며, 둘째 아들 역시 형을 마중 나간 상태에서, 논과 집이 차압당하는 극한 상황을 그리고 있다. 제3막은 마침내 작중인물들 사이의 갈등이 첨예화되고, 따라서 극적 긴장감이 고조되는 양상을 보인다. 물건을 빨리 내가려는 집달리와 이를 만류하는 박진사 사이의 대립이 그것이다. 이 부분은 큰아들이 돈을 가지고 곧 나타나리라고 여전히 믿고 있는 박진사로 인해 상황적 아이러니가 가중된다. 아울러 박진사의 안절부절해 하는 모습과 집달리의 뻣뻣한 태도의 대조를 통해 비극성이 고조된다. 마침내 박진사의 극한의 절망감은 무모한 육체적 반항으로 변하고, 그가 도끼로 베틀을 내리찍는 마지막 장면은 극적 강렬함의 절정을 이룬다. 그리고 박진사 집안의 비극적 붕괴의 최절정에서 막이 내린다.

따라서 제3막은 박진사와 집달리의 대립을 통하여 극적 긴장감을 고조시키고, 자신이 구축한 세계가 붕괴되는 현실에 대해 저항하는 박진사의 몸부림을 통하여 강한 비극적 효과를 낳고 있다. 하지만 제3막은 인물 설정에 있어서 구성기법상 상당한 허점을 보인다. 지금까지 주동인물로 간주되던 원석이 면목없다는 이유로 집에 나타나지 않음으로써 정작 극한 상황에서 정면으로 세계와 대결하고 있는 인물은 박진사가 되고 있는 것이다. 다시 말해 문제적 인물 원석은 후미로 물러나고 박진사가 그의 역할을 대신하고 있다. 그런데 문제적 개인이 주인공의 위치를 양도해 버리면 그 주인공이 대상과의 관계 속에서 유지해 오던 긴장도 와해되어 버린다.[19] 특히 집안의 몰락이라는 극한 상황에 정면으로 나섬으로써 실질적인 주 인물이 된 박진사가 제3막에 와서야 처음 등장하고 있는 것은 자연스럽지 못하다. 결국 이처럼 의외의 인물에 의해 극적 상황을 이끌어나가는 것은 관객이 미처 그 인물 및 무대와의 일체감을 이룰 기회를 얻지 못한다는 점에서 극적 효과가 감소되는 결과를 낳고 있다.

## 3. 두 작품에 나타난 작가의식

### 1) 프로메테우스적 인간상의 창조 : 〈제향날〉

<제향날>은 한말에서부터 1930년대까지의 민족의 수난사를 한 가족의 사상적 투쟁으로 인한 몰락상을 통하여 극명하게 드러내고 있는 희곡이다. 물론 40여 년이라는 긴 기간을 다루고 있는 이 작품은 희곡 장르의 양식상의 한계로 구체적으로 형상화된 현실을 보여주고 있지는 못하다. 그러나 최씨네 남자들의 인생을 통하여 동학란, 3·1운동, 그리고 독립운동으로서의 사회주의를 우리의 역사를 이끌어가는 계기적 추진력으로 파악하고 있는 작가의 歷史意識은 뚜렷이 나타나고 있다.

이 작품은 최씨의 손자 상인(相仁)을 기점으로 할 때, 四代에 걸친 家族史를 취급하고 있다. 그러나 아들에게 동학운동의 자금을 지원하고 아들로 인한 고문으로 病死하는 증조부는 극중 인물로 무대에 등장하지도 않고, 역사의식에 대한 분명한 윤곽도 제시되고 있지 않다는 점에서 엄밀하게는 상인의 祖父, 상인의 아버지, 상인 자신의 三代에 걸친 이야기라 할 수 있다.

---

19) 우한용, 앞의 책, p. 315.

먼저 상인의 조부이자 한말 세대인 성배의 이야기가 그려진다. 그는 동학의 接主로서 反봉건투쟁의 선봉적 인물이다. 성배는 동학란이 터지자 앞장서서 관병들과 싸우는 등 세상을 개조하는 데 적극적인 행동을 보인다. 하지만 동학란이 실패하자 그의 신념은 좌절되고 오히려 도망 다니는 신세가 된다. 결국 아버지가 자기 대신 인질로 잡혀있음을 알고 자수한 뒤 총살당한다.

여기서 작가는 그의 자수가 부패한 사회에 대한 개혁의지가 단지 孝라는 가족 본위의 유교관념 때문에 좌절되는 현실을 암시하고 있는 것은 아니라는 점을 강조한다. 그것은 모친에게 말하는 다음과 같은 성배의 대사를 통해 알 수 있다.

> 성배 : 저는 지금도 잘못했다거나 죄를 졌다고 생각은 아니해요. 이건 참 불효말씀 같지만 만약에 일이 앞으로 다시 거사를 해서 소망을 이룰 싹수가 있다면 저는 아버지 일을 모른 체하고 다시 한바탕 들부셨을지도 모릅니다.[20]

즉 성배는 자신이 최선을 다한 동학운동이 완전히 실패로 돌아가고 또 앞으로도 어떤 낙관적인 전망을 할 수 없다는 절망감 혹은 현실인식에서 자수를 결심하고 있다. 그것은 나라를 위한 실천적 존재로서의 자신의 역할이 다했음을 깨닫고, 아버지의 생명을 구한다는 명분하에 스스로 죽음을 선택하고 있는 것에 다름 아니다. 결국 성배는 자신의 의지 안에서 죽음을 의연하게 받아들임으로써 義를 위한 그의 행동이 확고한 신념 위에서 이루어지고 있음을 분명하게 드러내고 있다.

다음은 상인의 아버지인 영수에 관한 이야기이다. 영수는 처음에

---

20) <제향날>, p. 434.

농업학교를 나와 장사를 하면서 행복한 결혼 생활을 영위하는 평범한 젊은이로 그려진다. 하지만 그의 나이 27세가 되던 1919년을 기점으로 조국의 자주 독립을 위해 싸우는 애국 투사로 변모한다. 3·1운동이 터지자 그는 선봉에 서서 군중들을 이끌고 시위에 참여한다. 그 때문에 일본 관헌에 쫓겨 상해로 망명을 가고, 거기서도 독립운동을 계속한다. 그 결과 집에 있는 전답과 가게는 모두 운동 자금으로 날아간다.

영수와 그의 아버지 성배는 투철한 투쟁의지와 역사의식을 지니고 있다는 점에서 공통점을 보인다. 그러나 두 사람은 미래에 대한 전망에 있어서는 상반된 견해를 드러낸다. 성배가 동학란이 실패한 후 미래에 대한 절망적 인식을 보이는 데 반해, 영수는 3·1운동의 실패후에도 끝까지 조국의 독립을 확신하며 투쟁의지를 불태우는 미래지향적인 태도를 보인다. 그러나 영수의 중국으로의 망명은 실제적 대결 공간인 조국을 벗어나고 있다는 점에서 한계를 지닌다. 또한 그의 꿈인 독립의 길은 여전히 멀고, 따라서 그의 역할은 아들 相仁에게로 넘겨진다.

三代인 상인은 동경에서 고학을 하는 유학생이다. 그는 개인적으로 이미 빈농으로 기울어진 집안을 다시 일으켜야 하는 장손으로서의 부담감을 안고 있는 인물이다. 하지만 상인에 대한 가족들의 기대는 그의 조부, 아버지가 그랬던 것처럼 역시 충족되지 못한다. 결말 부분에서 그가 사회주의자가 되었음을 암시하고 있기 때문이다. 상인 또한한 가족의 장손으로서의 역할보다는 일제 치하의 민족적 현실을 구제하겠다는 소명의식에 근거하여 행동하는 인물인 것이다. 여기서 그가택한 사회주의는 문자 그대로 공산주의를 지칭하는 것이 아니라, 獨立을 위한 일종의 저항적 理念의 표현이라 할 수 있다.[21] 그러나 조국의 독립을 위한 상인의 행동은 미래의 일로 암시될 뿐 이 작품에서 직접 다루고 있지는 않다. 결국 작가는 조부, 아버지의 의로운 투쟁과 역사의식이 그 후손에게 면면히 이어지고 있음을 상인의 인물 설정을 통하여 강조하고 있는 것이다.

이 점은 제3막의 프로메테우스 신화의 삽입을 통해서 상징적으로 더욱 강화된다. 프로메테우스는 하나님 몰래 불을 훔쳐내어 인간들이 유용하게 사용할 수 있도록 도와준다. 그 때문에 그는 하나님의 분노를 사서 영원히 바위에 묶인 채 사나운 독수리에게 살을 쪼이는 무서운 형벌을 받게 된다. 그러나 그는 여기서 자신의 행위를 뉘우치지 않는다. 오히려 "오오, 그래도 나는 의의를 이루었노라. 뉘우치지 아니하노라"[22] 고 의연한 태도를 보인다. 프로메테우스 신화는 어려운 시대에 義를 행하는 자의 역사적인 위대성을 상징하고 있다. 하늘에서 불씨를 옮겨다 준 프로메테우스가 인간에게 풍요롭고 안락한 생활을 안겨 주었듯이, 고난의 시대에 義를 위해서 행동하는 자는 보다 훌륭한 역사를 창조하는 자요, 역사의 불꽃을 이어가는 불씨 같은 존재라는 것이다.

다시 말해 작가는 이 작품에서 역사에 대한 올바른 인식과 그에 부응하는 적극적 실천의지를 지닌 자만이 역사를 창조하는 주체가 될 수 있으며, 그를 통해 밝은 미래가 열릴 수 있음을 3대에 걸친 가족사를 통해 보여주고 있다.


## 2) 일제하 경제적 파탄의 비극 : 〈당랑의 전설〉

<당랑의 전설>은 1920년대를 배경으로 小地主 박진사네 집안의

---

21) 서연호, 앞의 책, p. 244 참조.
22) <제향날>, p. 451.

경제적 몰락을 그리고 있다. 특히 "소액의 민족 자본이 일본인의 대 자본 밑에 어떻게 형체도 없이 녹아가는가"[23]를 米豆를 통해 보여줌 으로써 일제 강점하의 궁핍화 과정이 적나라하게 드러나고 있다.

박진사는 아들 셋과 딸, 며느리, 손자, 머슴까지 합쳐 20여명의 대 가족을 거느리며 불편 없이 살아온 自作 영농을 겸한 소지주이다. 그 러나 개화가 되어 서구식 문물제도가 갑자기 도입되고, 일본이 조선 에 일본 독점 자본을 본격 침투시킴으로써 경제 공황에서 벗어나려는 경제 정책[24]을 취하게 되자, 1920년대의 조선의 경제 구조는 파탄지 경에 이르고 박진사네 집안은 그 時代의 희생물로 전락하게 된다. 갑 작스런 세태의 변화와 화폐 가치의 하락은 농사에서 나오는 수익과 큰아들 원석이 군사무소에서 받는 월급만으로는 박진사네 가족의 생 계 유지를 어렵게 만들고, 따라서 해마다 빚을 지는 신세가 된 것이 다. 점점 불어나는 빚에 원석은 가족을 구하기 위하여 物商客主, 어 장, 금광, 미두 등에 손을 대나 모두 실패하고, 오히려 집과 전답마저 저당 잡힘으로써 경제적 몰락을 가속화하는 결과를 가져온다. 원석의 이러한 실패 과정은 1920·30년대 공업, 어업, 광업 분야에서 조선인 의 경영을 억제하고 일본인의 진출을 돕던 일본의 식민지 정책[25]에 많은 조선인들이 희생당했던 과정을 그대로 반영하고 있다. 결국 원 석은 집안을 일으킬 마지막 희망으로 米豆에 매달리지만 역시 실패함 으로써 박진사네는 완전히 몰락하는 지경에 이르고 있다.

이 작품에서 박진사의 세 아들은 현실에 대한 대응 방식에서 상이 한 모습을 보이고 있는데, 바로 그 시대의 세 유형의 인물형을 대변

---

23) 김윤식·김현, 『韓國文學史』, 민음사, 1984, p. 187.

24) 강만길, 『한국현대사』, 창작과비평사, 1984, p. 187.

25) 위의 책, pp.102-105 참조.

하고 있다. 먼저 장남 원석은 집안을 되살리기 위해 갖은 방법으로 시도를 해보나 경험 부족과 사회 경제의 구조적 모순으로 모든 사업에서 실패하고 있다. 그는 시대의 조류에 편승해 떼돈을 벌 궁리를 하는 인물 유형으로, 이것에의 실패는 오히려 집안의 경제적 붕괴를 앞당기고 있다. 반면에 둘째 형석은 보수적이고 소극적인 인물로 집안 사정에 대해 진심으로 걱정하고 있으나 이를 해결할 능력도 적극적인 행동의지도 없는 인물 유형이다. 셋째 정석은 집안의 경제적 몰락의 원인이 대가족제도의 비현실적인 경제 관념에 있다고 비판함으로써 두 형보다는 현실 인식에서 앞선 모습을 보인다. 그러나 그러한 문제점을 구체적으로 해결함으로써 위기를 극복하려 하기는커녕 혼자 집을 나가버림으로써 한계를 드러내고 있다. 결국 위 세 형제는 당대 현실에 반응하는 1920년대 젊은이의 세 가지 전형으로서, 경제적 파탄을 막는 실질적인 문제 해결에 있어서는 무력한 양상을 보인다는 공통점을 드러낸다.

따라서 집달리가 오기로 한 날, 세 아들은 집에 없고 박진사 자신이 재산을 차압당하는 극한 상황과 대결하고 있음은 함축적 의미를 지닌다. 박진사가 차압당한 베틀을 도끼로 내리찍는 무모한 저항은 현실에 대한 비합리적인 대응 방식이긴 하지만, 한편으론 대대로 지켜온 집과 전답에 대한 한말세대의 강한 보호본능의 표현이다. 이를 통해 작가는 세 아들로 대표되는 개화 세대들의 표류적 가치관과 가족에 대한 무책임을 비판하고 있으며, 상대적으로 한말 세대에 대해서는 보다 인간적 연민을 보내고 있는 것이다.

작품의 결말에서 박진사의 절망적 절규는 세계의 무너짐, 곧 일제 치하에서의 조선인의 경제적 몰락을 아주 침통하게 보여준다.

박진사. (자포적으로 베틀을 내리찍는다.) 이래도! 자, 옛다! 자아—, 옛다! (마지막 모질게 한번 내리찍고는 도끼를 건 채 얼굴을 번쩍 쳐들면서, 氣勢 騰騰하여 집달리더러 호통을) 이래도! 이놈! 경매해 갈테거든 경매해 가거라. 이놈! 해 가아, 이놈![26]

위의 결말 장면은 무모한 저항 자체의 강렬성만을 드러내는 감정적 차원의 대결이다. 마치 사마귀가 팔을 벌리고 수레바퀴를 막으려한다는 螳螂拒轍이라는 故事처럼, 이미 무너져버린 현실에 대한 무력한 외침인 것이다. 이런 결말의 처리는 사실주의 극으로서의 이 작품의 한계를 보여준다. 리얼리즘은 현실의 충실한 묘사 자체가 목적이 아니라, 작가가 대중으로 하여금 행동할 의지까지 불러일으키게 해주어야 한다.[27] 그 행동의지란 현실 극복 내지 현실 개혁의 의지를 말한다. 그런데 <당랑의 전설>은 한 가족의 경제적 몰락의 묘사 자체에 초점을 맞췄을 뿐 분명한 행동의 방향성을 제시하고 있지 못하다. 따라서 이 작품은 진정한 사실주의 극이 되지 못하고, 경제적 몰락이 빚어내는 한 가족의 비극적 상황을 자포자기적인 감정과 암울한 분위기를 통해 창출하는 데 머물러 있다. 다시 말해 이 작품은 일제하의 궁핍화 양상을 한 가족의 몰락을 통하여 사실적으로 묘사했을 뿐, 그 해결 방향을 제시하지 못함으로써 절망적 인식과 허무주의를 낳고 있다.

## 4. 결 론

이상으로 <제향날>과 <당랑의 전설>을 중심으로 채만식 희곡의

---

26) <당랑의 전설>, p. 227.

27) 유민영, 『韓國演劇의 美學』, 단국대출판부, 1982, p. 135.

기법적 특성과 작품에 나타난 作家意識을 살펴보았다.

한 마디로 채만식의 희곡은 극 장르라는 양식적 틀에 맞춰 내용이 선택되고 있는 것이 아니라, 말하고자 하는 내용에 의해 극 양식의 틀마저 해체되는 양상을 보인다. 이것은 본래 희곡이 문학성과 함께 상연을 전제로 하는 연극성을 지닌 장르임에도 불구하고, 왜 채만식의 희곡이 읽혀질 뿐 거의 무대화되고 있지 않은가 하는 이유를 설명해 준다. 즉, 화자적 인물을 통한 스토리의 전달, 빈번한 장면 전환과 과거 회상의 도입, 인물들의 갈등의 간접화 등 채만식 희곡의 기법들은 사실상 상연이 불가능한 특성을 보인다. 아울러 작중인물들의 갈등을 통해 극적 긴장감을 유발시킴으로써 관객의 주의를 지속적으로 사로잡아야 하는 무대 상연의 효과를 전혀 고려하고 있지 않다. 때문에 그의 희곡은 읽기 위한 희곡이라는 레제드라마로서 특징지을 수 있다.

그러나 채만식의 희곡은 기법적인 면에서의 비연극적인 특성에도 불구하고 주제적인 면에 있어서는 1930년대 어떤 작가의 작품보다도 식민지 현실을 날카롭게 비판하는 치열한 작가의식을 보여주고 있다. <제향날>이 한 가족의 3代에 걸친 가족사를 통하여 우리 민족이 받아온 수난의 역사를 재조명하고 적극적인 실천의지를 강조하고 있다면, <당랑의 전설>은 한 가족의 경제적 파탄을 통하여 일제 치하의 경제 구조의 모순을 드러내고 있다.

특히 <제향날>에서 작가는 동학란, 3·1운동에 적극 참여했던 민중을 인간에게 불을 가져다 준 프로메테우스에 비유함으로써 어려운 시대에 義를 위하여 투쟁하는 자는 불씨와 같은 존재라고 역설한다. 바로 그런 불씨와 같은 존재들에 의해 우리의 역사는 새롭게 창조되고 간단없이 이어질 것임을 강조함으로써 투철한 역사의식을 보여주고 있다.

반면에 <제향날>에서 확고한 역사의식을 보여준 채만식이 <당랑의 전설>에서 현실 자체의 객관적 묘사와 자포자기의 허무적 경향에 머물러 있는 점은 아쉬운 일이다. 이것은 작품이 쓰여진 1940년대의 정치 상황과 작가들의 친일에 따른 심리적 위축을 고려할 때에야 비로소 이해될 수 있는 부분이라고 생각한다.

결론적으로 채만식은 戱曲文學史에 있어서 1930년대의 대표적인 리얼리즘 극작가로서 그 업적을 평가받기에 충분하다. 27편에 이르는 꾸준한 희곡의 창작과 그 속에 담아낸 치열한 역사의식은 새롭게 조명되어야 할 것으로 생각된다.

## 참고문헌

1. 資料

『한국현대문학전집 7』, 삼성출판사, 1981.

『인문평론』, 1940년 10월 호.

2. 論著

姜萬吉, 『한국현대사』, 창작과비평사, 1984.

김윤식·김현, 『韓國文學史』, 민음사, 1984.

김윤식, 『한국근대소설사연구』, 을유문화사, 1986.

_____編, 『채만식』, 문학과지성사, 1984.

서연호, 『한국근대희곡사연구』, 고대민족문화연구소, 1984.

유민영, 『한국현대희곡사』, 홍성사, 1982.

_____, 『韓國演劇의 美學』, 단국대출판부, 1982.

조동일, 『문학연구방법』, 지식산업사, 1982.

양혜숙, "연극비평의 方法論", 『예술평론』, 통권2호, 1982.

우한용, "희곡의 現實反映方式巧", 『宜民李杜鉉博士回甲紀念論文集』, 학연사, 1984.

Aristotle, 『詩學』, 천병희 譯, 문예출판사, 1986.

아우거스토 보알, "「政治詩學」— 연극의 社會史", 한상철 譯, 『예술 평론』, 통권2호, 1982.

A. 하우저, 『문학과 예술의 사회사』, 백낙청·염무웅 共譯, 창작과비 평사, 1977.

G. 루카치, 『小說의 理論』, 반성완 譯, 심설당, 1985.

S. W. Dawson, 『劇과 劇的 要素』, 천승걸 譯, 서울대 출판부, 1982.

Esslin, Martin, *An Anatomy of Drama*, Hill and Wang, 1979.

# III. <오감도 시 제일호>의 희곡적 특성

## 1. 미로에서의 길 찾기

문학은 작품을 매개로 하여 작가와 독자가 정신적 교감을 나누는 소통행위의 특수한 유형이다. 이때 독자는 자신보다 넓은 체험의 영역을 가지고 있고 복잡하게 엉켜있는 인생의 실타래를 능숙하게 풀어낼 줄 아는 '자신보다 훌륭한' 누군가와 대화를 나눈다는 기대와 기쁨으로 독서를 시작한다.

그런데 李箱의 작품을 읽는 순간 독자들은 이러한 상식적인 기쁨과 기대감이 무참히 묵살당하는 곤혹스러움을 느낀다. 거기에는 독자와의 소통을 포기한 소리의 묶음, 즉 언어의 의미적 기능을 상실한 기호들, 그리고 사회적 가치를 거부하는 지극히 개인적인 행동들이 냉소적인 몸짓으로 등을 보이고 있기 때문이다.

그래서 宋稶이 "意識의 소멸, 즉 人間的 가치의 否定"을 감행하고 거기에 "약간의 唯美的이고 감각적인 윤색"[1]을 한 작가로 李箱을 단정지을 때, 작품과의 친화에 실패한 독자는 비로소 안도감에 젖는다. 또한 張允翼이 李箱을 초현실주의자로 간주하고 따라서 독자가 그의 시를 해독하지 못하는 것은 너무나 당연한 일이라고 역설하는 다음과 같은 글을 접하면 이제 그들은 쾌재라도 부르고 싶을 것이다.

---

1) 宋稶, 「문학평전」(일조각, 1969), p. 94.

자동기술법은 인간의 내면 깊숙히 들어 있는 무의식을 끌어내는 방법이다. 自由聯想法에 의하여 분류처럼 솟구쳐 온 무의식을 기록했을 때 작가 자신도 그 기록된 글의 의미내용을 모르는 경우가 많다. 그러므로 자동기술법을 창작방법으로 삼은 쉬르리얼리즘의 시는 의미 해석은 불가능하나 예술적인 느낌은 가능한(현대의 비구상 그 림과 유사한), 또한 의도적 상징이 없는 解體詩이기 때문에 李箱을 쉬르리얼리스트로 가정한다고 하도라도 구구한 해석을 붙이는 것은 넌센스라고 할 수 있을 것이다[2)

그러나 경성공업고등학교 건축과를 졸업한 공학도답게 李箱은 표현되어야 할 것과 표현해야 하는 기교 사이에는 긴밀한 관계가 있다는 것을 분명하게 인식하고 치밀한 계산하에 하나하나의 기법을 선택한 진정한 의미의 주지주의자라고 필자는 생각한다. 무의식을 자동기술법에 따라 기록함으로써 작가 자신도 그 기록된 글의 의미내용을 알지 못하는, 곧 "의도적 상징이 없는 해체시"의 작가라기보다는 사회의 모순과 부조리를 고도의 지적 조작을 통해 예술적인 방법으로 드러낼 줄 알았던 작가가 바로 李箱이다. 그런 의미에서 전통문학에 대한 그의 反逆과 否定은 단순한 실험적 치기의 결과가 아니라 바로 세계를 향한 절망적 몸부림이라는 정신적 고뇌의 예술적 독백에 다름 아니다.

이 글은 해석가능태로서의 李箱 문학의 특질을 구명하는 데 그 목적을 두고 출발하고자 한다. 이를 위하여 李箱 詩의 대표작으로 꼽히면서 또 가장 많은 논란의 대상이 되어 온 <烏瞰圖 詩第一號>를 세밀하게 분석하여 '난해시'라는 外延 뒤에 묻혀 있는 李箱 詩의 '해독가능성'을 구체적으로 검증해 보고자 한다.

---

2) 장윤익, "<오감도> 연구", 정한모·김재홍 편저, 「한국대표시평설」(문학세계사, 1991), p.179.

## 2. 불안의식의 연극적 구조화

　十三人의兒孩가道路로疾走하오.
　(길은막다른골목이適當하오.)

　第一의兒孩가무섭다고그리오.
　第二의兒孩도무섭다고그리오.
　第三의兒孩도무섭다고그리오.
　第四의兒孩도무섭다고그리오.
　第五의兒孩도무섭다고그리오.
　第六의兒孩도무섭다고그리오.
　第七의兒孩도무섭다고그리오.
　第八의兒孩도무섭다고그리오.
　第九의兒孩도무섭다고그리오.
　第十의兒孩도무섭다고그리오.

　第十一의兒孩가무섭다고그리오.
　第十二의兒孩도무섭다고그리오.
　第十三의兒孩도무섭다고그리오.
　十三人의兒孩는무서운兒孩와무서워하는兒孩와그렇게뿐이모였소.
　(다른事情은업는것이차라리나았소.)

　그中에一人의兒孩가무서운兒孩라도좋소.
　그中에二人의兒孩가무서운兒孩라도좋소.
　그中에二人의兒孩가무서워하는兒孩라도좋소.
　그中에一人의兒孩가무서워하는兒孩라도좋소.

　(길은뚫린골목이라도適當하오.)
　十三人의兒孩가道路로疾走하지아니하야도좋소.

　　　　　　　　　　　　　— <烏瞰圖 詩第一號>[3] —

――――――――――
3) 이상, <烏瞰圖 詩第一號>, 『이상』(한국현대시문학대계 9), 지식산업사, 1882,

먼저 <烏瞰圖 詩第一號>를 읽어 보면 類語반복, 의미대립적 시어, 모순된 진술 등이 기본적인 특징으로 다가선다. 즉 동일한 서술문장 "아해가(도)무섭다고 그리오"가 2,3연에서 지루할 정도로 집요하게 13번이나 반복된다. 그리고 "무서운아해"와 "무서워하는아해", "막다른 골목"과 "뚫린골목", "질주하오"와 "질주하지아니하여도좋소" 등의 시어에서 발견되듯이 의미상 대립되는 어휘들이 유어반복으로 일견 단조로운 시에 긴장감을 야기시킨다. 거기에 제1연의 내용을 무참하게 번복하는 제5연의 모순된 진술은 일관된 시 해석을 위해 의미의 조립에 골몰하던 독자를 미궁에 빠뜨린다. 이제 독자는 시의 의미를 작가가 알려주기를 기대할 것이 아니라 각자 나름대로 그럴듯한 讀法을 찾아나서야 한다. 많은 평자들이 이 시에 대해 다양한 관점에서 색다른 해석을 시도하고 있는 것도 이러한 독자로서의 주체적 해석욕구의 결과라 할 수 있다.

그럼에도 불구하고 대부분의 평자들이 이 작품에서 공통적으로 읽고 있는 것은 불길함, 불안감 혹은 공포의 분위기이다. 제목 '오감도'에 들어 있는 까마귀라는 새와 시 속의 13이라는 숫자가 일반적으로 불길함을 암시하는 관습적 상징어라는 사실과, 무서움에 떨며 막다른 골목으로 질주하고 있는 아이들의 상황이 전달해 주는 공포감이 바로 그것이다. 그런데 이 시에서 그 공포의 대상, 불안감의 원인이 무엇인지는 분명하게 나타나 있지 않다. 아니 우리가 그것을 찾으려고 할 때 우리는 이미 작가 李箱이 교묘하게 쳐놓은 함정에 걸려들게 된다. 왜냐하면 李箱은 공포의 대상, 불안감의 원인을 밝히려는 것이 아니라 인간의 삶 속에 복병처럼 숨어 있으면서 개인이 추구하는 삶의 진

---

pp. 11∼12.

정성을 뭉개버리는 근원적인 삶의 정서로서의 불안감, 불길함에 초점을 맞추고 있기 때문이다. 따라서 그는 오직 인간 내면의 불안의식, 공포감을 가장 효과적으로 전달할 수 있는 시적 상황의 창조에만 골몰한다. 물론 이것은 작가가 일상 현실 속에서 느꼈던 절망감, 좌절감의 시적인 변용에 다름 아니다.

　여기서 李箱은 시적 자아의 주관적 감정을 노래하는 서정시의 보편적인 방식대로 자신을 시 속의 현상적 화자로 내세우지 않고 시적 상황을 창출하는 무대감독, 연출자로서 뒤로 숨어드는 방법을 선택한다. 즉 마치 소설에서의 3인칭 시점처럼 현상적 화자 곧 시적 자아는 시 표면에 드러나지 않은 채 시 세계에 대한 정보만을 전달하고 있다. 그런데 여기서 주목할 것은 시적 자아가 표면에 나타나고 있지는 않지만 그가 숨어 있는 위치와 담당한 역할을 충분히 짐작할 수 있다는 사실이다. 먼저 이 시를 해석하는 데 열쇠의 구실을 하는 제목 '鳥瞰圖'는 새가 지상을 내려다보듯이 높은 곳에서 비스듬히 내려다본 것처럼 그린 그림을 의미하는 '鳥瞰圖'라는 단어를 李箱이 변용하여 만들어 낸 신조어이다. 이 시어는 막연히 하늘에 떠 있는 어떤 새가 바라본 세상의 그림이 아니라 특정한 새 까마귀가 음흉하게 내려다보고 있는 세상의 한 모습이라는 점에서 시의 분위기 조성에 결정적인 역할을 한다. 옛부터 까마귀는 불길한 사건이나 죽음을 예고하는 흉조로서 알려져 있다. 따라서 까마귀가 내려다 보고 있는 세계 곧 시적 공간에서 불길함과 불안감이 감도는 상황이 전개될 것이라는 유추를 가능하게 해 준다. 이때 시적 공간을 바라보고 있는 까마귀는 시 표면에 나타나지 않은 시적 자아의 상징에 다름 아니다. 그는 자신의 주관세계를 표현하는 대신에 까마귀의 化身이 되어 시적 공간에 불길함과 공포감의 분위기를 창출하려는 악마적 취향에 골몰한다. 그 결과 마치 연극의 연출자처럼 그가 만들어 낸 상황이 막다른 골목이 있는 무대와 그 막다른 골목을 향해 공포에 떨며 질주하고 있는 13명의 배우들, 그리고 그들의 입에서 한결같이 반복되는 대사는 '무섭다'뿐인 절박한 공간이다. 무엇에 쫓기는지 무서움에 떨며 13명의 아이들이 동시에 도로를 질주하지만 그 도로의 끝은 막다른 골목이고, 따라서 그들의 달아나려는 행위가 무모한 짓임을 보여주는 극적 상황은 마침내 독자 혹은 관객에게 극도의 공포감과 불안의식을 불러일으키기에 충분하다.

그런데 여기서 제2연과 제3연에서 13번이나 반복되는 표현이 내포하고 있는 의미론적 모호성에 주목할 필요가 있다. 즉 "제1인의아해가무섭다고그리오."란 진술은 두 가지로 해석이 가능하다. 먼저 이 진술은 '제1인의 아이가 <누군가 혹은 어떤 상황이> 무섭다고 그러오'로 이해할 수 있다. 하지만 이것은 또 '<누군가가 말하기를> 제1인의 아이가 무섭다고 그러오'로도 해석이 가능하다. 그런데 지금까지 대부분의 평자들은 전자의 해석으로 이 진술의 시적 의미를 한정시켜왔다. 하지만 그 진술들 다음에 이어지는 제3연의 4행—앞의 내용을 요약 설명하고 있는—을 염두에 둔다면 이 시에서는 후자의 의미로 이해하는 것이 보다 타당하다. 즉 이 시의 교묘한 해석상의 함정은 바로 제2연과 제3연에서 등장하고 있는 13인의 아이가 각각 무서워하는 주체가 아니라 무서움의 대상으로서 언급되고 있다는 점이다. 어떤 사람은 제1인의 아이를, 또 다른 어떤 사람은 제2인의 아이를 가리키는 방식으로 13명이 모두 '무서운 아이'로 지목되고 있는 것이다.

여기서 더 놀라운 사실은 13명의 아이들이 또한 무서워하는 주체이기도 하다는 사실이다. 즉 분명하게 명시되고 있지는 않으나 13명의 아이들을 각각 무서운 아이로 지목하고 있는 인물들은 극적 상황에 등장하고 있는 인물인 바로 13인의 아이들 자신일 수밖에 없다. 따라서 우리는 13인의 아이들이 도로를 질주하면서 혹은 상대방에게서 도망치면서 각각 자신을 제외한 12명중의 한 아이를 지목하며 무섭다고 말하고 있는 혼돈의 연극적 상황을 상상할 수 있다. 그렇게 되면 이제 13인의 아이는 제3연의 4행에서 설명하고 있듯이 자연히 무서운 아이이면서 동시에 무서워하는 아이가 되는 것이다.

이 상황에서 13인의 아이들중 실제로 누가 정말 무서운 아이이고 누가 정말 무서움에 떨고 있는 아이인가를 밝히는 것은 제4연에서 언급하고 있듯이 전혀 중요하지 않다. 문제는 서로에 대한 사랑과 신뢰가 무너진 채 불신과 오해만이 풍선처럼 부풀어가고 있는 시적 상황의 비극성이다. 13인의 아이들은 누구 때문인지도, 왜 그렇게 되었는지도 구체적으로 알지 못한 채 서로에 대한 피해의식과 두려움, 불신감 속에서 그저 우왕좌왕할 뿐이다.

여기서 연출자인 시적 자아는 제1연에서 구상했던 불길한 상황의 설정, 즉 막다른 골목이 있는 무대배경과 무서움에 떨며 도로를 질주하는 아이들의 외적 행동을 통한 공포 분위기의 조성이 이제 더이상 필요가 없다는 인식에 도달한다. 한 공간에 있는 13인의 아이들의 마음 속에서 서로 경계하고 무서워하는 불안의식과 피해의식이 자리를 넓혀 갈 때, 그에 비하면 외적 배경과 행동이 빚어낸 불안과 공포는 그 강도가 지극히 미약한 것이기 때문이다. 따라서 이젠 무대공간이 뚫린 골목이라도 상관없고 13인의 아이가 도로로 질주하지 않아도 좋다는, 제1연과 모순된 제5연의 진술이 비로소 가능한 것이다. 왜냐하면 그런 외적 자극이 없이도 그들 사이에는 이제 불신과 미움이 점점 커가고 그에 따라 그들은 각자 점점 감당하기 어려운 심리적 불안과 피해의식에 빠져들 것이기 때문이다.

　이상 살펴본 바와 같이 <烏瞰圖 詩第一號>는 연극적인 구조로 이루어져 있다. 여기서 무대 감독인 시적 자아는 불안의식, 공포의 정서를 극대화시킨 극적 상황을 연출하는 데 목표를 두고 있다. 그것이 일견 무의미의 시를 지향하는 언어 유희로 간주되기 쉬운 유어반복, 의미대립적인 시어, 모순된 진술 등의 시적 기교를 통하여 역설적으로 의미의 조립에 성공하고 있다는 점에서 예술가로서의 李箱의 탁월함을 가히 짐작하게 해 준다.

## 3. 生에 대한 부정적 인식의 내면화

　<烏瞰圖 詩第一號>를 해독하려면 연극적 구조 분석과 함께, 그 내포적 의미가 심상치 않은 몇 개의 어휘에 관심을 둘 필요가 있다. 그 대표적인 것이 시의 제목에 나오는 '烏瞰圖'와 본문에 언급되고 있는 '13'이라는 숫자이다.

　먼저 '오감도'는 까마귀가 내려다 본 그림이라는 외연적 의미를 지니며 사실상 그 그림의 묘사가 본문의 중심 내용을 이룬다. 여기서 시적 공간을 바라보고 있는 까마귀는 시세계를 설명하고 있는 드러나지 않은 시적 자아임을 앞에서 언급한 바 있다. 즉 李箱 곧 시적 자아는 자신에게 까마귀의 탈을 씌움으로써 세상의 불길한 조짐을 예리하게 포착하는 존재 혹은 현실 공간에서 한 걸음 물러서서 수상한 몸짓으로 세계를 관찰하고 배회하는 아웃사이더가 된다. 이러한 설정은 일면 부조리하고 타락한 세상에서 하루하루를 견디며 살아가는 인간들에 대한 냉소적인 태도를 드러내려는 시적 자아의 심리적 거리감으로 이해될 수 있다. 그러나 여기서 공중에 떠있는 까마귀는 사회 및

타인으로 표상되는 현실적 삶과의 화해에 실패하고 있는 작가의 실존적 상황을 암시하는 자기풍자의 기능을 한다. 우리가 불길한 소식을 가져오는 까마귀를 두려워하는 한편 경원시하듯이, 시적 화자도 세계를 불길함과 공포의 공간으로 인식하면 할수록 스스로 고립되고 소외당하는 결과를 초래하고 있다. 이제 내려앉을 곳을 찾지 못한 그가 할 수 있는 일은 절망적인 날갯짓으로 추락하지 않기 위해 공중을 맴도는 것이다.

시의 본문에 나오는 '13'이라는 숫자의 상징성에 대해서는 이미 다양한 해석이 시도된 바 있다. 예수와 12제자, 조선의 13도, 25시 같은 상태의 표지물 등이 그 대표적인 예이다. 그러나 이 작품에서 13이라는 숫자는 구체적인 의미를 내포하고 있기보다는 불길한 상황을 환기시키기 위한 관습적 상징의 차원에서 쓰여졌다고 보는 것이 옳지 않을까 생각한다. 동양권에서 '죽을 死'자와 발음이 같다는 이유로 싫어하는 4라는 숫자처럼 서양에서는 '13일의 금요일'을 가장 불길한 날로 간주할 뿐만 아니라 13이라는 숫자에 대한 좋지 않은 인상을 갖고 있다. 이러한 사실을 염두에 둘 때 하필 아이들의 숫자를 13인으로 한정하고 있는 것은 서구적 감수성을 빌려 불안한 분위기를 조성하려는 예술적 장치에 다름 아닌 것이다. 애초의 창작의도가 불안감과 공포감을 자아내는 극적 상황의 창출이라고 간주할 때 까마귀라는 새와 함께 13만큼 어울리는 숫자는 따로 없다.

여기에 덧붙여 '13인의 아해'는 구체적으로 무엇을 의미하는가 생각해 볼 필요가 있다. 이 작품에서 13인의 아해는 작가의 내면에서 끊임없이 서로 충돌하고 있는 여러 개의 自我의 문학적 변형이라 볼 수 있다. 익히 알려진 바와 같이 李箱은 자기 해체, 자아 분열의 양상을 주된 문학적 소재로 선택하고 있는 작가이다. 그의 문학에서 거울 이미지가 자주 등장하고 있는 것에서도 알 수 있듯이 그는 작품 속에서 언제나 관찰하고 있는 <나>와 관찰당하는 <나>로, 혹은 여러 개의 <나>로 자신을 해체한다. 그리고 그들 사이에는 언제나 서로 불신하고 타협을 모르는 갈등의 상황이 존재한다. 그러한 양상을 명시적으로 보여주는 것이 소설 <終生記>에 나오는 다음과 같은 서술이다.

> 거울을 향하여 면도질을 한다. 잘못해서 나는 상채기를 내인다. 나는 골을 벌컥 내인다.
> 그러나 와글와글 들끓는 여러 <나>와 나는 正面으로 衝突하기 때문에 그들은 제각기 베스트를 다하여 제 자신만을 변호하기 때문에 나는 좀처럼 犯人을 찾아 내이기는 어렵다는 것이다.4)

요컨대 작가 李箱이 <烏瞰圖 詩第一號>에서 그려내고 있는 공포스런 극적 상황은 외부세계의 삶의 초상이 아니라 가치관의 혼란과 심적인 갈등으로 자기 정체성을 잃어버린 자가 느끼는 내적인 혼돈과 불안심리의 형상화이다. 여러 갈래로 뻗어있는 도로의 중앙에 서서 갈 방향을 정하지 못해 당혹감에 안절부절하고 있는 이방인처럼, 13인의 아해로 표상된 내 안의 13개의 자아는 서로 충돌하고 우왕좌왕하며 나에게 삶에의 무력감과 비극적 인식을 극대화시키고 있을 뿐이다. 이런 상황에서 그가 갖게 되는 반응은 거인의 나라에 들어온 걸리버처럼 세계의 강력한 힘을 피하기 위해 아무리 발버둥을 쳐봐야 결국은 그 세계의 그림자 밖을 떠나지 못한다는 한계의 인식과 함께 아예 자신을 부정하고 싶은 욕구에서 나오는 자기풍자와 자기해체인 것이다.

이러한 자기은폐의 욕구는 13인의 아해라는 작중인물들에서뿐만

---

4) 이상, 『李箱小說全集』(1)(甲寅出版社, 1980), p.191.

아니라 시적 자아의 二元化에서도 엿보인다. 李箱은 1인칭 주인공 시점의 소설 <失花>에서 현재의 <나>와 과거의 <나>, 서술자로서의 <나>를 교묘하게 분리하는 기법적 장치를 마련하고 있는데 거기서 서술자로서의 <나>를 명시하기 위하여 괄호를 이용하고 있다. 그것은 작가가 일관되게 추구하는 테마인 자아분열의 양상을 내용뿐만 아니라 구조적 장치를 통해 이중적으로 표현하려는 고도의 창작기법이다. 이 시에서도 괄호 속의 진술과 괄호 밖의 진술이라는 이원적 서술을 통해 시적 화자의 존재를 복수화한다. 예컨대 시적 상황을 관찰자적 입장에서 서술하고 있는 괄호 밖의 화자의 목소리와 괄호 속의 목소리는 어딘가 그 톤이 다르다. 그리고 마치 공동 연출자가 서로 상의를 해가며 하나의 극적 공간을 창출하듯 괄호 밖의 화자와 괄호 속의 화자는 상대방의 의견에 때론 새로운 아이디어를 덧붙이고 때론 부연 설명을 하며 공통된 화제에 골몰하고 있다. 이 둘은 동등한 역할과 서술자적 권위를 가진 2명의 화자라고 볼 수도 있고 함축적 시인과 현상적 화자라고 해석해도 무방하다. 중요한 것은 한 목소리를 통해 하나의 메시지를 정확하게 전달하는 데 어려움을 느끼는 작가로서의 내적인 고민과 갈등이 소통회로의 다원화라는 독특한 예술적 기법을 낳고 있으며 아울러 그것은 작가의 정신적 치열함과 장인의식을 짐작하게 해준다는 사실이다.

거기에 李箱 시의 보편적 특성이기도 한 띄어 쓰기의 무시는 기존의 문학적 전통에 대한 반발의 방법이라는 다다이즘적 인식을 넘어서서 이 시 자체 내에서 분명한 기법적 의의를 획득하고 있다. 마치 사람들이 빽빽하게 들어찬 폐쇄된 공간에서 빠져나오지도 못하고 답답하고 막막한 무력감 속에 침잠해 가듯 13인의 아해는 각각 견고한 글자의 벽에 갇힌 채 그 숨 막히는 상황을 벗어나기가 불가능해 보인다. 하나의 <나>와 또다른 <나> 사이에 소통의 회로가 차단된 상황 속에서 그들 사이에 화해와 일체화는 기대할 수가 없고 외로움 속에 점점 골이 깊어만 가는 피해의식과 불신만이 그들의 정서를 지배할 뿐이다.

요컨대 이 작품에서 작가는 공포와 전율을 불러일으키는 극적 상황의 연출을 통하여 자아 정체성을 잃어버린 한 인간의 황폐한 내면 풍경을 상징적으로 드러낸다. 이것은 한편으론 끊임없이 개인의 주체적 삶을 억압하는 당대 사회의 거대한 부조리에 대한 내적인 불안의식의 내재화라고 할 수 있으며, 다른 한편으론 그러한 외적인 분위기 속에서 세계와의 화해도, 세계와의 대결의 길도 선택하지 못하고 자기불신과 자기부정에 골몰했던 식민지 시대의 불행한 지식인의 내면 초상을 형상화하고 있다고 하겠다.

## 4. 나오는 말

지금까지 李箱의 시 <烏瞰圖 詩第一號>의 구조적 특성과 내포적 의미를 구명해 보았다.

요약하면 이 시는 가장 불길하고 공포스런 상황 설정을 통하여 시인의 사회와 자신에 대한 절망적 인식, 비극적 세계관을 드러내고 있다. 그런데 그 주제는 시적 자아의 내적 독백이라는 서정시의 정공법을 통해 제시되는 것이 아니다. 시적 자아는 자신의 내면세계를 보여주는 방법으로 하나의 절망적인 극적 상황을 창출하여 독자에게 제시하는 간접화의 방법을 선택한다. 그리고 시적 자아로서 자신의 말의 진실성과 권위를 포기하기 위한 방법으로 다원적 소통회로를 사용함으로써 철저한 자기부정을 꾀한다. 그 결과 불신과 공포 속에 우왕좌왕하고 있는 13인의 아해로 상징되는 자아 사이의 갈등과 분열은 시적 자아와 시적 공간 사이의 분리, 화자와 청자 사이의 소통회로의 혼선이라는 형식적인 장치를 통하여 이중으로 암시되면서 주제의 강화에 기여한다. 더나아가 그러한 시적인 정서는 그대로 독자의 정신 속에 전이되어 시의 의미는 명확하게 파악하지 못하더라도 온몸에 전율이 일어나는 근원적인 공포감과 두려움을 감지하게 해준다. 아마도 이 <烏瞰圖 詩第一號>가 무의미시라는 일설에도 불구하고 많은 독자의 관심의 대상이 되어온 것은 그러한 내적인 흡인력 때문이 아닐까 생각한다.

그 결과 이 시가 무의미의 시를 지향하는 해체시라기보다는 의미 있는 해석을 시도하려는 치열한 천착이 결여된 데서 난해시로 인식되어왔음을 알 수 있었다. 즉 이 작품의 구조를 시 장르라는 한정된 범주 안에서 평면적으로 파악하려 했던 점과 시 속의 문장들이 갖고 있는 의미론적 모호성을 간과한 점, 담론의 행위와 李箱 고유의 문학적 상징에 대한 고려를 하지 않은 점 등이 의미 해석에 실패한 요인이라 할 수 있다.

# 참고문헌

김시태, "상황과 인간", 박철희·김시태 편집,『현대시의 이해』, 문학
　　　과비평사, 1990.

宋　稶,『문학평전』, 일조각, 1969.

오세영,『20세기한국시연구』, 새문사, 1990.

이　상,『李箱小說全集』(1), 갑인출판사, 1980.

---------,『이상』(한국현대시문학대계 9), 지식산업사, 1982.

장윤익, "<오감도> 연구", 정한모·김재홍 편저,『한국대표시평설』,
　　　문학세계사, 1991.

# Ⅳ. 김문집의 예술의식과 비평의 우월성

## 1. 서론

　김문집(金文輯, 1909-?)은 1930년대 중반 백철, 최재서, 김환태 등과 함께 당대 한국문단에서 활발한 비평활동을 펼쳤던 대표적 비평가 중의 한 사람이다. 특히 그는 1935년 말 동경에서 귀국하자마자 당대 작가 및 문단에 대해 비판적이고 독설적인 비평의 글을 발표함으로써 출발 당시부터 문단의 주목을 받았으며, 이후 비평문에 논리적이고 객관적인 표현보다는 감각적이고 비유적인 표현을 주로 사용함으로써 비평의 예술성에 대한 새로운 인식을 불러일으켰다.

　이처럼 김문집은 실제로 여러 가지 점에서 당대의 다른 비평가들과는 변별되는 태도와 방식으로 비평활동을 전개하면서 자신만의 고유한 비평세계를 구축하고 있다. 그런데 거기에는 두 가지의 중요한 요인이 작용하고 있음을 알 수 있다.

　먼저, 김문집의 특이한 전기적 사실이다. 그가 비평가로서 활동한 기간은 1935년 가을 귀국하여, 1940년 6월 <조선문인협회> 간사직을 사임하고 일본으로 다시 건너갈 때까지 약 5년간에 불과하다. 즉 대구에서 출생한 김문집은 일찍이 일본으로 건너가 일본 조도전중학과 송산고교를 졸업하고 동경제대 문과를 중퇴한 것으로 알려져 있다. 특히 중학시절에는 『은선(銀線)』, 『교향시대(交響時代)』 등 동인지를 발간하기도 하였고, 귀국하기 전에는 동경에서 <이모사(理毛師)>란 작품도 발표하는 등 소설가로서도 활동한 것으로 스스로 밝히고 있다.[1] 이러한 전기적 사실은 김문집의 문학에 대한 관심과 체험이 처음에는 비평이 아닌 창작에서 시작되고 있다는 점, 그리고 한국어, 한국문학이 아닌 일본어, 일본문학을 통해 형성되었다는 점을 示唆한다. 그리고 실제로 그 사실들은 그의 비평관 및 비평방법을 해명하는 데 중요한 실마리를 제공하고 있다.

둘째, 당대 비평문단의 중심적 논객으로 등장하면서 최재서와의 대결 양상을 지속적으로 보여주고 있다는 사실이다. 1930년대 중반 최재서가 <조선일보>의 신문평을 중심으로 자신의 주지주의 문학론을 전개해 온 반면, 김문집은 이에 맞서 <동아일보>의 칼럼란을 중심으로 자신의 예술로서의 비평론을 강조한다. 그 한 예로서 이들은 李箱의 단편 <날개>에 대한 상반된 주장으로 비평가적 안목에 대한 정면 대결을 보여주기도 한다. 또한 1938년 6월에는 최재서의 비평집 『文學과 知性』이, 그해 11월에는 김문집의 비평집 『批評文學』이 거의 동시에 발간된 사실은 개인 비평집 단행본의 효시라는 역사적 의미를 넘어서, 당대 문단에서의 그들의 첨예한 대결의식을 그대로 입증하는 것이라 할 수 있다. 특히 이광수가 발문(跋文)을 쓰기도 한 김문집의 『비평문학』에 대한 당시의 각계 의견[2]을 보면, "天才의 찬사를 독점한 친구"(이태준), "氏의 글은 비평이라고 하기에는 너무나 예술적이고 평론이라 하기에는 너무나 매력에 넘친"(모윤숙), "全身이 하나의 재주덩어리요 생활이 그대로 예술이매"(이은상) 등등 김문집에 대한 극찬으로 일관하고 있다. 여기서 당대 문단에서의 그의 위치 및

---

1) 김문집, 「동경청춘기」(《조광》 제5권 9호), p.162 참조.

2) 「김문집 저서 『비평문학』에 대한 각계의 一家見」(《청색지》 5호, 1939.5)

지명도가 결코 최재서에 뒤지지 않았음을 가히 짐작할 수 있다. 그리고 김문집이 渡日한 직접적인 이유가 《인문평론》에 글을 실어주지 않는다는 이유로 최재서와 개인적인 싸움을 하고 난 뒤의 창피함 때문이었다고 하는 것은 문단의 유명한 일화 중의 하나이다. 요컨대 약 5년간의 비평활동 기간 동안 김문집에게 있어서 최재서는 비평문단에서 대결 혹은 극복해야 할 선의의 경쟁상대였으며, 그에 대한 대응의 방식으로 김문집의 비평관 및 비평방법은 형성되어갔다고 할 수 있다.

이상 살펴본 바와 같이 김문집은 1930년대 중,후반의 문단을 이끌어 온 주도적 비평가이다. 그는 당시 특수한 문화적 조건에 있던 조선 문학의 올바른 수립 방안을 제시하였는가 하면, 비평의 예술적 특성에 대한 독자적인 논조를 개진하였으며, 당대 문인들에 대한 실제 비평도 활발하게 발표하는 등 비평의 이론과 실제면에서 종횡무진 활약하였다. 그럼에도 불구하고 당시의 다른 비평가들에 비해 그에 대한 연구 및 문학사적 조명이 거의 안 되어 있는 실정이다.[3] 이것은 김문집이 당대 문단에서 상당히 영향력있는 존재였고, 앞서도 언급한 바와 같이 당시로서는 드물게 개인 비평집을 발간할 정도로 눈부신 활약상을 보인 점을 고려할 때, 한국근대비평사에서 그의 존재가 제대로 자리매김이 되어 있지 않음을 보여준다.

이에 본고는 김문집의 비평문들의 분석 및 평가를 통해 그의 비평

---

3) 지금까지 이루어진 김문집에 대한 구체적인 연구성과는 다음과 같다.
김윤식, 「인상적 비평문체 : 김문집론」, 『한국근대작가론고』(일지사, 1974)
――――, 「김문집의 향락주의적 비평」, 『한국근대문예비평사연구』(일지사, 1982)
배주자, 「김문집:그의 비평, 전통관을 중심으로」, 부산대학교 석사학위 논문, 1982.
신재기, 「김문집의 문학관과 비평의 특성」, 경북대학교 석사학위 논문, 1983.
정영호, 「김문집의 문예비평 고찰」, 『어문학교육』 제10집, 한국어문교육학회, 1987.

세계 및 비평가적 자질을 총체적으로 검토해 보고자 한다. 그 연구 방향은 크게 그의 문학비평관과, 조선 문학 및 조선문단에 대한 그의 견해, 그리고 실제의 작가비평에서 나타난 그의 비평가적 안목 등을 고찰한 뒤, 마지막으로 비평가로서의 그의 문학사적 위치를 점검해 볼 것이다.

## 2. 비평, 재창조의 예술

최재서가 비평가의 역할을 문학론에 대한 확실한 지식을 바탕으로 작품 이해에 필요한 모든 지식을 독자에게 제공하는 데에 두고 있다면[4] 김문집은 비평가를 창조자, 비평을 하나의 예술로서 인식하고 있다는 점에서 대조적인 시각을 보이고 있다.

> 판결문 모양으로 작품을 소위 분석하고 종합해서 어느 점이 어떠니 좋고, 어떠니 언짢다고 <논리>해서는 문학으로서의 비평이 될 수 없다. 그 모든 점을 재료 삼아 미적 완성에의 理想을 <표현>해야 한다. 그 이상이 비평가의 본능 다시 말할 것도 없거니와 이 표현은 그의 능력임이 또한 명백하다. 이제야 단정하거니와 비평은 매튜 아놀드가 明言한 것 같은 그런 실패한 작가의 소업이 아니고 진실로 大天才로서 능히 취할 바 藝道의 한 가닥이다.[5]

위의 인용에서 김문집의 비평관을 대변하는 어휘로서 '문학으로서의 비평', '美的 완성에의 理想', '표현', '대천재' 등을 주목할 필요가

---

4) 김윤식, 『한국근대문예비평사연구』(일지사,1985), pp.256-257 참조.
5) 김문집, 「비평예술론」, 『비평문학』(청색지사, 1938), p.68.
   이하 김문집의 평론 중 『批評文學』에서 인용한 것은 제목과 페이지만 밝히 겠음.

있다. 먼저 '문학으로서의 비평'이란 어휘는 비평의 예술성을 강조하기 위한 것이라고 할 수 있다. 즉 그에게 있어 비평이란 단순히 작품을 소개하고 해석하고 설명하는 것이 아니라 "작자 자신에게 이미 판단받아 조성된 그 美的 價値(작품-연구자 註)를 재판단함으로써 제이의 새로운 가치체를 창조"[6]하는 것이다. 이렇게 비평이 제이의 창작이 되기 위해서는 그 비평이 대상 작품보다 더 높은 美的 價値를 추구하는 비평가의 재주의 소산이어야 한다. 그리고 그때 비평은 "창작의 부산물이 아니고 창작을 원료로 하는 精製品"[7]이 된다는 것이다.

김문집의 이런 주장에는 문학 작품은 본질적으로 미완성체이며, 이를 완성체로 재창조하는 것이야말로 비평이라는 비평 우월주의적 태도가 담겨 있다. 또 실제로 김문집은 작품의 미완성적 특질을 암시하는 진술을 여러 군데서 하고 있다.

대저 神의 가치를 具象시키려는 당돌이 예술가의 병이요 또 그것이 그것 아닌 다른 어떤 것으로서 具象된 만큼 예술의 가치는 神의 가치는 아니라는 사실에 숙명적인 그의 미완성이 있다.[8]

작가가 대상의 그 좋은 점의 원인과 결과를 밝히는 방법은 물론 <표현>이라는 유일의 재주로써 하지 않으면 안 된다.
이와 同斷으로 評家가 대상작품의 언짢은 조건을 밝히는 유일의 수단은 <표현>이 아니면 안 된다. 표현으로써 표현을 표현하는 것--진실로 이것이 비평예술이란 것이다.[9] (밑줄-연구자)

위의 두 인용에 의하면 작가는 神의 피조물처럼 완성체를 지향하

---

6) 위의 글, p.60.
7) 위의 글, p.61.
8) 위의 글, p.64.
9) 「비평방법론」, p.199.

면서 문학작품을 창작하지만 결코 완성의 경지에 다다를 수 없다. 바로 작품이 지닌 이런 美的 價値의 미완성적 특질이 비평가로 하여금 美的 完成에의 충동을 불러일으키게 된다. 따라서 비평가는 "價値의 未完成體로서의 어떤 작품을 제재로 하는 美的 完成"[10]에의 理想을 추구하게 된다는 것이다. 즉 비평가는 '대상작품의 언짢은 조건'-미완성체이므로-을 밝히고 그것을 완성체로 끌어올리는 비평작업을 하게 된다. 그런 비평가의 비평 본능은 미적 가치의 재창조를 추구한다는 점에서 예술가의 제작 본능과 하등 다를 바 없다. 따라서 비평가의 글은 '論理'가 아닌 '表現'으로 이루어질 수밖에 없다. 즉 비평가는 "예술의 순수한 감상력의 소유자일 것, 즉 무한히 맑고 날카로운 감수성의 소유자"[11]이어야 하며 그 감수성을 그대로 언어화할 때 표현이 되고, 예술비평이 된다는 것이다.

이렇게 비평가의 감수성을 강조하기 위해 김문집이 사용한 것이 '六官', '백치성' 등의 어휘이다.

　작품의 채점은 눈(眼)이란 수단(METHOD)을 통하여 五官의 총화로서의 第六官(六感은 아니다)으로 한다. <나의 제6관은 무한히 깊고 무한히 넓고 또한 무한히 예민한 동시에 무한히 바르다.>[12]

　가장 높은 문예비평가는 가장 백치에 가까운, 따라서 가장 神에 가까운 사람이다.[13]

김문집이 작품을 감상 혹은 평가하는 방법은 오감각의 총화를 의

---

10) 「비평예술론」, p.62.
11) 위의 글, p.81.
12) 「채점비평」, p.340.
13) 위의 글, p.341.

미하는 제6관을 통해서이다. 즉 과학적 분석이나 知的 이해를 통해서가 아닌 감각 혹은 감수성에 의해서이며, 그에 의한 평가는 '무한히 예민하고 무한히 바르다'는 것이다. 그리고 그것은 다른 말로 비평의 백치성을 의미한다. 즉 지식, 이데올로기, 현실적 욕망 등의 때가 전혀 묻지 않은 완전 자유, 절대 순수한 상태에서 神의 그것처럼 맑고 빛나는 美的 감식안으로 작품을 바라보고 비평을 해야 한다는 것이다.

그가 이렇게 문학작품을 미완성체로 간주하고 비평작업을 예술적 창조행위로 바라보며 비평가의 감수성을 신격화하는 곳에 예술로서의 비평지상주의가 자리한다. 그에 의하면 작가는 비평가의 주관적 평을 신의 메시지처럼 절대적으로 받아들여야만 하며 비평가의 지시를 무조건 수용해야만 한다. 이렇게 예술품으로서 작품보다 비평의 우위를 주장하고, 비평가의 美的 價値 창조능력을 神의 위치에 놓는 순간 그의 論調는 방향감각을 상실한다. 즉 창조로서의 비평을 주장하며 비평가의 자질로서 예술적 감수성의 필요성을 역설하던 그의 비평예술론은 한 비평우월주의자의 공허한 메아리로 전락하고 만 것이다. 더 나아가 비평이 "비평대상인 작품이 없이도 생성할 수 있는 일종의 고차적인 가치창조의 예술"[14]이라는 주장까지 들고 나올 때, 우리는 김문집이 생각하는 '비평'이란 개념이 무엇인가조차 의심하게 되는 것이다.

김윤식이 언급했듯이 김문집은 우리 문단에서 '비평예술'이란 말을 최초로 사용하였고 비평을 하나의 예술적 장르로 올려놓는 데 중요한 역할을 담당했다[15]는 사실은 문학사적으로 결코 과소평가될 수 없다. 그러나 예술로서의 비평을 비평가 "자신의 지성과 감성과의 교착점을

---

14)「비평방법론」, p.202.
15) 김윤식, 앞의 책, p.301.

쉽고 아름다운 말로서"16) 表現하는 것으로 보던 그의 비평관이 지나치게 주관적 비평, 비평우위론으로 치달으면서 사실상 논리적 파탄을 초래하고 있는 점은 그의 독단적인 비평태도의 반영임을 지적하지 않을 수 없겠다.

## 3. 조선의 문학적 전통의 수립론

김문집은 귀국 후 최초의 본격적인 비평의 글이라고 할 수 있는 「전통과 기교문제」라는 글에서 조선에는 문학적 전통이 없다는 예각적인 진술로 글의 서두를 시작하고 있다.

> 조선 문학에 무엇이 가장 결함했나? 나는 전통이라고 답한다. 전통이 없는데 기교가 없고, 기교가 없는 데 피(血)가 없다. 기교는 전통의 表象이고 피는 생물로서의 예술의 意義인 것이다.17)

그는 우리나라가 고려, 조선시대를 막론하고 그동안 한문학에만 사로잡혀 우리 고유의 순수한 조선문학적 전통을 세우지 못했다고 주장한다. 예를 들어 시조는 한문학의 자매문학에 불과하며, <춘향전> 같은 국문소설도 그 표현을 보면 한문투의 어휘들로 가득 차 있으므로 변형된 중국문학에 불과하다는 것이다.

따라서 그는 당대의 문학자들은 문학적 전통의 불모지에서 진정한 의미의 민족문학, 새로운 문학적 전통을 수립하여야만 하는 역사적 임무를 지고 있다고 강조한다. 그러면 어떤 것이 훌륭한 조선문학인가? 김문집은 가장 '조선문학적인' 것 이야말로 좋은 문학이라고 주장

---

16) 「평단 파괴의 긴급성」, p.425.
17) 「전통과 기교문제 : 언어의 문화적 문학적 재인식」, p.173.

한다.

> 그러면 조선 문학에 있어서 어떤 것이 더 좋은 문학이 될까?
> 감히 나는 답한다--더 조선문학적인 문학이 더 좋은 문학이다. 그러면 어떤 문학이 더 조선문학적일까? 나는 쉬운 말로 답하마. <조선>이 아니고는 모를 만큼 좋을수록 더 좋은 조선문학이라고.[18]

즉 예술은 곧 예술가의 개성의 표현이라 할 때, 조선의 "개성을 가장 깊게 나타낸 문학이 가장 좋은 조선문학이요, 그것을 가장 잘 (재주있게) 나타낼 줄 아는 작가가 가장 좋은 조선 작가"[19]라는 것이다. 그래서 그가 조선의 개성을 가장 잘 드러낼 수 있는 방법, 즉 새로운 문학적 전통의 수립 방법으로 제시하고 있는 것이 첫째, 조선어의 연마요, 둘째, 민속적 전통의 발굴이다.

먼저 조선어에 대한 그의 관심은 문학은 언어를 표현매체로 하는 언어예술이라는 인식에서 비롯되고 있다. 그는 문학을 설명하는 글에서 '말'의 중요성을 다음과 같이 강조한다.

> (물질인 肉과 骨과의 화합으로 비물질인 魂이 발생하듯이-연구자 註) 마찬가지로 美 그것이 아닌 形式과 題材와의 교합으로 美가 분만된다는 데에 예술 영원의 수수께끼가 있는 것이다. 그러면 형식과 제재는 과연 그 어떤 <물건>인가? 형식, 그것은 <말>이 아니고 무엇일가! 제재, 그 亦 <말>이 아니고 무엇일가![20]

즉 김문집은 문학의 궁극적 목표는 美의 創造요, 그 아름다움은 매개수단인 言語(말)를 통해서만 만들어진다는 言語藝術로서의 문학적

---

18) 「언어와 문학개성」, p.7.
19) 위의 글, p.8.
20) 위의 글, p.4.

특성을 지적한다. 다른 말로 문학은 "메서드(method)인 <말>과 그 <말>로써 표현된 작자의 분비물인 價値 感情"[21)이 유기적으로 결합하여 문학 고유의 예술적 아름다움이 탄생하며, 이때 작가의 가치 감정 즉 작가의 호흡은 글자를 통해서만 독자에게 전달될 수 있다는 것이다. 따라서 작가는 문학보다도 언어에 대한 관심과 천착이 선행되어야 한다고 그는 주장한다.

김문집은 문학에서의 언어의 중요성을 조선문학에서의 조선어의 중요성으로 자연스럽게 연결시키고 있다. 요컨대 그는 조선어가 조선인의 감정과 민족적 혼이 담겨 있는 조선인 고유의 언어로서, 조선문학의 개성을 드러낼 수 있는 결정적인 요소라는 인식에 다다르고 있다.

> 이 무겁고 빛난 조선의 개성을 가장 빛나고 가장 무겁게 나타내는 <말> 재주가 가장 무겁고 가장 빛나는 조선 문학이다.
> 언어를 닦아(修)라, 언어의 조선을 갈아(磨)라, 말을 닦고 말을 가는 이 工事에서 조선문학은 始終한다.[22)

> 말을 통해서 조선을 찾는 것은 이 땅 작가의 의무요, 말을 지어서 조선을 세우는 것은 그의 권리다! 하는. 우리는 이 권리를 향수하기 위하여 먼저 그 의무를 닦자. 조선말만치 연마와 연구의 여지를 많이 가진 말은 아마 전세기에 있어서도 드물었을 것이다. 이 역할은 언어학자보다 작가가 부담하는 것이 현실 조건에 있어서는 합리적이고 효과적이다.[23)

이러한 그의 주장 속에는 조선에 비록 문학적 전통은 없지만 오랜 민족의 역사 속에서 문화적 전통은 이룩되어 왔으며, 그 문화적 전통

---

21) 「조선 문예학의 미학적 수립론」, p.250.
22) 「언어와 문학개성」, p.9.
23) 「전통과 기교문제」, p.176.

이 "조선 그 자체의 역사적 반사경"인 조선말 속에 담겨져 있다는 논리가 내포되어 있다. 따라서 조선 작가는 다른 나라의 문학적 전통을 모방하면 조선 문학의 개성을 발휘할 수 없고, 그렇다고 조선 고유의 문학적 전통을 계승하자니 계승할 만한 문학적 유산이 부재하므로, 그나마 조선의 독자성을 주장할 수 있는 조선어의 연마와 활용만이 유일하게 선택할 수 있는 문학적 전통의 수립방법이라는 것이다.

위와 같은 그의 주장은 당대의 다른 비평가들과는 달리 언어예술인 문학에서의 언어의 중요성을 정확하게 인식하고 있다는 점, 조선어에 대한 연구와 관심을 불러일으켰다는 점, 그리고 우리 문학에 대한 국수주의적인 우월의식에서 탈피하여 객관적, 반성적인 입장에서 비판한 뒤 그 대안을 제시하려 했다는 점에서 긍정적인 요소로 평가할 만하다. 그러나 우리의 전통적 문학유산은 한문학만이 존재한다는 전제라든가, 따라서 조선문학의 실질적인 출발은 이광수의 《無情》으로 가정해야 한다는 등의 주장은 개화기 이전의 전통문학을 부정하고 폄하하는 결과를 낳고 있다는 점에서 대단히 위험한 발상임을 언급하지 않을 수 없다. 또한 문학적 전통의 수립방법으로 조선어를 지나치게 강조하는 것은 '조선어가 곧 조선문학'인 것 같은 논리를 낳고 있어 언어는 문학이라는 예술을 창조하기 위한 수단이지 그 자체는 아니라는 기본적인 이해에서 벗어나고 있다. 결국 김문집의 조선문학 수립론은 민족주의적인 입장에서라기보다는 일본문학과 비교하여 우리 문학에 대한 상대적인 열등의식에서 대두한 것이라 볼 수 있다. 그리고 그 방법론을 제시함에 있어서 피상적이고 원론적인 주장만을 펼치고 있는 것도 오랜 외국 생활에 따른 우리 전통문학에 대한 이해의 부족에 그 원인이 있다고 하겠다. 우리 전통 문학에 대한 이해의 부족은 조선문학적 전통을 세우는 다른 한 가지 방법으로 제시한 「민속적 전통에의 방향」이라는 글에서도 발견할 수 있다. 즉 그가 전개하고 있는 민속적 전통의 계승방안에 대한 논조가 지나치게 유치한 수준이라는 사실이다.

> 문학에서 전통을 유산받지 못한 우리네의 작가들은 <방해야>와 <나하네>와 같은 民俗에서도 전통을 찾아야 될 것이 아닌가 하는 것이다. 천편일률로 굶주린 白衣人의 生만을 묘사할 것이 아니라 천편일률로 오랜 민족문화의 전통 표출의 하나인 <민속의 조선>을 그림으로써 조선의 호흡을 호흡케 하는 동시에 조작적이나마 문학의 전통을 가급적 조속하게 세워보자는 것이다.24)

위의 글에서 김문집은 조선의 문학적 전통을 수립하기 위한 방법으로 당대의 문학자들이 조선의 민속을 발굴하고 그것을 발전시켜야 할 것을 주장한다. 그러나 그는 판소리나 무가, 민속극 등 다양한 조선의 민속이 존재함에도 불구하고 기껏 아주 초보적인 집단민요만을 예로서 제시하고 있다. 이것은 민속에 대한 그의 강조가 진지한 검토나 깊은 관심 위에서 이루어진 것이 아님을 보여 준다. 또한 그가 민속의 발굴을 주장하는 근거도 민속이 문학적 전통을 세우는 데 중요한 역할을 담당하기 때문이 아니다. 단지 문학적 전통이 없는 우리로서는 그 대안으로서 민속적 전통을 통해서라도 "造作的"으로나마 새로운 문학적 전통을 세워나갈 수밖에 없다는 것이며, 이 논리 속에는 여전히 우리의 전통문학에 대한 거부와 문화적 열등의식이 내재해 있다. 그런 점에서 조선어에 대한 강조 및 개성적인 조선문학을 수립하자는 김문집의 주장은 표면적으로는 민족주의적 시각에 바탕을 두고 있는 것 같지만 실제로는 문화적 패배주의에서 비롯되고 있음을 간과

---

24) 「민속적 전통에의 방향」, p.52.

해서는 안 되리라 생각된다.


## 4. 당대 문단에 대한 비판

김문집의 비평의 글에는 당시의 문단에 대해 신랄한 비판을 하고 있는 부분이 어렵지 않게 발견된다. 또 그것은 대부분 자신이 몸 담았던 동경 문단과의 비교를 통해 이루어진다.

> (일본내지문학의 수준에 비출 때-연구자 註)오늘의 조선문학의 수준은-아니, 나 역시 유정의 인간이라 차마 낙제시킬 수는 없고 과거의 걸작을 골라서 여기에 가세시킴으로써 급제점인 육십점을 겨우 획득할 수 있게 오십구점으로 채점한다.25)

> 동경 문단의 일류 평론가들의 평론을 보라. 모두들 예술품이다. 소설보다도 재미가 있다. 그들은 결코 新語字典에 매여 달려서 글을 쓰진 안는다. 자신의 지성과 감성과의 交錯點을 쉽고 아름다운 말로서, 다시 말하면 제일 自然한 말로서 表現해 낼 뿐이다.26)

즉 그가 보기에 조선문단의 작가들의 창작품이나 비평가들의 비평 수준은 동경문단에 비해 떨어진다. 물론 그 원인은 좋은 작품을 생산해 낼 만한 여건 조성이 여러 면에서 충분히 되어 있지 않기 때문이다. 외부적으로는 경제적 궁핍 및 정치적 불안정을 들 수 있고, 사회적으로는 文人들에 대한 올바른 인식과 그에 상응하는 대우를 해 주지 않는 일반인들을, 그리고 내부적으로는 작가들의 치열한 창작태도의 결여를 들 수 있다. 즉 이들 여러 요인들이 복합적으로 작용하면

---

25) 「채점비평」, p.338.
26) 「평단 파괴의 긴급성」, p.425.

서, 조선문단이 좀더 살찌고 성숙한 문학작품을 생산해 내지 못하고 있다고 김문집은 주장한다.

　여기서 김문집은 조선문단에 대한 일방적인 비판에 그치는 것이 아니라 문단의 당면문제 및 그 해결책에 대한 구체적인 방안을 다각도로 제시하고 있다. 먼저 그는 문학이 있고 문단이 있는 것이 아니라 문단이 있었기에 문학이 생겼다는 독특한 논리를 전개하면서 문단의 중요성을 강조한다.

　　예술가가 어떤 대상을 소유하고 싶다는 충동을 받는 것은 벌써 자기인격과는 대립하는 제이, 제삼의 인격을 의식한 후의 일이다. 자기 이외의 인격이 없었드라면 지상에는 예술이란 것이 생기지 않았을 것이다. 왜냐하면 예술은 표현이란 수단으로서 대상을 소유하는 一方法이요 소유의식은 인격의 대립에서 발생하는 후천의식이니까!27)

　즉 한 예술가에게 있어서 문단의식은 자기 이외의 다른 인격의 집성체로서, 자기만의 문학을 낳게하는 조건을 이룬다. 왜냐하면 예술을 개성의 표현이라 할 때, 그 말 속에는 다른 사람들과는 다른 나만의 고유한 특성, 혹은 나와는 다른 타인들의 세계라는 대립의식이 전제되어 있고 이러한 대립의식에서 개성의 발현체인 예술은 탄생할 수 있기 때문이다. 따라서 김문집은 문학을 낳게 하는 조건인 이 文壇이 있은 연후에야 비로소 문학이 생산될 수 있다고 주장한다. 그 말의 근저에는 조선문학이 꾸준히 성장할 수 없었던 이유 중의 하나가 전통적으로 문학사회로서의 문단이 제대로 형성되지 못했던 데 있음을 지적하려는 의도가 담겨 있다. 그러므로 자신을 포함한 당대 조선문단은 조선문학의 건설에 중요한 역할을 담당하고 있음을 김문집은 자

---

27) 「문단원리론」, p.19.

연스럽게 강조하고 있다.

그러나 당대 문단을 형성하고 있는 작가, 평론가들의 수준이 자신의 기대에 못 미치고 있다는 데 김문집의 고민이 있고, 문단 비판의 당위성이 존재한다. 먼저 그는 조선 문단에 아직 심각한 작품 하나가 나오지 못하고 있다고 전제한 뒤, 그 원인으로 작가들의 문학적인 '고민'의 소극성, 예술적 열정의 부족을 들고 있다. 즉 그에 의하면 예술가가 자살치 않고 살아 있는 유일한 존재 의의는 예술 때문이어야 한다. 따라서 예술을 잃는다면 기꺼이 죽겠다는 단호한 각오를 가지고 창작에 임해야 하는데 조선 작가에게는 그러한 치열한 정신이 결여되어 있다는 것이다. 김문집은 그러한 문단의 현실에서 훌륭한 예술을 기대하는 것 자체가 무리임을 다음과 같이 냉소적으로 비판하고 있다.

앞으로 이 친구들(조선문인--연구자 註)에게 자살이라도 할 만한 열정을 상상한다는 것은 도야지에게 철학을 공상한다는 것과 마찬가지의 로맨티시즘이다. 하물며 예술일소냐.[28]

또한 그는 조선문단이 특정 사고나 사상으로 묶여진 그룹 형성은 잘 하나, 한 작가가 자신만의 신념이나 예술관을 일관되게 밀고 나가는 의지가 부족한 것도 문단 침체의 주 원인이라고 주장한다.

맑스주의니 민족주의니 또 무슨 <오인은 동반작가야!>이니 하는 格으로 과거의 우리 문단에는 借力에 급급한 속류의 소영웅지대는 이곳저곳에 있었으나 <한번 그럴진대!>의 李將軍의 호흡이 너무 없었다.[29]

김문집은 '호흡' 혹은 '느낌'이라는 어휘에 굳은 신념 혹은 강인한

---

28) 「예술이냐? 자살이냐?」, p.420.
29) 「<느낌> 없는 文壇」, p.417.

의지라는 내포적 의미를 부여한 뒤, 조선문학이나 조선문단에서는 바로 이 '느낌'을 발견할 수 없음을 한탄한다. 즉 서로 남의 눈치만 보면서 이리 이끌리고 저리 이끌려 다닐 뿐 확고한 자기세계를 구축해 나가려는 문인이 부족하다는 것이다.

이러한 그의 지적들은 예술은 곧 완전한 미적 가치를 추구하는 예술가의 열정의 산물이요, 예술가 고유의 개성의 산물이라는 낭만주의적 예술관을 상기시킨다. 또한 문인들의 집단적 문학활동에 대한 지적은 사실상 어떤 문학집단에든 속하지 않으면 문인으로서의 행세를 제대로 할 수 없었던 당시의 경직된 문단 분위기를 우회적으로 비판하고 있는 것이라 할 수 있다.

그는 자신이 속한 평론집단에 대해서는 더욱 강도가 높은 비판을 가한다. 제목 자체에서 벌써 고압적인 분위기를 전해 주는 「문단주류설재비판」이라든가 「평단파괴의 긴급성」 등의 글이 바로 그 대표적인 예이다.

김문집은 먼저 특정한 이데올로기나 신념에 근거하여 작품을 분석, 평가하려는 평단의 분위기에 대하여 부정적인 시각을 보인다. 그것은 김용제가 백철의 휴매니즘과 현대적 리얼리즘(사회주의 리얼리즘--연구자 註)을 교미시킨 <조선적 휴매니즘>을 이 땅 문단의 주류로 삼아야 한다고 주장한 데 대한 반론으로 구체화된다.

> 교양있는 따라서 감수성이 높은 평론가의 불가능사가 꼭 하나 있다. 그
> 것은 문학적 자기자신을 일개 이즘에다 예속시키는 일이다. 여하한 이즘의
> 작품이라도 되어 있는 그대로를 감상해서 그 가치요소를 분석하고 그의 새
> 로움을 발견하고 작품 자체의 체계적 양상을 판단하는 백지와 같은 순수인
> 격의 그(평론가)...[30]

즉 김문집은 위의 인용에서도 알 수 있듯이 작가 혹은 평론가에게 특정 이즘을 강요하는 것 자체가 넌센스라고 주장한다. 왜냐하면 평론가가 작품을 감상하고 분석하는 과정은 고정된 인식틀에 의해서가 아니라 백지와 같은 순수한 마음상태에서 높은 感受性의 작용을 통해 이루어지기 때문이다. 따라서 특정 문학경향을 문단의 主流로 삼아야 된다느니 말아야 된다느니 하는 주장은 그 자체가 문학의 본질을 파악하지 못한 잘못된 논의들이다. 이러한 그의 주장은 당시의 평단 분위기가 작품의 예술성에 대한 객관적 평가보다는 평자 자신의 예술경향과의 일치 여부에 따라 극찬과 폄훼로 양분되는 양상이 있었음을 염두에 둘 때 적절한 비판이었다고 생각한다.

또한 김문집은 평론가들이 지나치게 어렵고 현학적인 어휘를 남용하고 있는 현실에 대해서도 못마땅한 시선을 보낸다.

> 나는 현상적으로 흥미를 느껴서 차종 조선의 <최고수준>의 글을 가끔 읽어보지마는 무슨 말인지를 알아본 적은 적다기보다 필자 자신만은 과연 의미를 알고 쓰는지? 하는 의문을 發치 않았던 적은 적다는 게 더 바른 고백이다.[31]

즉 일간신문의 학예면을 맡고 있는 평자들의 글은 마치 그렇게 하여야만 자신들의 유식함을 드러낼 수 있기라도 한 양 전문적인 용어나 외국어를 많이 사용하고 있는데, 이것은 독자의 이해를 돕고자 하는 글 본래의 취지에도 어긋날 뿐 아니라 결코 훌륭한 글쓰기의 방법이 아니라고 비판한다. 요컨대 어려운 말을 많이 쓴다고 고급스런 글이 되는 것이 아니라 어려운 내용을 쉬운 말로 풀어쓸 줄 아는 능력

---

30) 「문단주류설재비판」, p.398.
31) 「평단 파괴의 긴급성」, p.427.

이야말로 능력있는 평론가의 자질이라는 것이다. 특히 평론가는 독자로 하여금 그 글의 내용에 共鳴하여 지속적으로 <재미>를 느낄 수 있도록 만들어야 하는데 그 <재미>는 "첫째로 순수하고 둘째로 향기가 있고 셋째로 날카로운 글"32)이라는 세 가지 조건이 구비될 때 비로소 생겨난다고 말한다. 따라서 폐단이 많은 당시의 평단을 긴급히 파괴하고 새로운 평단을 수립해야 한다고 그는 강력하게 주장하고 있는 것이다.

이상의 당대 문단에 대한 김문집의 비평은 지나치게 비판의 강도가 높아서 마치 비판을 위한 비판 같은 느낌을 전혀 주지 않는 것은 아니다. 그러나 문단의 분위기에 부화뇌동하는 문인들에 대한 주체성의 회복 촉구라든가, 고정된 시각으로 작품을 평가하는 경직된 비평 풍조에 대한 비판, 평자들의 지나친 현학 취미로 독자들과 유리된 신문비평의 문제점 지적 등은 당시의 문단의 문제들을 비교적 정확히 포착한 부분이라고 할 수 있다. 이것은 아마도 일본에서 갓 넘어와 아직 문단의 편 가르기에 휩쓸리지 않았던 그가 중립적이고 객관적인 시각으로 당대 문단을 지켜볼 수 있는 위치에 있었기에 가능했다고 생각된다.

## 5. 인상비평으로서의 실제 비평

김문집은 4년 반의 한국에서의 비평활동 기간 동안 <동아일보>와 《朝光》, 《朝鮮文學》 등의 잡지를 통하여 당대의 작가들에 대한 활발한 실제비평의 글을 발표하였다. 그중 그의 비평방법 및 비평관

---

32) 위의 글, p.425.

을 반영하는 것으로 주목할 필요가 있는 것은 김유정에 대한 찬사, 여성작가들에 대한 창작상의 주문, 그리고 <날개>에 대한 비판을 가하고 있는 비평들이다.

먼저 김문집은 김유정을 두고 "조선문단에서 내가 자신을 가지고 抽賞할 수 있는 유일의 신진작가다"[33]라고 칭찬한다. 이 진술은 글 속에 내포된 찬사 이상의 의미를 지닌다. 왜냐하면 그는 조선문인들을 평가하는 자리에서 주로 혹평을 했지 칭찬을 한 적이 거의 없기 때문이다. 예를 들면 이태준, 유진오, 정지용을 두고는 참다운 예술가이기는커녕 "처량한 소시민 예술가"의 후보자에 불과하며, 김동인, 현진건, 염상섭은 "이미 사라진 (위의 사람들보다--연구자 註) 좀더 침통한 예들"[34]이라고 가차없이 깎아내린다. 또 이기영, 장덕주를 두고는 "아모런 재능도 天分도 없이 오직 <노력> 一途로서 예단에 地位를 쌓은 희귀한 存在"[35]라고 인신공격에 가까울 정도로 가혹하게 평한다.

이러한 안하무인의 독설적 비평을 퍼붓던 김문집이 당시 신인이었던 김유정에 대해서는 다소곳이 칭찬을 하고 있는 이유는 그가 「전통과 기교문제」, 「언어와 문학개성」이라는 글에서 주장했던 "가장 조선적인 문학"의 전형을 찾았다고 생각했기 때문이다.

> 일반 조선문학에 있어서 가장 내가 부족을 느끼는 모찌미(特味-體臭 또는 個體香)를 고맙게도 이 작가는 넘칠 만큼 가지고 있다. 그의 전통적 조선어휘의 풍부와 언어 구사의 개인적 묘미는 소위 조선의 중견, 대가들이라도 따를 수 없는 성질의 그것이니 (...)[36]

---

33) 「金裕貞」, p.403.
34) 「批評藝術論」, p.75 참조.
35) 「判決例文學論」, p.141.
36) 「金裕貞」, pp.403-404.

요컨대 김문집은 김유정의 작품이 보여주는 토착어의 구수한 맛과 향토적 분위기에서 조선문학의 개성과 독창성을 발견하고 있다. 김유정의 작품이야말로 현 조선문학이 지향해야 할 모범답안이라는 것이다. 그러나 그가 주장한 '가장 조선적인 것'의 내포가 김유정의 문학으로 판명될 경우 도시소설, 모더니즘 시를 지향하던 대부분의 당대 작가의 설 자리가 없어진다는 데 김문집 비평의 한계가 드러난다. 즉 조선문학의 개성이 토착적인 조선어, 전통적인 분위기와 같은 옛것의 답습으로 만들어 질 수 있다는 복고주의적 입장은 곤란하다. 대신에 조상 대대로 면면히 이어온 민족적 정서, 예술적 전통을 발전적으로 계승하여 현대문학 및 예술의 美的 특질로 변용시킬 수 있을 때, 비로소 조선문학의 개성이 이루어질 수 있다는 보다 복합적이고 포괄적인 시각이 필요하다. 그런 점에서 그 자신 다른 비평가들에게 특정 이즘에 근거하여 작품을 재단하지 말라고 충고했음에도 불구하고, 김유정에 대한 김문집의 칭찬은 작품에 대한 객관적 평가라기보다는 자신의 주장의 타당성을 증명하기 위한 論據로서 지나치게 옹호하고 있는 인상을 준다.

김문집의 실제비평 중에는 「여류작가의 성적 歸還論」, 「규수四人論」, 「조선판女流久米論」, 「性生理의 예술론」 등 당대 여성 작가들에 대한 비평의 글이 많이 발견된다. 물론 박화성, 김말봉, 최정희, 이선희 등 대부분의 여류 작가들에 대한 그의 評은 칭찬보다는 결함의 지적이 대부분을 차지한다. 그런데 여성 작가들의 결함으로 지적하고 있는 내용을 자세히 검토해 보면, 김문집은 나름대로 여성문학에 대한 분명한 관점을 갖고 있었음을 알 수 있다. 그것이 위 글의 제목에서도 나타나듯이 '性生理의 文學論'이다.

여성인 당신네들이 성적 특수성을 무시하고 작가로서 남성에게 대항한다면 절대로 따르지 못합니다. 다만 남성으로선 취급치 못할 면을 남성으로선 향유치 못한 <센스>로서 표현한 여성적 작품! 여기에는 두 말 못하고 우리도 고개를 수기게 됩니다. 다시 말하면 정복을 당합니다.[37]

더 바로 말하면 당신 글에는 性이 없다! 性?--藝術이란 결국 天分의 소산이요 천분은 결국 性의 發華입니다.
예술의 요구 대상은 美가 아닙니까. 美란 인간의 性을 떠나서 顯現되는 법은 절대로 없다는 것이 나의 예술철학의 근본원리입니다.[38]

위 인용 중 전자는 프롤레타리아 작가로서 자신의 개성보다는 이데올로기에 입각해서 창작을 하는 박화성에게, 그리고 후자는 한 무명여류작가에게 보낸 評의 일부이다. 이 두 글에서 한결같이 강조되고 있는 것은 女性으로서의 性的 특수성을 인식하고 그것에 충실하라는 것이다. 즉 예술은 곧 예술가의 個性의 표현이라 할 때, 여성작가는 기존 남성작가의 作風을 모방해서는 절대로 훌륭한 예술을 생산해낼 수 없으며 오직 여성으로서 자신만이 가지고 있는 고유한 상상력, 정서, 감각 등을 여성 특유의 문체로 작품 속에 담아내려 할 때 비로소 남성문학에 대항할 수 있는 여성문학을 이룩할 수 있다는 것이다. 한 마디로 그는 "여성 홀몬의 精華! 이것이 예술에 윤색될 때 비로소 당신네들의 작품은 광채를 띠우게"[39] 될 것이라고 주문한다.

이러한 김문집의 여성문학론은 부드러움과 感傷性, 감성적인 문체를 여성작가의 일반적 특성으로 인식하고 있는 단순성과 한계를 보이고 있기는 하다. 그러나 남성 중심의 문단에서 호기심의 대상으로만

---

37) 「女性作家의 性的 歸還論」, p.362.
38) 金文輯, 「性生理의 藝術論」(《文章》 제1권 10호, 1939.11.), p.160.
39) 위의 글, p.163.

취급되던 여성작가들과 그들의 작품에 대해 진지한 태도로 꼼꼼한 작품평을 하고 있는 점, 그리고 남성문학에 대응하여 여성문학이 생존할 수 있는 창작방법을 비교적 예리하게 제시하고 있는 점등은 그의 비평적 업적 중 새롭게 조명되어야 할 부분이 아닌가 생각된다.

김문집의 실제비평 중 가장 논쟁적인 색채를 띠고 있는 글은 「<날개>의 시학적 재비판」이다. 이것은 「리얼리즘의 확대와 심화」(<조선일보> 1936.11.3.)라는 글에서 최재서가 이상의 <날개>에 대해 평한 내용에 대한 직접적인 반론의 성격을 띠고 있다. 실제로 김문집은 최재서의 글을 조목조목 인용하면서 그 주장의 문제점을 일일이 거론하고 있다.

먼저 최재서가 이상의 예술은 "현실에 대한 분노"를 "현실에 대한 모독으로써 해소시키려"[40] 하고 있다고 評한 것에 대해서 김문집은 반론을 제기한다. 즉 작품 <날개>에는 여하한 이념상의 현실 모독도 들어 있지 않다는 것이다. 대신에 김문집은 <날개>가 우리에게 중요한 의미를 띠는 것은 현실비판적인 내용 때문이 아니라 "우리 문단에 있어서 자본주의 말기의 도회의 이면을 悲劇해 보인 하나의 異彩로운 作品"[41]이기 때문이라고 주장한다. 또 최재서가 "정신이 육체를 焦化하고, 의식이 생활을 억제하고, 예지가 상식을 극복하고, 날개가 다리를 휩쓸고 나갈 때에 李箱의 예술은 탄생되었다"[42]고 李箱을 극찬한 반면에 김문집은 이상을 혹독하게 깎아내림으로써 반대의 입장을 나타낸다. 즉 "이 정도의 作品은 지금으로부터 7,8년 전 신심리주의문학

---

40) 崔載瑞, 「리얼리즘의 擴大와 深化」, 金活 編, 『崔載瑞評論集』(형설출판사, 1982), p.181.

41) 「<날개>의 詩學的 再批判」, p.39.

42) 최재서, 앞의 글, p.179.

이 극성한 동경문단의 신인 작단에 있어서는 여름의 맥고모자와 같이 흔했다"[43]는 것이다. 따라서 여러모로 구성상의 미숙성이 발견되는 이 작품을 최재서가 이렇게 칭찬을 하고 있는 사실은 '예술과 담을 쌓은 서재비평'의 한계를 그대로 보여주는 것으로서, 비평가가 "(詩的) 感受性의 바름과 날램이 없이 문예작품을 비평한다는 것은 하나의 슬픔이다"[44]라고까지 신랄하게 최재서를 비판하고 있다.

또한 최재서가 <날개>를 두고 "우리 문단에 드물게 보는 리얼리즘의 심화"[45]를 가져온 작품이라고 주장한 데 대해서도 김문집은 <날개>가 리얼리즘이 아닌 다다이즘의 시각에서 쓰여진 작품이라고 반론을 제기한다.

> 그 전야광경에서 허무의 멜로디를 소리없이 노래 부르는 그 <나>氏는 사실에 있어 작자와 작중인물과의 혼선체라는 데에 李箱의 역량 문제가 있었고, 더 중대한 일에는 一見 간단한 이 사실에 진실로 <날개>의 非리얼리즘性의 근본원인이 잠재한다는 것이다. 하물며 그의 심화일까 보냐![46]

즉 <날개>가 리얼리즘 작품이 되려면 작중인물인 <나>의 행동이나 의식이 일관성있게 객관적으로 재현되어야 한다. 그런데 이 작품에서 정신적으로 미성숙한 <나>의 自意識의 묘사에는 종종 지성적인 작가의 이미지가 섞여 있으며, 따라서 한 인간의 내면세계를 객관적으로 형상화하는 데 실패하고 있다. 그러므로 최재서가 <날개>를 리얼리즘의 심화를 가져온 작품으로 평가하고 있는 것은 한 마디

---

43) 「<날개>의 詩學的 再批判」, p.40.
44) 위의 글, p.40.
45) 최재서, 앞의 글, p.183.
46) 「<날개>의 詩學的 再批判」, p.41.

로 넌센스라는 것이다. 오히려 <날개>는 내면세계를 객관적으로 재현한 리얼리즘 작품이라기보다는, 희망도 사라지고 죽음에의 소리없는 공포만이 존재하는 다다이즘의 前夜 광경을 부부생활을 통해 그려보인 작품으로 바라볼 때 그 문학적 특성을 올바로 밝혀낼 수 있다고 그는 주장한다.[47]

이상에서 살펴본 최재서의 <날개>評에 대한 김문집의 반론은 <날개>가 리얼리즘 작품인가 다다이즘 작품인가의 문제로 요약할 수 있다. 즉 최재서는 인간의 내면세계를 객관적으로 그리려 한 이 작품을, 외적 현실의 객관적 형상화라는 기존의 리얼리즘의 개념을 넘어선 리얼리즘의 심화로 간주한다. 반면에 김문집은 이 작품이 한 인간의 인물창조에도 실패했고, 의식의 재현에도 일관성이 결여되어 있으며 구성상의 짜임새도 허술하다고 지적한다. 그런데 그 결함들이 결함이 아닌 창작원리로서 간주되는 자리에 다다이즘이 놓인다. 즉 <날개>는 자기해체, 허무의식, 자조, 무의미 등으로 대변되는 근대인의 절망적인 내면풍경을 다다이즘적 시각에서 실험적으로 그려보이고 있는 작품이라고 그는 주장한다.

김문집의 비평문 「<날개>의 詩學的 再批判」은 문맥을 포착하기가 곤란할 정도로 지나치게 비유적이고 암시적인 문장으로 이루어진 탓에 지금까지 제대로 해독되거나 조명되지 못한 게 사실이다. 그러나 이렇게 두 사람의 주장을 비교하면서 그 타당성을 점검해 볼 때, 오히려 김문집이 李箱 예술의 핵심을 올바로 포착하고 있음을 발견할 수 있다. 왜냐하면 李箱은 도시의 병리적인 징후로서 한 인간의 자아분열의 양상을 전통 문학규범을 파괴하는 실험적인 방법을 통해 그려

---

47) 위의 글, P.41 참조.

보인 작가이기 때문이다. 따라서 李箱 문학에 대한 김문집의 비평은 최재서의 비평과의 연계 속에서 그 문학사적 업적이 새롭게 조명되어야 한다고 생각한다.

## 6. 결 론

이상으로 김문집의 비평세계를 그의 비평관, 조선문학에 대한 견해, 당대 작가론, 작품론 등을 중심으로 살펴 보았다. 지금까지 논의된 내용을 요약하면 다음과 같다.

첫째, 김문집은 비평을 하나의 예술로서 인식할 뿐 아니라 대상작품보다 더 높은 美的 價値를 추구하는 것으로 간주함으로써 비평의 우월성을 주장한다. 따라서 비평가의 자격 요건도 과학적 분석능력이나 지적 이해력이 아니라 예술의 순수한 감상력의 소유자이자 무한히 맑고 날카로운 감수성의 소유자이어야만 한다고 강조한다. 그러나 그의 이러한 비평예술론은 작가 및 작품의 중요성을 외면한 채 지나치게 비평가 및 비평의 창조적 성격만을 절대화하려 하고 있다는 점에서 논리의 객관성이 결여된 한계를 보여준다.

둘째, 김문집은 조선에는 문학적 전통이 없다는 인식 위에 문학적 전통의 수립론을 전개한다. 이때 조선문학은 조선의 개성을 가장 잘 나타낸 문학이어야만 하며, 그 가장 조선적인 문학적 전통은 조선어의 연마와 민속적 전통의 발굴로써만 가능하다고 주장한다. 그의 이러한 주장은 일제 강점하에서 우리의 문학적 전통을 확립하려는 민족적 주체성 회복의지로 해석될 수 있으나, 그 주장의 이면에는 우리의 전통적 문학유산에 대한 부정과 문화적 열등의식이 작용하고 있다는 점에서 의도의 비순수성을 지적하지 않을 수 없다.

셋째, 김문집은 당대의 문단현실을 점검하면서 작가들에게는 예술적 열정의 부족 및 예술적 신념의 결여를, 비평가들에게는 특정 이데올로기나 신념에 근거한 재단비평 풍토 및 난해하고 전문적인 어휘를 남용하는 현학취미를 지적, 비판한다. 이러한 그의 비판은 당시의 문단의 문제점 및 병폐를 객관적이고 중도적인 입장에서 정확히 파악한 것으로 시사하는 바가 크다고 하겠다.

넷째, 김문집은 실제비평을 통해 조선문학의 개성과 관련하여 김유정 문학의 특성을 최초로 조명하고 있으며, 당대 여성작가들에 대한 비평을 통해 여성의 특성을 살린 문학작품 창조할 것을 제안하고 있다. 또 李箱의 <날개>에 대한 최재서와의 비평논쟁을 통해 그 작품이 리얼리즘 작품이 아니라 다다이즘 작품임을 강력하게 주장하고 있다. 이렇게 실제비평에서 그는 상당히 독자적인 관점으로 당대의 작가와 작품에 대한 비평을 전개하고 있으며 때때로 주관적인 경향이 좀 두드러지긴 하지만 대체로 날카롭고 타당성 있는 주장을 담고 있다.

전체적으로 조망할 때 김문집의 비평은 주장의 참신성이 돋보이는 반면 그를 뒷받침할 수 있는 논거의 제시가 부족함을 알 수 있다. 예컨대 예술로서의 비평론이나 문학적 전통의 수립론, 김유정 및 여성작가의 문학에 대한 관심 등은 批評史에서 그가 열어놓은 새로운 비평영역이라고 할 수 있다. 하지만 그 주장의 타당성을 증명하는 과정에서 김문집은 지나치게 주관적인 논리를 펼치거나 피상적인 논거만을 제시하는 데 그침으로써 이론의 구체적인 정립에는 실패하고 있다. 이것은 예술가적 감수성 및 직관을 통해 얻은 문학적 통찰을 비유적인 수사로써 표현하려 했던 그의 비평태도가 안고 있었던 근본적인 한계를 보여주는 것이라고 할 수 있다. 즉 주장에 대한 실증적인 검토와 논리적인 전개가 결여될 때 결코 다른 비평가들이나 작가들의 공감을 얻을 수 없기 때문이다.

그리고 지금까지 김문집의 비평사적 업적을 거론할 때 주로 조선 문학의 전통 수립론을 주장한 부분에 주목해 왔다. 그러나 본론에서 살펴본 바와 같이 그것은 민족의 주체성 회복의 차원에서 우리의 문학적 전통에 대한 면밀한 검증을 거쳐 이루어진 주장이 아니라 일본 문학에 대한 열등의식에서 비롯되고 있다는 점에서 그 본래의 의도가 재검토되어야 하리라 본다. 오히려 김문집의 비평사적 업적은 당시의 과학적 비평에 반대하여 예술로서의 비평론을 전개함으로써 비평에 대한 다양한 관심과 비평가의 지위를 높이는 데 기여했다는 점, 그리고 당대 문단, 작가들에 대한 실천비평을 통해 문단의 문제점을 비판하고 작가들에게 예술적 열정을 고취시키는 데 결정적인 역할을 하였다는 점에서 찾아야 하리라 생각된다. 즉 김문집은 그 자신 비평가의 전제조건으로 강조한 세련된 지성과 날카로운 감각으로 활발한 비평 활동을 펼쳤으며, 그 과정에서 당대 작가 및 비평가들에게 예술가의 조건, 문학을 바라보는 태도, 비평의 방법 등에 대한 새로운 관점을 제시하고 다양한 논의를 제기함으로써 문단의 활성화에 기여하였다고 하겠다.

결론적으로 김문집의 비평은 일본문단의 영향과 최재서와의 대결 의식 속에서 전개되고 있으며, 그 결과 개성으로서의 문학의 연장선 상에서 문학적 전통의 수립론을, 주지주의 비평에 대한 對案으로서 비평예술론을 전개하고 있다고 하겠다.

# 참고문헌

## 1. 자 료

김문집, 『비평문학』, 청색지사, 1938.

----------, 「문학비예술론자의 독백」, 《조선문학》 제6호, 1936. 5.

----------, 「문단산필」, 《신동아》 제6권 8호, 1936. 8.

----------, 「조선문학의 원리적 견해」, 《신동아》 제6권 9호, 1936. 9.

----------, 「載瑞의 和譯과 홍효민 씨의 신혼비평」, 《조선문학》, 1937. 2.

----------, 「정치와 조선문학」 《박문》 제1호, 1938. 10.

----------, 「전통문학과 식민지문학」, 《조광》 제39호, 1939. 1.

----------, 「문단재건론」, 《삼천리》 제11권 4호, 1939. 4.

----------, 「동경청춘기」, 《조광》, 1939. 9.

----------, 「성생리의 예술론」, 《문장》 제1권 10호, 1939. 11.

최재서, 『최재서평론집』, 김활 편, 형설출판사, 1982.

## 2. 연구논저

김시태, 『식민지시대의 비평문학』, 이우출판사, 1989.

김윤식, 『한국근대문예비평사연구』, 일지사, 1982.

----------, 『한국근대작가론고』, 일지사, 1990.

신동욱, 『한국현대비평사』, 시인사, 1988.

신재기, 「김문집의 문학관과 비평의 특성」, 경북대학교 석사학위논문, 1983.

이태준 外, 「김문집 저서 『批評文學』에 대한 각계의 一家見」, 《청색지》 제5호, 1939. 5.

정영호, 「김문집의 문예비평 고찰」, 『어문학교육』 제10집, 한국어문교육학회, 1987.

조남현, 「전형기의 비평」, 황패강 外, 『한국문학연구입문』, 지식산업사, 1982.

조연현, 『한국현대문학사』, 성문각, 1982.

홍문표, 『한국 현대 문학논쟁의 비평사적 연구』, 양문각, 1980.

# 찾아보기

## (ㅈ)

## ( ㅊ )

1930년대 소설의

# 서사기법과 근대성

인쇄일 초판 1쇄  2003년 12월 15일
         2쇄  2015년 08월 20일
발행일 초판 1쇄  2003년 12월 31일
         2쇄  2015년 08월 23일


지은이 구 수 경
발행인 정 찬 용
발행처 **국학자료원**
등록일 2006.113.02 제2007-12호

서울시 강동구 성내동 447-11 현영빌딩 2층
Tel : 442-4623~4 Fax : 442-4625
www. kookhak.co.kr
E- mail : kookhak2001@hanmail.net
ISBN : 978-89-541-0175-2 *93810
가 격 17,000원